A ESCURIDÃO DENTRO DE NÓS

TRICIA LEVENSELLER

A ESCURIDÃO DENTRO DE NÓS

tradução
Débora Isidoro

Planeta minotauro

Título original: *The Darkness Within Us*

Preparação: Ligia Alves
Revisão: Wélida Muniz e Tamiris Sene
Projeto gráfico e diagramação: Márcia Matos
Capa: Liz Dresner e Meg Sayre
Imagem de capa: Shane Rebenschied
Adaptação de capa: Sandra Fava

Dados Internacionais de Catalogação na Publicação (CIP)
Angélica Ilacqua CRB-8/7057

Levenseller, Tricia
A escuridão dentro de nós / Tricia Levenseller; tradução de Débora Isidoro. - São Paulo: Planeta do Brasil, 2025.
288 p.

ISBN 978-85-422-3837-2
Título original: The Darkness Within Us

1. Ficção norte-americana I. Título II. Isidoro, Débora

25-3904 CDD 813

Índice para catálogo sistemático:
1. Ficção norte-americana

MISTO
Papel | Apoiando o manejo florestal responsável
FSC® C112738
FSC www.fsc.org

Ao escolher este livro, você está apoiando o manejo responsável das florestas do mundo

2025
Todos os direitos desta edição reservados à
EDITORA PLANETA DO BRASIL LTDA.
Rua Bela Cintra, 986 – 4º andar
01415-002 – Consolação
São Paulo-SP
www.planetadelivros.com.br
faleconosco@editoraplaneta.com.br

Para Rachel e Holly,
obrigada por terem transformado
meus sonhos em realidade.

NÃO EXISTE ESSA COISA DE IDEIA RUIM,
SÓ EXISTEM IDEIAS INCRÍVEIS QUE SÃO MAL EXECUTADAS.
– Damon Salvatore, *The Vampire Diaries*,
Temporada 2, Episódio 15

CAPÍTULO 1

Meu marido está demorando demais para morrer.

Permaneço sentada ao lado de sua cama, sempre a esposa obediente, acompanhando a respiração ofegante que sai do peito dele com dificuldade, torcendo para cada suspiro ser o último.

Pelos deuses, o homem está chegando aos sessenta e quatro anos. É atormentado por todo tipo de doença, consequência de uma vida de depravação, vícios e sabe lá o diabo o que mais. Mas Hadrian Demos, o Duque de Pholios, se agarra à vida como se ela ainda tivesse alguma coisa a oferecer a ele – um velho devasso, acamado, para quem nada mais acontece além da visão do meu rosto dia após dia.

Pholios se mexe como se meus pensamentos o despertassem, e me viro para verificar se Kyros ainda está no quarto, antes de empurrar minha cadeira alguns centímetros para trás. Baixo o olhar e espero.

– Chrysantha – o velho geme.

– Estou aqui, marido. – Seguro sua mão cheia de manchas e pelos e a mantenho entre as minhas.

– Você está linda hoje – ele diz.

– Obrigada.

Consigo não revirar os olhos, porque é assim que ele me cumprimenta todas as manhãs, como se me fazer elogios fosse garantir o que ele realmente quer de mim, a esposa de dezenove anos.

Philos estala os lábios.

– Água.

Eu me viro para a jarra sobre a mesa de cabeceira e descubro que está vazia.

– Deve ter sentido muita sede à noite, Vossa Graça – comento. – Vou buscar mais.

– Kyros pode cuidar disso.

Os pelos em minha nuca ficam em pé, e me obrigo a manter a máscara de indiferença. Viver com o duque sempre me dá a sensação de ter uma faixa de ferro em torno dos pulmões. Ela aperta no momento em que percebo que vou ficar sozinha com ele.

Kyros, o lacaio jovem e bonito, olha para mim. Piedade e tristeza transbordam dele, mas assinto sutilmente, incentivando-o a ir buscar a água. A última coisa que quero é que meu amigo seja demitido por não cumprir ordens.

– Agora mesmo, Vossa Graça – ele diz. – Volto logo. – O último aviso é para mim.

No momento em que ele sai da luxuosa suíte master da Mansão Pholios, meu marido puxa a mão das minhas e tenta apalpar meus seios.

Acostumada há muito tempo com as táticas do duque, eu me levanto e me viro para escapar, mas não com rapidez suficiente. Ele dá um tapa no meu traseiro antes que eu saia de seu alcance. Mantenho o olhar voltado para o chão.

Essa é a melhor estratégia para esconder o que realmente penso.

– Quer que eu leia para você?

Pholios grunhe, aborrecido.

– Não. Chega de livros. Volte aqui.

– Chegar com os livros, você disse? Vou escolher um. – Caminho para o outro lado do quarto, onde uma fileira de prateleiras decora a parede.

– Sua tonta detestável – diz Pholios. – Paguei sete mil necos ao seu pai por você. Que desperdício.

– Sinto muito, marido. – A faixa aperta um pouco mais.

– Não quero que lamente. Quero que levante essas saias e venha para a cama cumprir seu dever de esposa.

Um dever que ele não tem sido capaz de me obrigar a cumprir, graças à sua enfermidade.

– Que dever pode ser mais importante do que cuidar de meu marido? – pergunto.

Ele não me acha espirituosa. Ninguém acha. Trabalhei muito e me esforcei para garantir a reputação de simplória. Isso me salvou mais vezes do que consigo contar. Foi assim que manipulei meu pai para me casar com um duque rico à beira da morte. Ah, se eu soubesse em que estava me metendo.

Pholios só revelou sua verdadeira natureza depois que nos casamos. Pensei que ele só quisesse uma companheira, alguém que ficasse ao lado de seu leito de morte até que fosse se juntar aos demônios em um de seus infernos.

– Seus deveres *noturnos* – o duque esclarece.

– É dia, marido.

– Eu sei! – Sua tosse ecoa no quarto, e eu a ignoro enquanto olho sem pressa para as fileiras de livros. Já sei qual vou escolher, mas não estou com pressa de me aproximar dele de novo. Não antes de Kyros voltar ao quarto.

Pholios pode ser uma criatura imunda, mas ele gosta de preservar as aparências na frente dos empregados. Ou sabe que o que está fazendo é errado e quer proteger sua reputação, ou então acha que os assuntos de alcova devem ser mantidos na esfera privada. De qualquer maneira, quando há outras pessoas por perto, ele controla as mãos, embora Kyros já tenha interrompido muitas ocorrências impróprias. Fui agarrada, beliscada, estapeada e apalpada mais vezes do que consigo contar nos últimos dois meses da minha vida, desde que me casei.

Mas tudo isso vai valer a pena assim que Pholios estiver morto. O duque não tem filhos, nem parentes para herdar o título, o que significa que, depois de sua morte, tudo será meu. A mansão, o ducado, os empregados, o *dinheiro*. Tudo meu para usar como quiser, e nenhum homem nunca mais vai poder decidir meu destino de novo. Serei uma duquesa viúva para sempre.

Livre para sempre.

O futuro está tão próximo que posso sentir seu sabor. Só mais algumas semanas. Um mês, no máximo. Pholios não pode ter muito mais tempo de vida.

Então não vou mais ter que esconder quem sou de verdade.

Quando ouço os passos leves de Kyros voltando, escolho o livro de poesia na prateleira. O lacaio parece aliviado ao me ver do outro lado do quarto. Sua compaixão é desnecessária – consigo lidar com o velho –, mas é amável, mesmo assim. Volto à minha cadeira enquanto Kyros ajuda o duque a beber um pouco de água. Pholios quase engasga quando lê o título do volume que peguei.

– Não – ele diz. – Odeio poesia.

E foi exatamente por isso que escolhi esse livro.

– Vai esvaziar sua cabeça, Vossa Graça. Poesia dá vida à alma.

Ele resmunga um pouco, mas se cala quando começo a ler. Acho que gosta do som da minha voz, embora olhe para o meu peito enquanto leio, então levanto um pouco mais o livro. Depois de uns dez minutos, os roncos de Pholios voltam a dominar o quarto.

– Tudo bem, Vossa Graça? – Kyros me pergunta, em voz baixa para não acordar o duque.

– Na medida do possível, Kyros, e você? – Fecho o livro e me viro na cadeira para olhar para ele. É bonito, mesmo de uniforme. Ele usa a camisa branca tradicional, calça justa, luvas e botas. Está sempre limpo e impecável, com a melhor postura. O queixo forte é marcado por uma covinha bem no meio, e os olhos verdes estão sempre brilhando. O comprimento do cabelo, sempre penteado para trás, ultrapassa as orelhas, e o corpo forte envergonha muitos outros lacaios.

Dia após dia, somos só eu e Kyros dentro desta suíte, cuidando de todas as necessidades do duque. De vez em quando, o filho pequeno de Kyros aparece, desesperado para mostrar os sapos que pegou no lago da propriedade ou as pedras que encontrou no bosque. O menino sabe que deve ficar quieto caso o duque esteja dormindo, e chama nossa atenção com cuidado, nos levando para fora do quarto para exibir seus tesouros durante uns poucos e breves momentos.

Eu sempre aproveito a oportunidade.

– Muito bem, Vossa Graça. – Educado, Kyros não menciona meu casamento com o duque e as coisas a que sou submetida. É sensato o bastante para saber que não quero falar sobre tamanha humilhação. – Nico aprendeu uma palavra nova esta manhã – ele conta, tentando conduzir a conversa para assuntos mais leves.

Sorrio.

– Qual palavra?

– *Indignado.*

– Uma palavra muito grande para uma criança de quatro anos.

– Não o deixe ouvir isso. Ele tem quatro anos e meio, nem um dia a menos.

No tempo que passávamos juntos neste quarto, eu havia aprendido muito sobre Kyros e seu passado. Ele teve um filho aos dezessete anos. Não se casou com a mãe do bebê, que quando engravidou deixou bem claro que não tinha o menor interesse em criar uma criança. Embora a lei não exija esse tipo de coisa de homens solteiros, Kyros assumiu sozinho o papel de pai.

– Onde está Nico? – pergunto.

– Na cozinha, ajudando a cozinheira. Você sabe que ele adora doce.

– Vou ter que procurá-lo mais tarde. Quero muito saber como ele encaixa *indignado* em uma frase.

Doran, outro lacaio, entra no quarto carregando uma bandeja com uma carta.

– Carta para você, duquesa – ele diz em voz alta, e Pholios acorda novamente. Gostaria de advertir o homem, mas olho para ele com um sorriso pálido.

– Obrigada, Doran – respondo, e me levanto para pegar o pergaminho dobrado.

– Vou tomar café da manhã agora, Kyros. Vá buscar – diz o duque, mais uma vez alerta.

Tenho certeza de que os dois criados deixam o quarto, mas não vejo nada. Estou ocupada demais estudando a caligrafia da carta.

É da minha irmã.

Alessandra nunca escreve para mim. Eu raramente escrevo para ela – só quando quero me divertir a atormentando. Ela me considera uma idiota vaidosa, o que acho ainda mais divertido. Alessandra sempre foi muito óbvia sobre o que quer e como vai conseguir alcançar o objetivo. No momento, ela está tentando conquistar o Rei das Sombras.

Rio baixinho. Se ele não me quis, certamente não vai querer minha irmã. Não é questão de vaidade. Posso ter herdado a aparência de nossa mãe, mas não é isso que importa. Um rosto bonito só nos leva até certo ponto. O mais importante é que sou uma boa atriz. Consigo fingir que sou o que os homens querem. E descobri que o que os homens mais querem é alguém que eles pensam que podem controlar. Então, finjo ser dócil. Finjo ser obediente. Quando os homens acreditam que podem controlar uma mulher, não a observam com muita atenção. Quando pensam que a mulher é burra, não são muito cuidadosos com as coisas que falam na frente dela.

Mas Alessandra? Sempre sei o que ela está pensando. Embora admita que nunca a considerei capaz de cometer assassinato. Quando a verdade do que aconteceu com seu primeiro amante veio à tona, fui pega de surpresa. E mais chocante ainda foi o perdão imediato que o rei concedeu a ela.

A culpa por não sermos muito próximas é minha. Sempre competimos pela atenção de nosso pai. O mundo dele girava em torno de minha mãe, mas, quando ela morreu e nos deixou, eu com doze anos e Alessandra com onze, eu soube que o amor dele seria transferido para minha irmã ou para mim. Só havia espaço no coração dele para uma mulher de cada vez, e eu o conquistei antes de Alessandra ter tempo para entender o que estava acontecendo. Ela teria feito a mesma coisa, se pudesse.

Vivemos em um mundo em que os homens decidem tudo. Onde moramos. Como ganhamos dinheiro. Com quem nos casamos. Eu sabia que minha maior chance de conquistar a felicidade era controlando meu pai. Era ela ou eu.

Eu me escolhi.

Às vezes, me sentia um pouco culpada, mas isso não vai ter a menor importância quando eu finalmente tiver o que quero. Quando for rica e não tiver obrigações com homem nenhum, vou poder fazer o que quiser, inclusive cultivar uma amizade com minha irmã, se desejar.

Desdobro a carta e a leio:

Querida Chrysantha:

Eu quis mandar um convite pessoal para o meu casamento. Kallias e eu vamos nos casar em seis meses. Minha coroação acontecerá no mesmo dia, logo depois da cerimônia de matrimônio.

Você virá, não? Ou está ocupada demais bancando a enfermeira do seu marido enrugado? Certamente pode dispor de algum tempo para o melhor dia da vida de sua irmã? Mande sua resposta depressa e eu reservo para você um assento na primeira fileira para assistir ao casamento desta leviana com o Rei das Sombras.

Tudo de bom,
Alessandra

Há um retumbar dentro do meu ouvido, e só percebo tarde demais que amassei a carta.

O rei.

Minha irmã caçula vai se casar com o maldito rei.

Ele não me quis, mas ele a quer. *Ela!* A assassina.

Passei todo esse tempo tramando, planejando, tentando conquistar alguma coisa. Fui molestada, degradada, verbalmente agredida dia após dia, e para quê? Até agora não consegui nada.

Enquanto isso, Alessandra se deitou com tantos homens que perdi as contas. No passado, eu a chamei de coisa muito pior que leviana. Era meu jeito de lhe dizer para ser cautelosa. Ela precisava cuidar de sua reputação se quisesse ter um bom futuro. E isso me fazia sentir melhor quando a inveja por ela ter companhia enquanto eu lutava sozinha por minha sobrevivência quase me dominava. Porque eu achava que, se ela continuasse a se comportar daquela maneira, eu não conseguiria me casar com um homem rico.

Mas ela conquistou um *rei*. Vai se tornar uma *rainha* de verdade. Vai ter recursos indizíveis, dinheiro, *tudo*. Ninguém jamais tocará nela, não enquanto for casada com o homem mais poderoso do mundo.

Minha temperatura sobe, e o mundo se tinge de vermelho.

Ela venceu.

Como pode ter vencido? Ela não fez nada! Não lutou por isso. Ela nem sabia que estávamos jogando o mesmo jogo, e como, como, como, maldição?

Enquanto refletia, nervosa, não percebi que tinha me aproximado da cama. Pholios ataca como uma cobra, agarra meu quadril por cima do vestido e tenta me puxar.

Furiosa, bato na mão dele sem pensar.

O duque e eu ficamos paralisados.

– Você acabou de me bater? – ele pergunta.

– Senti coceira, Vossa Graça.

Ele grunhe e tem a audácia de parecer ofendido, mas percebo que um mau pensamento criou raízes em sua cabeça quando ele sorri.

– Aproxime-se, esposa, e eu a perdoo.

– Aproximar-me? – pergunto.

– Sim, quero que se debruce na cama. Meu cobertor saiu do lugar do outro lado do colchão. Você precisa arrumá-lo.

Meu rosto é uma máscara de coisa nenhuma, e minha alma queima. Estou presa nesta casa há muito tempo, presa neste quarto com o duque olhando para mim e lambendo os lábios enquanto tenta me convencer a chegar perto dele. Enquanto isso, minha irmã vive uma vida de luxo, perfeição e liberdade. Nos braços do maldito Rei das Sombras. Não consegui seduzi-lo durante minha estadia no palácio, então decidi me conformar com a segunda opção.

Não vou mais me conformar.

A faixa de ferro em torno dos meus pulmões se rompe. Meu cérebro desliga do resto do corpo, e minhas pernas se movem sem que eu dê a ordem consciente.

Faço o que o duque pediu mais cedo. Levanto as saias e me sento em cima dele. Ele arregala os olhos antes de ter o bom senso de estender as mãos e me segurar pela cintura. Tenta me colocar na posição que deseja; depois, faz um grande esforço para empurrar o quadril contra o meu corpo, com camadas e mais camadas de roupas, lençóis e cobertores nos separando, felizmente.

Mas meu foco está no travesseiro extra ao lado da cabeça dele. Eu me inclino para pegá-lo, e os dedos de Pholios se movem para encontrar meus seios. A pressão é dolorosa, mas não endireito as costas até pegar o travesseiro. Mesmo depois de pegá-lo, só me movo para ajustar a posição.

Eu o sufoco com o travesseiro de penas.

O que começava a ficar duro embaixo de mim amolece. Os gritos desesperados de Pholios são engolidos pelo travesseiro, e seu corpo frágil quase nem se move sob o meu. Suas mãos abandonam meu peito, finalmente, e tentam segurar meus braços, tentam afastá-los.

Não diminuo a pressão.

– Não era isso que queria, marido? Finalmente sou boa para alguma coisa agora?

Se Alessandra pode ter tudo que quer apesar de ter matado um homem, por que eu não posso? O rosto dela surge em minha cabeça, e fecho os olhos para não vê-lo, fecho os olhos para não me lembrar de cada coisa imunda que esse homem já fez comigo.

Nunca mais.

Mesmo quando sua resistência patética chega ao fim, não me levanto. Continuo sentada sobre meu marido morto, perdida em uma espécie de limbo sombrio entre o antes e o depois.

Antes, eu não era uma pessoa violenta. Antes, era a personificação da paciência.

Agora, sou livre. Agora, posso ser o que eu quiser.

Começando por assassina, como minha irmã. Desci ao nível dela. O pensamento finalmente me faz entrar em ação. Eu me endireito, devolvo o travesseiro ao lugar e ajeito o cabelo do duque. Ele parece muito tranquilo na morte.

Espero que não encontre paz no lugar para onde acabei de mandá-lo.

Quando volto à minha cadeira, percebo uma silhueta na porta. Nico, o filho de Kyros, está lá parado com o queixo coberto de migalhas.

Ele olha para mim e para o duque.

Paro de respirar.

CAPÍTULO 2

Nico leva o dedo aos lábios, o sinal que costumo fazer para ele quando o duque está dormindo. Relaxo instantaneamente. É claro que ele não pensa nada diferente.

Ele sussurra:

– Você não me pega, duquesa. – E sai correndo.

Vou atrás dele.

– Você foi me chamar com a boca suja de migalhas e não trouxe doces para dividir comigo? – falo enquanto o persigo.

Nico grita e ri. Ele é surpreendentemente rápido para alguém tão pequeno. Escorrega pelo corrimão da escada, enquanto eu tenho de descer devagar, por causa do peso das saias. Quando chego ao chão, volto a correr e consigo, enfim, me aproximar do menino. Ele balança os bracinhos, e, pouco antes de eu conseguir pegá-lo, Kyros vira a esquina com a bandeja do café da manhã do duque.

Pego Nico no colo e o giro no ar. Sua risada deixa meu coração mais leve, e faço cócegas em sua barriga com uma das mãos, antes de colocá-lo de volta no chão. Sua risada é perfeita nesta grande mansão. Finalmente, a casa é um lugar onde todos podemos ser felizes. O duque está morto.

Morto.

Morto.

Morto.

Acho que não existe uma palavra mais doce.

– O que vocês dois estão aprontando? – pergunta Kyros.

– Pai, a duquesa ficou indignada porque não levei pão doce para dividir com ela.

– Eu também teria feito cócegas na sua barriga por esse esquecimento – Kyros declara.

– Vou pegar mais para todos nós! – Nico corre para a cozinha.

Kyros vê a criança se afastar correndo, e seus olhos transbordam amor.

– É melhor voltarmos depressa, antes que o duque fique irritado, Vossa Graça.

– Ele dormiu de novo – respondo. – Por isso aproveitei para escapar por um momento.

Kyros assente, compreensivo, e voltamos juntos à suíte master.

Apenas horas mais tarde alguém percebe que ele não está respirando.

Nos dias seguintes, nada de mau acontece. Ninguém suspeita de nada. O homem estava morrendo, de um jeito ou de outro. Por que desconfiar de que não foi uma morte natural? Além disso, todo mundo me considera burra demais até para conceber um homicídio. Eu garanti que fosse assim.

Visto preto para o funeral, consigo derramar lágrimas falsas por Pholios, mantenho o rosto escondido no lenço de seda preta que ganhei do homem morto, e que tem nossas iniciais bordadas. Meu pai me conforta e traz flores; ele chega a perguntar se pode fazer alguma coisa para ajudar a administrar a propriedade. Está muito satisfeito comigo, já que o preço que o duque pagou pela minha mão o salvou da ruína. Meu pai pode ser um conde, mas estava falido. *Eu* estava falida antes de me casar com Pholios.

Agora a fortuna dele é minha, posso fazer o que quiser com ela. Nenhum homem pode me dizer como devo gastar esse dinheiro. Nem meu pai.

Eu consegui.

Alcancei o que pouquíssimas mulheres conquistam.

Liberdade verdadeira.

A primeira coisa que decido fazer com esse bem precioso é conhecer a propriedade e meus empregados. Pholios nunca me deixava sair de perto dele. Eu tinha de fazer todas as refeições ao lado de sua cama. Tinha de estar lá quando ele acordava e continuar lá até bem depois de ele dormir. O duque mencionou muitas vezes que me faria valer o dinheiro que havia gastado em mim. Eu era sua propriedade, dizia.

No fim, acho que ele entendeu que estava tremendamente enganado sobre quem tinha controle sobre quem.

– Vossa Graça, é muito bom revê-la – diz a sra. Lagos, a governanta, quando me encontra no salão.

Só a vi algumas vezes desde que pus os pés nesta mansão pavorosa, quando toda a criadagem me recebeu na porta como a nova senhora do lugar.

A sra. Lagos é tão formidável quanto um gatinho, com seu metro e meio de altura, mas que os deuses ajudem quem ousar refutar sua afirmação de que tem um metro e cinquenta e dois (ouvi uma conversa especialmente terrível sobre isso). Seu cabelo é negro como a noite, a pele é branca como marfim. Com olhos ovais e nenhuma ruga à vista, é impossível adivinhar sua idade, e não me atrevo a perguntar para ela.

– Igualmente, sra. Lagos. Obrigada por vir me encontrar.

– Disponha. Como posso ajudá-la?

– Gostaria de fazer algumas mudanças na propriedade. Esperava que aceitasse me ajudar com isso.

– Certamente. Que mudanças?

Quero que todos os criados me adorem. Quero que eles me *queiram* como sua senhora. Essa é a melhor maneira de garantir uma transição tranquila, e não quero que ninguém questione o controle que tenho agora. Há um jeito muito simples de conseguir isso desde o início.

– Eu gostaria de dar um aumento de vinte por cento a todos os empregados.

A sra. Lagos olha para mim e pisca lentamente, como se não tivesse me ouvido bem. Depois sorri.

– Vamos nos dar muito bem, Vossa Graça.

– Excelente, porque tenho planos para uma grande reforma...

Primeiro, as coisas mais importantes: a suíte master. Ordeno que seja esvaziada. Cada objeto é levado para o depósito, desde a cama até as cortinas e o tapete. Decoro novamente o quarto para criar a impressão de que Pholios nunca esteve nele. Quero livrar o espaço de tudo que possa me lembrar dele.

Sempre gostei de cor-de-rosa, e encontro uma colcha para a cama em um tom delicioso de rosa fosco que chama minha atenção em uma loja. Todo o restante da decoração do quarto é escolhido para combinar com a colcha. Papel de parede branco com estampas de crisântemos espalhados ao acaso, uma alusão ao meu nome. Uma cama de dossel de carvalho branco com mosquiteiro. Poltronas com filigranas douradas e almofadas brancas e fofas. Uma penteadeira de ébano pintado com puxadores de ouro. Mando pintar o teto com as cores do céu diurno e anjos de bochechas rosadas passeando entre as nuvens.

Enquanto isso é feito, a sra. Lagos prepara o restante da mansão para a reforma. Não quero nenhuma lembrança do homem horrível que um dia obscureceu esta casa, e ela se encarrega de remover todos os antigos quadros, vasos e outros bens da família Pholios e mandá-los para o sótão até que possam ser vendidos. Enquanto o período de um ano de luto imposto pela sociedade não chegar ao fim, não posso comparecer a eventos ou receber visitas sociais.

Mesmo assim, menos de uma semana depois do funeral, as cartas começam a chegar aos montes. Dou uma olhada rápida nelas antes de jogar todas em uma pilha ao lado da lareira.

Fiquei triste ao saber da morte de seu marido, Vossa Graça. Se precisar de conforto, espero que me procure.

Essa era do Conde de Barlas.

Não se permita permanecer na tristeza, Vossa Graça. É melhor olhar para o futuro com esperança. Posso visitá-la em breve?

Do Conde de Varela.

Eu a admiro de longe há muito tempo. Agora que é livre para escolher seu caminho, posso me incluir entre as opções?

Do Duque de Simos.

E, no meio de tudo, um trecho terrivelmente constrangedor que faz meu rosto corar.

Uma mulher na sua posição merece todos os prazeres que a vida tem a oferecer. Seja minha amante, Duquesa de Pholios, e a manterei satisfeita.

Enviado pelo Barão de Moros, que já é casado.

Não serei amante de ninguém. Estou farta de homens me dizendo o que fazer, seja no quarto ou fora dele. A correspondência é ignorada, embora eu a leia de vez em quando, sempre que sinto necessidade de reencontrar o ânimo. É alimento para a autoestima, mesmo que as atenções sejam indesejadas.

Pelo menos as de homens poderosos.

Durante anos, sonhei com o dia em que seria eu a detentora do poder, livre para buscar os relacionamentos que escolher. Vivi sozinha toda a minha vida, privada dos prazeres simples de uma companhia romântica como uma dama bem-nascida. No segundo em que o período de luto acabar, pretendo pôr fim a essa solidão.

Vou arranjar um amante.

Um homem bonito, pobre – mas habilidoso –, que me cubra de atenção, me ame e não queira nada de mim exceto os confortos terrenos que posso lhe oferecer.

Os homens têm amantes o tempo todo, e, sendo uma duquesa viúva, posso fazer a mesma coisa. Não é convencional, mas também não é algo que nunca tenha acontecido. Terei o poder e a posição para enfrentar qualquer escrutínio que receber como consequência disso. Além do mais, obviamente encontrarei alguém capaz de ser discreto.

Mas essa opção não existe pelos próximos onze meses e duas semanas. Nesse período, vou me concentrar em fazer novos amigos na mansão ou supervisionar as melhorias na propriedade. É possível ouvir operários martelando e serrando o dia todo. Pintores, carpinteiros e pedreiros entram e saem sob o olhar atento da sra. Lagos e de meus empregados. Vai demorar meses, talvez até anos, antes que tudo seja reformado, mas a demora não é inesperada, já que herdei uma propriedade que só é menor que o palácio real de Naxos.

O palácio de Alessandra.

Depois da sra. Lagos, é hora de conquistar a amizade dos lacaios. Kyros me apresenta o restante deles, e todos ficam muito animados quando descobrem que estou interessada em aprender um determinado jogo de cartas.

– Deve jogar uma carta mais alta, mas do mesmo naipe – Doran explica, enquanto Kyros olha por cima do meu ombro.

Pego uma rainha de rubis.

Kyros se abaixa e cochicha no meu ouvido.

– Essa, não. É alta demais. Melhor guardá-la. Jogue essa.

Ele põe o seis de rubis virado para cima sobre a mesa, superando o cinco jogado anteriormente na rodada.

– Acho que ela já entendeu – Plutus opina, de cara feia, quando cubro sua carta. – Pode parar de ajudar.

– Você não sabe perder – Kyros retruca. – Joga esse jogo há anos. Ela está aprendendo.

– Foi você quem a convidou. Se ela não consegue acompanhar, é problema dela. – Ao perceber o que tinha acabado de dizer, Plutus fica pálido. – Perdoe-me, Vossa Graça, esqueci...

– Está tudo bem, Plutus. Se eu deixar as coisas um pouco mais interessantes, talvez seu humor melhore. – Tiro um necos do bolso e o coloco em cima da mesa.

– Não temos esse valor para apostar – Doran avisa, olhando para a moeda.

– Joguem com o que vocês têm, então. Não acabei de aumentar o salário de todo mundo? Ou estão com medo de que eu pegue todo o dinheiro de vocês?

Não ganhei nenhuma partida naquela noite, mas exijo uma revanche na noite seguinte.

Kyros e Nico me acompanham em piqueniques no gramado quando tem sol, quando o menino colhe flores do campo para mim, e Kyros e eu conversamos sobre tudo e nada. Nico me mostra as árvores em que mais gosta de subir, e mostro a ele quais frutas estão maduras e prontas para serem colhidas – assim como as plantas venenosas de que deve se manter afastado. Às vezes, dou aulas de piano ao garoto. Sempre gostei de tocar. Não economizei para modernizar o excelente instrumento.

– A senhora o mima – Kyros se atreve a comentar algumas semanas depois do início de minha viuvez.

– Ensinar música a uma criança não é mimar. Além do mais, gosto de passar tempo com ele.

Uma grande nuvem passa na frente do sol, apagando o brilho do verde das árvores e do gramado à nossa volta. Kyros se inclina para trás, apoiando as duas mãos no cobertor de piquenique.

– E foi assim que imaginou passar seu tempo como viúva? Dando aulas de piano para o filho de um criado?

– Certamente imaginei menos reclamações do pai da criança.

Kyros sorri.

– Mas, honestamente, está feliz?

– Mais feliz do que me lembro de já ter estado.

– Não sai muito da propriedade. Pensei que quisesse se relacionar com pessoas da sua posição. Ou convidá-las a vir aqui, pelo menos. Em vez disso, passa os dias fazendo bolos com a cozinheira, jogando cartas com os lacaios e ensinando Nico a tocar piano.

– Não é só isso. Acabei de criar um clube do livro com Damasus, Karla e Tekla. Trocamos romances antes de nos reunirmos para discuti-los.

Kyros dá risada.

– Uma duquesa que discute livros com o mordomo e as criadas.

– Pode rir se quiser, mas estou exatamente onde quero estar. Meu pai me obrigava a frequentar todos os eventos sociais, a comparecer elegante e muito arrumada a todos os bailes, a tolerar a presença de todo homem imundo. Agora passo os dias com quem quero e quando quero. Meus criados são os melhores indivíduos que já tive o prazer de conhecer. Não preciso buscar os elogios falsos das mulheres da nobreza nem a atenção indesejada dos cavalheiros. Leio quando quero. Fico ao ar livre quando desejo. Desfruto da companhia de meu cavalo, de um menino de quatro anos e, sim, do mordomo, além de todos nesta propriedade. É perfeito, e já estou providenciando a renovação do que pode ser melhorado. Agora, será que pode parar de me criticar e me deixar apreciar os confortos que conquistei com muito esforço?

– É claro, Vossa Graça.

O sorriso simpático de Kyros combina com o meu, e me reclino na maciez do cobertor xadrez. Há uma sensação de leveza em meu peito, e demoro um pouco para identificá-la.

Isso é o que uma pessoa feliz sente, percebo.

Falar o que penso e ter alguém que se interesse em me ouvir. Nenhum homem tentando mandar em mim ou me controlar. Praticar atividades que realmente aprecio. Estar com pessoas de quem gosto.

É isso. Tudo isso compensa cada dificuldade que enfrentei desde a morte de minha mãe.

Sou intocável, e isso é tão bom que me sinto quase capaz de voar.

Quando saio da propriedade, a situação é completamente diferente.

Tenho que vestir preto em público para simbolizar meu luto. Mais de um mês depois da morte do duque, uso um vestido cor de ébano com uma saia com crinolina simples e um corpete justo. Mangas compridas. Sem véu. O resultado é deprimente, mas é a aparência que devo ter quando saio de casa para resolver meus assuntos. Só mais dez meses e meio e vou poder me livrar dessa farsa também.

Estou em uma loja escolhendo velas novas para a sala de jantar, com uma fileira de lacaios atrás de mim para me ajudar com as compras, quando alguém se aproxima e para do meu lado.

– Vossa Graça?

Eu me viro e vejo Lady Evadne Petrakis, filha de um marquês, também fazendo suas compras. Frequentamos os mesmos círculos sociais, então naturalmente nos encontramos inúmeras vezes, mas eu não a chamaria de amiga. Ela é mais uma conhecida cuja presença é frequente. Não que seja fácil chamar alguém de amiga depois de ter passado sete anos escondendo do mundo meu eu verdadeiro.

– Lady Petrakis, como vai?

– Muito bem! E a senhora? Deve estar orgulhosa de sua irmã. Casar-se com o rei!

Forço um sorriso.

– O rei acabaria escolhendo alguém em algum momento. E você? Tem alguma coisa importante para me contar sobre esse tempo em que estive ausente dos eventos? Perdi muitas fofocas desde meu casamento.

– Alguns anúncios de noivado, nada importante. Nada de muito escandaloso acontece agora, com todos os novos decretos da futura rainha.

– Decretos? – Alessandra está legislando? Ela?

– Ah, sim. As mulheres não precisam esperar o casamento para manter... relações íntimas. Os pais não podem mais aceitar valores oferecidos pela mão de suas filhas. Na verdade, eles são obrigados a pagar o dote das filhas quando elas se casam com quem querem, uma parte razoável da renda anual do pai.

– O quê?

– Ah, sim. Alguns nobres ficaram bem aborrecidos, mas o rei mandou decapitar todos eles pelas ameaças que ousaram fazer contra a futura rainha. Ninguém se arrisca a sussurrar um protesto sequer contra as novas leis, depois disso.

– Quantas novas leis foram anunciadas? – pergunto.

– Perdi a conta, para ser sincera. Na última semana, ela decretou que terras e títulos devem ficar para o herdeiro mais velho, não importa o sexo. Ah, e filhas mais novas não precisam mais esperar a estreia da mais velha na sociedade para comparecerem aos eventos como quiserem.

Pisco algumas vezes, processando as palavras dela.

– E o rei permitiu tudo isso?

– Ele incentivou. O nome dele aparece ao lado do dela em cada novo decreto. O povo diz que ele está completamente enfeitiçado pela futura esposa e nunca nega nada a ela. Já a estão chamando de Rainha das Sombras.

Mais daquela mistura de raiva e amargura abre caminho dentro de mim. Alessandra deveria ser uma moeda de troca, como eu. Um jeito de meu pai quitar as dívidas e salvar suas terras. Mas ela está criando leis e conquistando o apoio de todas as mulheres da corte. Tem liberdade e felicidade... em troca de quê? O que ela sofreu? Não fez nada para *merecer* o que tem. Não como eu fiz.

Lembro-me de que agora tenho tudo que quero. Sou feliz. Só isso importa. Respiro fundo e me acalmo mais uma vez.

– Céus – Evadne reage. – Falei depressa demais? Sei que às vezes tem dificuldade com isso.

Sim, porque todos pensam que sou idiota. Eu sou a idiota, enquanto Alessandra é a monarca poderosa.

– Tudo bem – respondo. – Só fiquei um pouco atordoada. Vou pagar minhas compras, preciso ir.

– Muito bem. Foi um prazer conversar com a senhora. Aliás, vou organizar um evento dentro de alguns meses. Eu mando o convite. Qualquer parente da Rainha das Sombras é bem-vinda em minha propriedade.

– Obrigada – digo –, mas só posso comparecer a eventos depois do período de luto. O duque morreu, como deve se lembrar.

– Ah, essa foi outra coisa que a futura rainha baniu. As mulheres não precisam mais se submeter ao período de luto. Nem usar preto. – Ela estuda meu vestido com piedade. – Tem liberdade para tomar as próprias decisões sobre o assunto, é claro, mas ninguém espera que demonstre respeito por um homem que tinha quase quatro vezes a sua idade. Bom dia, duquesa.

Quando olho para as duas longas velas em minha mão, descubro que as quebrei ao meio apertando-as entre os dedos.

Quando Lady Petrakis sai da loja, eu a sigo com o olhar. Por que não li os jornais? Como pude permitir que tudo isso me pegasse de surpresa? Quando morava com o duque, sempre usava a literatura como fuga. Fugia para a ficção, onde podia fingir que participava de grandes aventuras, ou solucionava um mistério complicado com minhas heroínas favoritas.

Perdi muita coisa. Alessandra me surpreendeu.

Não que eu jamais tenha desejado ter poder para governar alguma coisa, na verdade. Tudo o que sempre quis foi minha liberdade. Agora a tenho, mas a sinto... diminuída. É como se fosse menos valiosa quando a comparo com o que minha irmã tem.

E agora não tenho nenhuma desculpa para não comparecer ao maldito casamento.

Se eu não aparecer, ela vai saber que venceu. Que estou envergonhada ou com inveja demais para comparecer. Não posso permitir que ela pense isso.

Sério, o que foi que ela ganhou? A observação constante daqueles que governa. Uma vida de serviços prestados ao marido. Muita responsabilidade.

Estou *feliz* por não ter sido escolhida pelo Rei das Sombras. Ser uma duquesa viúva é muito melhor. Não sou como Alessandra, que é bonita, vaidosa e autocentrada. Não preciso de atenção e adulação. Tudo o que sempre quis foi sossego para comandar minha vida. Agora o tenho, então é hora de começar a exercer mais controle. Fazer mais mudanças.

Vou expandir a biblioteca. Mais livros, sim, é disso que preciso. Não tenho mais que ficar de luto? Ótimo. Muito bem. Maravilhoso.

Então não vou esperar para arranjar um amante.

Alessandra tem seu rei, um homem que logo vai se cansar de suas estratégias e tentar controlá-la, mas e se eu aparecer no casamento acompanhada por um homem? Alguém que me obedeça. Alguém que esteja ali para me agradar. Um homem muito mais bonito que Kallias Maheras.

Isso vai chamar a atenção dela.

Decidida, eu me dirijo ao caixa.

O homem atrás do balcão pede o número da minha conta. Eu o forneço, e ele verifica seus registros antes de me encarar com um sorriso forçado.

Conheço essa cara. Ele se prepara para dar uma notícia incômoda.

– Perdoe-me, Vossa Graça, mas parece que o limite de sua conta foi ultrapassado. Ainda não recebemos o pagamento da sua última encomenda.

Eu nem pisco.

– Como é possível? Ordenei que o valor fosse enviado na semana passada.

– Houve algum tipo de bloqueio do seu procurador.

Ah, é?

Não movo um músculo da face quando mando os lacaios deixarem as compras em cima do balcão.

– Eu volto logo – informo ao homem.

– Mudança de planos, Kyros. Vamos visitar Vander.

– Muito bem, Vossa Graça. – Ele me ajuda a embarcar na carruagem, e, depois de uma viagem de dez minutos, chegamos à porta do prédio onde trabalha o procurador.

– Pode entrar comigo, Kyros.

Meu amigo me acompanha, e, embora eu não precise dele para me proteger, é bom ter alguém com quem contar.

– Você vai ver um lado meu que não conhece – aviso. – Prepare-se.

– Promete ser animado.

Subo a escada do prédio, passo direto por um secretário de aparência esgotada e entro no escritório de Vander.

Ele levanta a cabeça, surpreso.

– Sr. Vander – diz o secretário, que correu atrás de mim e entrou na sala. – Sua Graça, a Duquesa de Pholios, está aqui.

– É, já percebi. Por favor, sente-se, Vossa Graça. A porta, Alasdair. – O homem magro sentado atrás da mesa ajeita os óculos.

A porta da sala é fechada. Eu me sento na cadeira sugerida, e Kyros fica em pé atrás de mim. Adoto o tom e a atitude que costumo usar ao lidar com os homens: casual e distante.

– Sr. Vander, parece que houve algum engano. Tentei fazer uma compra na loja que frequento, mas fui informada de que não poderia levar os itens que escolhi devido a um pagamento atrasado. Esqueceu de enviar o dinheiro, talvez?

O homem une os dedos sobre a mesa e olha para mim como se eu fosse um peixe que ele pescou para o jantar.

– Ah, Vossa Graça, o problema é que excedeu seu limite de gastos. Notei que promoveu várias mudanças na propriedade. Ultrapassou o valor de sua renda mensal. Adiei o pagamento para o mês que vem, e também programei uma taxa suplementar para o meu escritório a fim de cobrir os honorários que naturalmente são cobrados quando ocorre esse tipo de descuido de sua parte.

Fico em silêncio, e o homem continua:

– Não se preocupe, Vossa Graça. Matemática é uma ciência muito difícil de dominar. Um deslize ocasional é compreensível, mas estou aqui para lidar com tudo isso. Cuidarei de todos os seus assuntos, esteja certa. Talvez queira discutir um orçamento? Ou prefere que eu aprove suas compras antes de fazê-las, no futuro?

Kyros está tenso atrás de mim, como se quisesse dizer alguma coisa. Eu me levanto.

– Seu espetáculo de condescendência terminou? – pergunto, ainda em tom neutro.

Vander reage surpreso à pergunta.

– Perdoe-me se usei um tom duro demais, Vossa Graça. Só quero ajudar.

– Ajudar? Pode me ajudar a encontrar um novo procurador, então.

– Vossa... Vossa Graça?

Apoio as mãos na mesa do homem e inclino o corpo para a frente, e minha voz se torna incisiva como uma faca.

– Diga-me, Vander, sua esposa sabe dos clubes que você frequenta à noite?

Ele olha para mim chocado.

– O que está...

– E da mulher que mantém na Sixth Street? Sabe quem é, aquela que você visita fim de semana sim, outro não, quando diz estar fora da cidade atendendo um cliente rico.

– Como você...

– Vamos ver se consegue solucionar esta equação matemática: se pegar sua esposa e somar a informação que pretendo dar a ela, qual será o resultado?

Ele se cala, finalmente.

– Tente esta, então: se subtraio meus negócios do seu escritório e uso minha considerável influência como *duquesa* para convencer o resto da nobreza a levar seus negócios para outro profissional, qual será o resultado?

Seu rosto fica pálido.

– Pensou que eu fosse um alvo fácil? A pobre e simplória viúva recente, sobrecarregada com o peso da nova responsabilidade? Minha renda mensal humilharia o *Rei das Sombras*, e você acha que gastei demais reformando a propriedade? Posso comprar dezenas de propriedades com meus rendimentos. Examinei os livros contábeis, os lucros do ducado e os gastos habituais de Pholios. E ainda tem os novos investimentos que lhe mandei providenciar, que quase *duplicaram* a renda do patrimônio. Ou pensou que eu não os examinaria?

"E você? Você não vai me dizer o que fazer com o meu dinheiro. Pholios está morto. Toda a fortuna e os negócios dele agora são *meus*. Você vai providenciar o pagamento devido à loja agora. E vai enviar uma generosa quantia extra para compensar o erro, e esse valor vai sair da *sua* conta. Não da minha. Isso não vai mais acontecer. Não quero ser forçada a voltar a este escritório miserável para colocá-lo em seu lugar. Se desviar um único neco no futuro, não vai gostar das consequências. Entendeu?"

O silêncio é tão denso que consigo ouvir quando Vander engole em seco.

– Entendi.

– *Vossa Graça.*

– Entendi, Vossa Graça.

– Ótimo. Espero que seja um longo e lucrativo relacionamento para nós dois. Bom dia, sr. Vander.

Kyros abre a porta da sala, e eu saio sem olhar para trás.

Ele só se manifesta quando estamos do lado de fora.

– Senti vontade de aplaudir.

Olho para ele e sorrio. Depois me curvo como se tivesse encerrado uma grande apresentação e agradecesse ao público que me aplaudiu de pé.

– Realmente, é um lado diferente seu – Kyros continua. – Sensacional.

Nunca corei na presença de um homem, mas nunca tinha sido elogiada por alguma coisa importante. É bem inebriante.

Antes que eu possa responder, Kyros pergunta:

– Por que vai manter seus negócios no escritório dele? Por que não cumpre a ameaça que fez?

– Porque agora o coloquei no lugar dele. Vander não vai tentar tirar proveito de mim novamente. Além do mais, qualquer novo procurador que eu contratar vai tentar a mesma coisa. E vou ter que passar por isso de novo.

– E como conseguiu todas essas informações? Sobre a amante dele e os clubes noturnos?

– Ele fez uma piadinha sobre isso com Pholios quando estávamos tratando dos papéis para o acordo nupcial.

– E se esqueceu de sua presença?

– Ele achou que eu fosse irrelevante.

– Como isso é possível?

Caminho até a carruagem, e Kyros abre a porta.

– Bem, foi isso que eu quis que ele pensasse.

Ele balança a cabeça quando entro no veículo.

– E o que quer que eu pense?

– Que sou sua empregadora muito capaz.

– Eu já sabia disso – ele diz antes de fechar a porta.

CAPÍTULO 3

Quando volto para casa, uso a sineta para chamar Medora, minha dama de companhia.

– Sim, Vossa Graça? – ela pergunta ao entrar no quarto. É mais velha que eu, tem vinte e sete anos. Sua pele é cor de pêssego, enquanto a minha é de um tom escuro de bege. Medora tem o busto maior que o meu e sua cintura é muito mais fina.

– Pode me ajudar a tirar este vestido horroroso? – peço.

– É claro.

– Talvez ele seja usado como combustível para a lareira hoje à noite.

Ela faz um som de reprovação.

– Seria o mesmo que queimar o peso dele em cédulas, Vossa Graça, porque foi o que esse vestido custou.

– Não me importo. Não suporto mais olhar para ele, nem por um segundo. Aparentemente, vesti preto durante todo esse tempo sem necessidade. – Conto a ela sobre o encontro com Lady Petrakis.

– Talvez esse seja queimado, mas posso sugerir que os outros sejam doados? Um tecido tão fino alimentaria famílias.

– Muito bem. Cuide disso, mas quero ver este aqui queimar.

Quando tiro o vestido, Medora o joga sobre as cinzas na lareira.

– Pronto. O que gostaria de vestir agora?

Eu me aproximo do guarda-roupa que combina com o resto do meu quarto. Acabamento branco. Puxadores dourados. Estampas de flores delicadas. Mais crisântemos.

Começo a olhar um vestido depois do outro. Sem fazer rodeios, pergunto:

– Medora, você já teve um amante?

Ela nem se surpreende.

– Alguns, Vossa Graça.

– Estou pensando em ter um.

– É mesmo? Quem?

– Ainda não sei, mas pretendo encontrar alguém. E depressa. Antes do casamento de minha irmã.

– Apaixonar-se pode levar algum tempo, Vossa Graça.

Considero um vestido verde e brilhante com mangas longas, mas o empurro para o lado e estudo o próximo.

– Você não entendeu. Não pretendo me apaixonar. Só quero um amante.

– Ah – ela responde, como se não entendesse bem.

Então eu a ajudo.

– Os homens na minha posição podem ter amantes. Por que eu não posso? Sou rica, tenho um título e estou cansada de passar as noites sozinha. Quero um amante. Ou o equivalente masculino dessa posição. Como seria o nome disso?

– Acho que não existe uma palavra para isso.

– Então talvez devamos inventar uma.

Por um momento, o único som no quarto é o dos cabides deslizando no cabideiro do guarda-roupa.

– Vamos ver se entendi isso direito – diz Medora. – Quer manter um homem como os homens mantêm mulheres? Trocar sexo por moradia, roupas e outros bens? Sem amor envolvido?

– Exatamente. – Ou melhor, não haveria mal nenhum em ter um amante apaixonado por mim, mas eu manteria distância desse tipo de envolvimento.

Afasto-me do guarda-roupa com um vestido cor de laranja de mangas transparentes que se estendem até os cotovelos e fitas que são amarradas às costas e formam laços perfeitos.

– O que acha disso? – pergunto.

– Acho genial, Vossa Graça! Desde que seja cuidadosa, por que não poderia se comportar como um homem poderoso na sua posição?

– Ser cuidadosa?

– Por dois motivos. Primeiro, sendo mulher, terá de arcar com todas as responsabilidades se ficar grávida. E, segundo, apesar de ter o controle do dinheiro e de sua reputação, o homem que escolher terá mais força física. Não quero que se exponha a nenhum risco.

O jeito como Medora olha para mim é enternecedor. Já pensei nessas coisas, é claro. Percorri todo esse caminho, cheguei tão alto quanto é possível; no entanto, por serem as mulheres que gestam os filhos, temos de arcar com todas as consequências da gravidez. Nada acontece com o homem, que é o motivo de a mulher engravidar.

Vou fazer uma encomenda de contraceptivos antes de começar qualquer relacionamento físico.

Quanto à segunda preocupação de Medora, é claro que sei que vou ter que confiar em um homem se levar isso adiante. Ele não vai ser como Pholios, mais fraco que eu devido à doença. Vou ter que escolher alguém que não abuse de mim, que respeite minha vontade quando estivermos entre quatro paredes. Mesmo assim, posso escolher alguém que pareça ser bom e depois se mostre inteiramente diferente quando estivermos sozinhos, como aconteceu com Pholios. Felizmente, tenho a meu serviço vários lacaios de força física impressionante, graças à sra. Lagos, que os contratou. Manterei alguns por perto para que possam me ouvir, caso precise de ajuda.

É triste ter que considerar essas coisas, mas, se quero mesmo levar esse plano adiante, preciso fazer tudo do jeito certo.

Entro no vestido e me viro para Medora poder fechá-lo nas costas. Imagino-me no casamento de Alessandra, com todos os olhos voltados para mim, não para a noiva. Para mim, não para a rainha.

– Prometo que serei cuidadosa – digo a ela. – É hora de dar os próximos passos. Acho que vou entrevistar alguns candidatos.

– Talvez não precise escolher alguém tão cedo.

– Como assim?

– Posso ser franca, Vossa Graça?

– Por favor, seja.

O tecido aperta minhas costas quando ela fecha mais um colchete.

– Talvez deva esperar um pouco para entender do que gosta. Os homens não começam assumindo amantes. Primeiro eles experimentam.

– Experimentam?

– Sim, em bordéis e outros lugares desse tipo.

– Ah.

Penso um pouco nisso. Mesmo depois de inteiramente vestida, não me viro. *Visitar um bordel. Experimentar. Descobrir do que gosto.*

É uma boa ideia.

Nervosismo e empolgação se chocam em uma dança deliciosa em meu ventre. Eu vou fazer isso. Vou realmente levar isso adiante.

Terei tudo que sempre quis.

Não preciso procurar muito para encontrar o lugar perfeito. Alessandra esteve ocupada criando os novos decretos, e o povo de Naxos teve que fazer mudanças rápidas para acomodar as novas leis. Mulheres não precisam mais esperar o casamento para manter relações sexuais?

Então, por que não abrir um bordel dedicado a servir uma clientela feminina? O Zanita's anuncia seu "ambiente acolhedor, funcionários entusiasmados e saudáveis e total discrição para qualquer mulher da nobreza que queira visitar o lugar", de acordo com um artigo no jornal que Medora me mostra. A grande inauguração do estabelecimento aconteceu duas semanas atrás.

Providencio uma carruagem para me levar lá esta noite.

Tudo é iluminado por velas em vez de eletricidade, o que confere um ar sensual à área de recepção. Nunca estive em um bordel antes, então não sabia o que esperar, mas alguma coisa me diz que este lugar é muito mais elegante do que aqueles frequentados pelos pobres.

Para começar, todos os que se prostituem estão mais vestidos do que eu esperava. Os homens usam calça *muito* justa. Alguns usam suspensórios sem camisa. Outros estão descalços, com camisas sociais desabotoadas. Tudo é criado para provocar, em vez de revelar. É uma atmosfera de bom gosto, embora levemente escandalosa.

Em segundo lugar, há muito mais homens se prostituindo do que mulheres, mas também tem funcionárias do sexo feminino à disposição. Muitas damas da nobreza preferem as mulheres aos homens, então não surpreende que o Zanita's ofereça os dois. Todos relaxam em poltronas e bancos estofados, conversando ou jogando cartas. A impressão é a de que o lugar é só um salão de jogos. É tudo muito descontraído e normal, certamente para deixar à vontade as clientes mais moderadas.

– Seja bem-vinda – diz a madame, afastando-se de um grupo. Presumo que seja a madame, porque parece um pouco mais velha que as outras. – Sou Zanita. Como posso ajudá-la?

Entrego a ela uma bolsa bem recheada.

– Estou aqui para experimentar seus serviçais.

– É claro, milady.

– Vossa Graça – eu a corrijo.

– Por favor, perdoe-me pelo deslize, Vossa Graça. Não vai se repetir. – Lady Zanita estala os dedos. – Cavalheiros, por favor.

Os homens na sala param imediatamente o que estão fazendo e se perfilam contra a parede mais afastada, ombro a ombro.

– Seu anúncio prometia discrição – comento, dando as costas para as dezenas de homens musculosos.

– De fato, Vossa Graça.

– Gostaria de pagar por visitas domiciliares.

– Não tem problema. Quem gostaria de levar para casa esta noite?

Na minha primeira vez?

– Alguém que seja paciente e gentil.

– Vai ter que ser mais específica, Vossa Graça. Estamos falando de profissionais, todos eles são treinados para atender às suas necessidades, não as deles. Qualquer um é capaz de proporcionar uma primeira vez perfeita.

Ah, é? Muito bem, então.

Dou alguns passos na direção da parede e percorro a fila de homens. Alguns têm a pele pálida como marfim, outros têm coloração mediana, e alguns são tão escuros que a pele brilha lindamente sob a luz. Faço contato visual com cada homem. Alguns oferecem sorrisos largos, outros piscam, uns mordem o lábio quando me olham de cima a baixo, me fazendo sentir desejada.

Profissionais, realmente.

– Gosta de trabalhar aqui? – pergunto a um deles. Pode parecer uma pergunta estranha, mas sinto que preciso ter certeza disso.

– Receber dinheiro para fazer sexo? – responde o rapaz de pele de ébano. – Não é o sonho de todo homem? E ainda tem o bônus de uma mulher linda como você aparecer por aqui.

Olho novamente para a madame.

– Vou experimentar todos, começando por este. – Aponto para o homem que falou comigo.

– Qual é seu nome? – pergunto.

– Sandros, amor, e como devo te chamar?

Gostei de ouvir a palavra saindo de sua boca, por isso respondo:

– Amor está ótimo.

Dois meses se passam na mais perfeita glória. Zanita estava certa. Cada um e todos os funcionários de sua casa são competentes. Descubro que é menos a aparência deles que me impressiona, pois são todos muito bonitos, e mais o que oferecem individualmente.

Thaddeus faz massagens sensuais antes de cada sessão, dizendo que ama sentir cada centímetro do meu corpo antes de começarmos. Kallen gosta de carinho depois do sexo, e aninha meu corpo contra o dele enquanto eu cochilo. Soterios é determinado, atende às minhas necessidades três vezes antes de se entregar, e diz que as mulheres são uma maravilha por conseguirem repetir seu desempenho várias vezes em rápida sucessão.

Mas acho que Sandros é meu favorito. Não só por ter me dado uma primeira vez perfeita, quase indolor, mas porque passa horas me beijando durante cada sessão. Como se estivesse faminto por mim. Como se eu fosse especial para ele.

E demonstro que ele é especial para mim oferecendo presentes: abotoaduras de safira, ternos de seda, perfumes caros e tudo mais que amo vê-lo usar. Se bem que gosto mesmo de quando ele não usa nada à noite.

Sigo a vida me sentindo mais relaxada e livre do que nunca. Mal posso esperar para ver a cara de Alessandra quando eu aparecer no casamento dela acompanhada por Sandros.

Enquanto os operários se dedicam diariamente à reforma do interior da mansão, eu penso no terreno da propriedade. Tem muita coisa para planejar. Labirintos de cerca viva, gazebos e flores. Fontes, calçadas de pedras e tudo mais em que consigo pensar. Converso com botânicos e jardineiros, mais carpinteiros e mais pedreiros.

O labirinto de cerca viva está quase pronto. Paguei uma taxa extra para que plantas maduras fossem transplantadas para cá. O encanamento da fonte foi concluído. Estou só esperando o pedreiro terminar a escultura: um belo cavalo com as patas da frente erguidas.

Flores e árvores novas espalham um perfume doce no ar, e os gramados estão visivelmente mais verdes, graças ao profissional que fez alguns ajustes nas sementes e no solo.

A propriedade já é minha na prática, mas agora também tem uma aparência que combina comigo.

– Que sorriso lindo, Vossa Graça – Medora comenta enquanto me ajuda a trocar um vestido cor-de-rosa pastel, próprio para o dia, por uma camisola de seda macia. Usá-la me faz sentir como se eu flutuasse, por isso encomendei dez iguais em cores diferentes. A desta noite é lilás e tem alças em vez de mangas.

– Obrigada, Medora. É bom ter motivos para sorrir todos os dias.

– Seus sorrisos não são os únicos que alegram o ducado. Talvez não tenha consciência de todo o bem que o aumento de salário causou aos empregados, mas Doran, um dos lacaios, conseguiu pagar um tratamento de que a mãe precisava muito para aliviar a dor nas costas. Kyros comprou sapatos novos para Nico. O menino está crescendo mais depressa do que Kyros consegue acompanhar. Ajudei meus pais este mês, eles não tinham todo o dinheiro do aluguel. Causou um bem enorme por aqui, Vossa Graça.

As palavras dela aquecem meu coração.

– Quero que este lugar seja um paraíso seguro para todos os que moram aqui. Não quero que nenhum empregado passe necessidade. – Todos eles merecem se sentir seguros e felizes. Eu não havia percebido quanto isso é crucial até começar finalmente a me sentir assim.

Pouco depois de Medora sair do quarto, Sandros aparece à porta.

O jeito como ele olha para mim na camisola transparente me deixa arrepiada.

– Estou quase pronta – aviso ao entrar no lavatório. – Fique à vontade. – Tiro as flores do cabelo e o escovo, escovo os dentes e cuido da minha rotina noturna. Enquanto lavo o rosto, penso ter ouvido um barulho, além do som da água corrente. Sandros se movendo pelo quarto, talvez?

No entanto, quando estou enxugando o rosto, escuto um grito e ruídos de luta.

Tensa, sinto o medo subir como um raio por minhas costas. Olho em volta e vejo minha escova de dentes. O cabo é de prata e termina levemente pontiagudo.

Segurando a arma insuficiente atrás das costas, saio do lavatório.

E encontro um homem que *não* é Sandros sentado em minha cama, agora desarrumada.

CAPÍTULO 4

QUANDO SUFOCO UM GRITO, O INVASOR SE VIRA COMO SE EU O TIVESSE ASSUSTADO e saca duas armas ao mesmo tempo. O movimento é tão rápido que mal consigo acompanhá-lo. Em um momento suas mãos estão vazias; no seguinte, ele segura um revólver na mão direita e uma adaga de lâmina serrilhada na esquerda.

Minhas costas encontram a parede ao lado da porta aberta do lavatório quando aquela lâmina é pressionada no meu pescoço e o revólver encontra minha têmpora.

Não me mexo; não falo. Mal consigo respirar, tenho medo do aço em minha pele. Ele inclina para mim o corpo terrivelmente musculoso. Sinto cada ângulo seu pressionando o meu corpo. E, como estou pouco vestida, a pressão é demais.

O semblante dele é perigoso, assassino, e tem algo nele que reconheço em mim. A determinação de fazer o que for preciso para ter o que deseja.

– Quem é você? – o desconhecido pergunta, em tom impaciente e violento, mas também cansado.

– Eu? – reajo ultrajada. – Quem é você? O que está fazendo no meu quarto? Tire as mãos de mim imediatamente, ou vou gritar pelos criados!

Onde *estão* os criados? Como ele passou por todo mundo?

Minha mão direita está presa entre mim e a parede. Tento soltá-la.

– *Seu* quarto? – ele indaga, incrédulo.

– Sim, *meu* quarto. – Minha mansão. Meu espaço seguro. Invadido.

Como ele está armado e ainda não consigo mover o braço, tento uma abordagem mais cautelosa.

– Se quer alguma coisa, pode ir à cozinha. Os empregados providenciarão comida. E Kyros chutará você para fora daqui.

Finalmente, solto minha mão e movo o braço, empurrando o objeto pontiagudo contra seu corpo.

O homem olha para baixo, para o local onde a ponta de prata faz contato com sua masculinidade. Espero que não consiga ver que não é uma faca de verdade. Mesmo assim, posso causar um estrago razoável com ela.

– Saia de perto de mim agora – ordeno.

O homem ri como se me julgasse um inseto patético, mas me solta. Dá cinco passos para trás, mas não abaixa o revólver. Ainda aponta a arma diretamente para minha cabeça.

Agora que finalmente estou um pouco mais longe, consigo avaliá-lo melhor. Não reconheço o rosto. É... duro, bronzeado. Bonito até. Os olhos parecem adagas com lâminas afiadas. Os lábios são cheios demais para serem comuns. Ele tem um queixo redondo que se espalha nas laterais e encontra a mandíbula pronunciada de um jeito que é, ao mesmo tempo, jovial e maduro. Olhos semicerrados e cabelo castanho despenteado. Parece ter a minha idade, mas é mais alto e definitivamente mais forte.

– Tenho cara de quem precisa pedir comida? – ele pergunta, e a voz profunda nega qualquer impressão de jovialidade.

Baixo os olhos para estudar suas roupas sujas, gastas – sobre as quais há um impressionante casaco de couro que toca os pés dele. Quando levanto a cabeça outra vez, noto as manchas de terra no rosto, o cabelo desgrenhado, e respondo:

– Sim!

O homem revira os olhos.

– Estava viajando. Levei meses para chegar aqui, o que significa que estou sem paciência. Agora, seja quem você quem for, saia da minha casa.

– Como é que é? Sou Lady Chrysantha Demos, Duquesa de Pholios, e não pode ordenar que eu saia de minha casa!

Ao ouvir isso, o homem endireita as costas e me examina da cabeça aos pés.

– *Você* é a duquesa viúva? Mas não pode ter mais que...

– Dezenove anos – informo.

Ele abre e fecha a boca algumas vezes, mas finalmente guarda as duas armas.

– Disseram que o velho deixou uma viúva, mas não pensei que fosse alguém tão... jovem. O que está fazendo na suíte do duque?

Agora *chega*!

– Você não vai entrar na minha mansão e me ameaçar com armas. Não vai me interrogar como se eu fosse uma suspeita, quando o criminoso é você. Quem pensa que é?

O homem inclina a cabeça para o lado.

– Vander não falou nada?

– Falar o quê? – As palavras saem por entre os dentes. Se eu tiver que visitar aquele homem horrível de novo, juro que vai ser o fim dele.

O invasor revira os olhos, antes de dizer:

– Meu nome é Eryx Demos. Hadrian Demos era meu avô. Sou o novo Duque de Pholios. Acabei de chegar do exterior para me apossar das terras e do título.

Meu coração para de bater, minha pele fica gelada.

– O quê? – sussurro.

– Essa propriedade é minha, este quarto é meu – ele informa, e me encara.

– Não – protesto, primeiro em voz baixa. Depois: – Não! Pholios não teve filhos. Não deixou herdeiros. Isso é um golpe, algum tipo de farsa! Vou mandar buscar Vander imediatamente.

– Faça isso. Ele vai dizer a mesma coisa que eu disse. – Eryx leva a mão à nuca e estala o pescoço.

– Por que ele não me falou isso antes?

– Como é que eu vou saber? A única coisa que Vander me contou sobre você é que é um pouco, hum... simples.

Vander pôs essa farsa em movimento antes ou depois de eu ter ido visitá-lo para informar que sabia que ele tentava me roubar? Essa foi sua vingança por tê-lo colocado em seu devido lugar? Ou ele me considera um alvo tão fácil que planejou mandar um homem aqui fingindo ser neto do duque para que os dois juntos saqueassem a propriedade?

E não tenho dúvidas de que isso é uma farsa, porque *sei* que Pholios não tinha herdeiros. Foi exatamente por isso que o escolhi.

– Vander deve ter me confundido com outra pessoa – respondo. – Porque posso garantir que sou muito competente e capaz de administrar esse patrimônio.

– Sim, notei que fez todo tipo de... mudança interessante. – Ele estuda o quarto com desgosto. – Não importa. Tenho certeza de que podemos devolver a maior parte dessa mobília horrorosa. Devolver ao quarto sua glória viril.

Ele acabou de falar em *glória viril*?

– Você não vai devolver nada. O dinheiro que gastei é meu. A mansão é minha. E você não vai tirar nada de mim, seu moleque insolente!

– Tenho dezoito anos – ele protesta por entre os dentes.

Isso me surpreende. Pensei que ele fosse um pouco mais velho.

– Ah, um ano mais novo que eu – aponto com altivez.

– Duvido. Quando faz aniversário?

– Em novembro.

– É só cinco meses mais velha que eu, duquesa. Isso não lhe dá o direito de me chamar de moleque. – Seu tom calmo só me enfurece ainda mais.

– De qualquer maneira, é menor de idade. Estou mais perto dos vinte e um que você, o que significa que o patrimônio vai continuar em minhas mãos até lá. – Não sei em que acreditar. Não sei mais nem o que estou dizendo. O mundo se inclinou em seu eixo, e estou tentando impedir que ele caia.

Eryx ri.

– Ah, não vai, não. Escute aqui, megera. É o meu direito de herança. Eu tenho o título de duque, sendo ou não maior de idade. Minha posição é superior à sua, *viúva*. Vamos levar esse assunto ao rei se for necessário, mas não vou recuar.

– Vá em frente. O rei está prestes a se tornar meu cunhado.

O que significa que estou regiamente arruinada. Kallias faz tudo que Alessandra quer, e ela não vai me fazer nenhum favor. Na última vez que escrevi para ela, eu a chamei de leviana.

Mas a mentira vale a pena quando percebo uma hesitação em sua aparente tranquilidade.

Talvez seja minha imaginação, mas, por um momento muito breve, juro que vejo os olhos do suposto duque mudarem de cor, passarem de um castanho profundo para um âmbar cintilante, mas pode ter sido só a luz, porque pisco e não vejo mais nada. Eryx parece ainda mais cansado do que quando o vi no quarto pela primeira vez. Depois de alisar o cabelo com os dedos, ele suspira profundamente.

– Escolheu a vítima errada – digo. – Vou tomar providências para que você e Vander sejam presos amanhã.

Calmo e determinado, ele estende a mão direita, onde noto pela primeira vez a presença de um anel.

O selo de Pholios.

Como ele conseguiu isso? Estava na mão de Pholios quando ele morreu.

Não estava?

Bem, isso explica como ele passou pelos criados, pelo menos.

Ao se dar conta do meu silêncio perplexo, Eryx diz:

– Podemos continuar essa discussão amanhã. Tive um longo dia. Preciso descansar.

– Bem, pois não vai ser aqui.

– Eu nem sonharia com isso. Todo esse monte de cor-de-rosa está me dando dor de cabeça. Tenha uma boa noite neste quarto, duquesa. Ele não vai ser seu por muito mais tempo. – O sorriso o faz parecer mais perigoso que antes.

A porta se abre com violência, e no mínimo dez dos meus lacaios invadem o quarto em diferentes estágios de nudez.

Dessa vez, Eryx não saca o revólver nem a adaga. Só olha para os homens com toda a calma.

– Isso não será necessário – diz. Depois passa por cima de alguma coisa no chão e se dirige à porta. Os lacaios o deixam passar, esperando minhas instruções.

Só então percebo que Sandros está inconsciente, caído no tapete ao lado da cama.

Tomada pela mistura de ultraje e surpresa ao ver o invasor, me esqueci completamente dele.

– Levem Sandros para a suíte anexa e mandem buscar o médico, por favor.

Quatro homens tratam de cumprir a ordem e carregam Sandros.

Kyros olha para mim.

– Damasus mandou nos chamar. Disse que um homem com o selo do duque estava circulando pela mansão. Havia dois capangas com ele, e foi por isso que os criados não conseguiram preveni-la de imediato. Está tudo bem, Vossa Graça?

Que pergunta.

Eu tinha minha vida perfeita, e agora um moleque aparece para tomá-la de mim.

Como isso é possível? Ele *não pode* existir. Escolhi o duque especificamente por ele não ter filhos. Nem primos. *Ninguém* para herdar o patrimônio.

Mas tem alguém aqui desmentindo tudo isso.

Isso não pode ser verdade. Não pode ser.

Eu *matei* por isso!

Fiz por merecer.

Recuperando parte da calma, respondo:

– Vai ficar.

Se Vander e Eryx pensam que vou simplesmente entregar o patrimônio, estão muito enganados. Eles não sabem com quem estão lidando. O falso duque pode ter me surpreendido, mas a partir de amanhã estarei preparada.

Devolvo a escova de dentes ao banheiro. Meus lacaios saem do quarto, mas peço para dois deles ficarem de guarda do lado de fora. Só por precaução.

Depois me deito na cama, cubro a cabeça com o travesseiro e grito, grito no travesseiro até a energia furiosa sair do meu corpo. Esgotada e exausta, eu me viro de lado.

Esse é um novo obstáculo que eu não estava esperando, mas vou lidar com ele como tenho lidado com todo o resto.

Eryx, o vigarista, não vai estar por perto por muito tempo.

Acordo várias vezes à noite, porque meu novo problema se recusa a me deixar permanecer no sono glorioso. Quando Medora bate na porta trancada, eu a deixo entrar.

– Preciso me vestir rapidamente, Medora. Tenho coisas a resolver.

Ela escolhe um vestido amarelo-claro com uma fita branca marcando a cintura e os pulsos. A bainha é enfeitada por muitos laços. Escolho brincos de opala e um anel de ouro branco para completar o conjunto. Medora penteia e prende meu cabelo preto, deixando algumas mechas soltas nas costas. Um dos meus melhores traços é o pescoço, por isso sempre prendo o cabelo quando preciso distrair um homem.

– Acho que hoje vou usar maquiagem – aviso, e Medora levanta as sobrancelhas em uma reação surpresa. Normalmente não me incomodo com pós. Não preciso deles, e com eles costumo causar acidentes na rua. Mas é exatamente disso que preciso agora.

Um acidente envolvendo esse impostor.

Medora aplica delineador preto em meus olhos e brilho rosa nos lábios, reforça o contorno das sobrancelhas e aprofunda a cor das bochechas.

Quando fico pronta, saio do quarto. Kyros está subindo a escada justamente quando estou descendo. Ele olha para cima, tropeça e consegue se segurar no corrimão antes de cair. Como ele tem sempre uma coordenação excelente, decido que meu traje e o rosto são adequados para a batalha de hoje.

Quando entro na sala de jantar, fico chocada com o que vejo. Eryx se acomodou na *minha* cadeira na ponta da mesa. Há dois cavalheiros sentados à mesa com ele, um de cada lado, embora *cavalheiros* seja uma palavra generosa.

Os dois grandalhões se levantam de repente quando entro e se retiram para perto da parede atrás de Eryx, onde ficam em posição de sentido.

Não são cavalheiros, então, mas criados? Muito provavelmente, os "capangas" que Kyros mencionou na noite passada.

– Parem com isso – diz Eryx. – Não terminaram o desjejum.

Um dos homens pigarreia, antes de responder:

– Você tem companhia.

Esse homem parece um pouco mais velho que Eryx e muito, muito mais grosseiro. Na verdade ele é assustador com seus traços sombrios. Braços enormes. Coxas tão musculosas que mal cabem na calça.

O outro não é tão grande, mas Eryx não o desafiaria para uma queda de braço, posso apostar. Enquanto o primeiro homem tem cabelo e pele escuros, o segundo tem cabelo dourado e olhos azuis e brilhantes. Ele tem uma cicatriz visível em uma das mãos. Seus olhos se abrem quando examinam meus traços.

– Você não mencionou que ela era linda – ele diz, e o companheiro bate em seu ombro.

Os dois homens abaixam a cabeça, olham para o chão. Eles se vestem como operários. Calça e camisa simples de algodão que devem ser muito mais escuras hoje do que no dia em que foram compradas. Sério, eu devia ter deduzido que eram braços contratados assim que entrei na sala. Mas eles não têm boas maneiras para serem criados domésticos bem treinados.

Honestamente, agora que os dois estão em pé, parecem mais guarda-costas.

À mesa do café da manhã?

Eu devia ter imaginado que o vigarista ia precisar de mais de um homem para encenar essa farsa. Quantos mais a polícia vai ter que jogar na prisão depois que eu denunciar o golpe?

– Duquesa – diz Eryx, notando a minha presença. Ele não reage à minha aparência, o que considero ainda mais frustrante. – Por favor, perdoe o comportamento dos dois. Faz muito tempo que eles não encontram companhia bem-educada. Não vai se sentar?

Ele gesticula, ordenando que um criado remova os pratos dos homens, agora posicionados junto da parede. Uma vasilha limpa é deixada à direita de Eryx. Ele se levanta e puxa a outra cadeira para mim, como se pretendesse me ajudar a sentar.

É uma visão estranha, pois o homem não veste nada próximo do que seria considerado adequado para um duque. Está inteiramente de preto. Calça, botas, camisa de manga longa. Sem colete nem jaqueta, e as mangas estão dobradas até os cotovelos.

Altamente escandaloso.

Parece ter se banhado depois de ontem à noite. O cabelo castanho tem menos volume, embora ainda seja rebelde. Mas pelo menos não está imundo. As olheiras sugerem que não dormiu nada.

Olho em volta bem devagar, encarando cada um dos meus empregados, que parecem tão confusos quanto eu com a presença dos recém-chegados.

Isso está muito, muito errado. Mas não há nada que se possa fazer no momento.

Agora preciso fazer uma escolha.

Baixei a guarda. Fui eu mesma com os serviçais. Mostrei ultraje e competência demais diante de Eryx para fingir que sou diferente do que sou. E que papel vou desempenhar agora?

Posso ocupar o lugar preparado para mim. Fingir obediência e inocência para esperar Eryx baixar a guarda.

Ou...

Posso me sentar do outro lado da mesa e desafiá-lo.

Eu me recuso a fingir dentro de minha própria casa, mesmo que só por mais um segundo.

Ignoro o convite do duque e me sento na outra ponta da mesa, onde posso me colocar em posição de igualdade com Eryx.

O falso duque me observa sem se mover. Xandria, que trabalha na equipe da cozinha, se apressa para puxar a cadeira para mim. Quando me sento e levanto a cabeça, encontro o olhar de Eryx. Ele é o primeiro a interromper o contato visual e volta ao seu assento, e sinto uma pequena euforia, como se tivesse conquistado uma vitória.

Um dos companheiros do falso duque ri da minha atitude ousada, e o outro bate nele por isso.

– Bom dia, duquesa – diz Eryx, ignorando os dois.

– Bom dia – respondo, sem usar seu título.

– Ainda não acredita que sou quem afirmo ser.

– Sou cautelosa; só isso. O falecido duque nunca falou sobre você.

Eryx sustenta meu olhar ao responder:

– Duvido que meu avô falasse muito, tendo você por perto.

– Ele esteve acamado enquanto fomos casados.

– Não foi isso que acabei de dizer?

– Preso à cama por uma *doença*, seu imbecil. Eu estive aqui cuidando dele, mais enfermeira que esposa. E onde você estava? Bebendo e se deitando com meretrizes pelo mundo, sem dúvida, se é mesmo um Demos, como diz.

Eryx se encosta na cadeira e a joga para trás, equilibrando-a sobre os pés.

– O que você está fazendo? – pergunto, assustada. – Acabei de renovar a madeira.

– Não me importo – ele retruca, e seu tom transborda uma arrogância grosseira.

Mudo de tática.

– Acho bem repreensível que valorize tão pouco os esforços dos criados, que recentemente passaram horas trabalhando na renovação deste jogo de jantar, mas suponho que um vigarista não se importe muito com os esforços de outras pessoas.

O silêncio é ensurdecedor.

Até os pés da cadeira baterem no chão e ela voltar à posição normal.

Duas vitórias para mim.

– Pense o que quiser sobre mim – ele diz. – Isso não muda quem sou. Só vai mudar minha opinião a seu respeito. Estranho que não esteja tentando conquistar minha simpatia, já que agora seu futuro está nas minhas mãos.

– Viúva ou não, sou uma duquesa. Respeito e privilégios acompanham esse título. Não pode tirar essas coisas de mim, nem me expulsar da propriedade. Legalmente, não pode fazer nada contra mim. Enquanto você, garotinho, talvez deva tomar muito cuidado, porque posso transformar sua vida em um eterno sofrimento.

Ele leva uma das mãos à têmpora.

– Está dizendo que ainda não começou? Deus me ajude.

De olhos fechados, Eryx massageia os lados da cabeça. Quando abre os olhos e sorri, tenho que me controlar para não recuar.

Um homem com uma ideia é algo perigoso.

– Sabe de uma coisa, duquesa? Acho que você e eu começamos muito mal. Nós nos conhecemos em circunstâncias incomuns, e não fizemos nada a não ser discutir desde então. Talvez possamos recomeçar?

– Com que finalidade? – Que jogo ele está fazendo agora?

– É evidente que precisamos esclarecer essa confusão, e acho que tudo pode ser mais fácil se não estivermos nos atacando. Vamos lá, eu começo. Meu nome é Eryx Demos, é um prazer conhecê-la. Gostaria de me desculpar formalmente por tê-la amedrontado ontem à noite. Queria conhecer a mansão antes que os criados tivessem a chance de mudar alguma coisa, ver como ela era administrada na minha ausência. Devia ter me preocupado mais com seu bem-estar e o da criadagem.

– Não fiquei com medo – minto.

– Não? Encontra estranhos na sua cama frequentemente? – Ele se considera engraçado. Seu rosto não muda, mas o humor ilumina seus olhos.

– Só convido estranhos atraentes para minha cama, o que significa que seu lugar não era lá.

Uma risada abafada soa atrás do duque, e mais um tapa estalado.

– Para de me bater, Argus!

– Fica de boca fechada, Dyson.

Eryx comprime os lábios antes de se virar. Posso imaginar o olhar que ele lança para os dois homens. Eles se calam imediatamente e endireitam os ombros.

Quando Eryx volta a olhar para mim, parece perfeitamente calmo.

– Continuamos nos atacando, pelo visto. E a culpa é minha, ao que parece. Passei muito tempo afastado. Não sei mais como falar com membros da aristocracia.

– Poderia parar de falar – sugiro.

A fachada calma se desintegra, e ele olha para mim furioso.

– A ideia é nos tratarmos com gentileza, duquesa. E você está tornando esse esforço muito difícil.

– Foi você quem invadiu minha casa com a intenção de tirar tudo que tenho. Como acha que eu deveria tratá-lo?

– Estou tentando fazer o melhor em uma situação difícil.

– O melhor para você. Não para mim.

Ele range os dentes.

– Você é impossível.

Eu sei, e essa é a coisa mais deliciosa do mundo. Passei muito tempo bancando a simplória, em silêncio, me contendo. Mas *falar* é a liberdade mais gloriosa. Senti muita falta disso, e Eryx parece trazer à tona um lado meu que esteve adormecido durante todo esse tempo.

No tom mais debochado que consigo encontrar, digo:

– É um prazer conhecê-lo. Nunca conheci nenhum vigarista antes. Por alguma razão, sempre pensei que vocês fossem mais inteligentes. Não importa. Meu nome é Chrysantha Demos. Você deve ter pensado que eu seria uma vítima fácil, mas lamento informar que se enganou. O ducado está em minhas mãos perfeitamente capazes, e isso não vai mudar.

Ele aperta os olhos.

– Termine seu café, duquesa. Temos de fazer uma visita a Vander para resolver nossas diferenças. Acho que nós dois precisamos saber o que há naquele testamento.

CAPÍTULO 5

MANDO KYROS PREPARAR UMA DE MINHAS CARRUAGENS. A COR-DE-ROSA, PORQUE sei que essa é a que mais vai incomodar Eryx. Ele revira os olhos ao ver o veículo parado na frente da entrada principal.

Kyros salta da parte de trás e segura a porta aberta para mim. Fecho a porta com uma batida seca antes de Eryx ter tempo de entrar também. Ele vestiu aquele ridículo casaco comprido de novo.

– O duque tem seus próprios veículos – digo. – E, até que sua identidade seja confirmada, não vou admitir um possível criminoso dentro da minha carruagem, não é? – Bato duas vezes no teto, e o condutor parte, deixando Eryx na poeira e com uma profunda ruga na testa.

O reino de Naxos se localiza sobre uma cordilheira, com a cidade principal espalhada por toda a extensão do maior pico. Os interesses comerciais do duque ficam apenas a uma montanha de distância, o que significa que a viagem não dura mais que umas poucas horas.

Passo o tempo tentando relaxar. Estou sozinha em uma carruagem, longe daquele homem horrível. Não tinha percebido como meus músculos estavam tensos até me sentar no banco com o estofado cor-de-rosa. Sirvo uma taça de vinho do bar escondido e, finalmente, permito que meus músculos destravem.

Cochilo sentada, depois de quase não ter dormido durante a noite anterior. Quando a carruagem para, verifico a maquiagem para não me apresentar toda borrada. Assim que confirmo que minha aparência continua impecável, entro no prédio de Vander e sou seguida por Kyros e Doran.

Quando me vê, o secretário corre para o escritório do chefe, como se estivesse determinado a ganhar de mim dessa vez. Ele anuncia minha chegada, e Vander o manda sair e preparar chá.

– Sr. Vander – digo ao entrar. – Já esqueceu nossa última conversa?

Vander não se abala enquanto ajeita os óculos sobre o nariz.

– Garanto que não, Vossa Graça. O que a traz aqui para iluminar nossos escritórios?

Fico impressionada com a leveza do tom que ele usa. Deve me odiar profundamente, mas gosta do meu dinheiro o suficiente para me aturar.

– Um homem invadiu minha casa dizendo ser herdeiro do duque. Presumo que não me deixaria ser pega de surpresa por um desconhecido em minha casa, então estou aqui em busca de respostas. Preciso de sua ajuda para acionar a lei e providenciar a remoção desse criminoso à força, porque tenho certeza de que ele não vai sair voluntariamente.

Vander sorri.

Sorri.

Ele está metido nisso, não tenho dúvida.

– Por que um menino está dizendo que é neto do duque? – pergunto.

– Um menino? – questiona uma voz, e tenho que fazer um grande esforço para não revirar os olhos. Eryx entra na sala. Ele não usa cartola, nem carrega uma bengala, mas o secretário de Vander se apressa para pegar aquele casaco de couro horroroso. Realmente, ele parece um salteador de estrada vestido daquele jeito. Seus companheiros, Argus e Dyson, tentam entrar ao mesmo tempo atrás dele.

– Esperem lá fora com os lacaios da duquesa – Eryx ordena.

– Mas... – Dyson começa a dizer antes de Argus, mais abrutalhado, o puxar para fora e fechar a porta.

– Vossa Graça. – Vander recita o título com um peso exagerado. – Sente-se, por favor.

Sinto um arrepio na nuca quando percebo que estou prestes a ser atacada por essa dupla de patetas. Eu me preparo para a batalha.

Eryx ocupa a cadeira ao meu lado, e empurro a minha para um pouco mais longe para impedir que minhas saias toquem as pernas dele.

– Isso era realmente necessário? – ele pergunta.

– É claro que sim.

Olhamos para Vander ao mesmo tempo.

– Ah, sim, bem. Isso tudo é um pouco constrangedor, duquesa, mas o falecido duque atualizou seu testamento.

– Quando? – pergunto de imediato.

– Antes de morrer.

Comprimo os lábios.

– Seria muito impressionante se ele tivesse feito isso depois de morto, não?

Vander tosse incomodado e alto, usando o lenço para cobrir a boca.

– Perdão, Vossa Graça. Falei sem pensar. O duque alterou o testamento depois do casamento.

– Quando? – pergunto de novo. – Você certamente tem a data exata dessa alteração?

Uma pausa.

– Receio que não. Desde que eu tenha a versão mais atual sempre, não é necessário registrar a data.

– E como sabe se é a versão mais atual se não acompanha o registro das datas?

Vander não responde. Está olhando para Eryx, como se esperasse que o vigarista o ajudasse a dar uma resposta mais inteligente.

– Não consigo nem imaginar como meu marido confiava a você todos os seus assuntos, porque parece ser inadequado até para as tarefas mais básicas. Anotar uma data, por exemplo.

– Ah, deixe o homem em paz – Eryx interfere. – Erros acontecem. Isso não significa nada.

– Nada? – Aparentemente, meu futuro se resume a nada, mas não serei silenciada com tanta facilidade. – Onde, então, essa mudança no testamento foi feita? Aqui no seu escritório?

– Não, é claro que não – Vander responde. – O duque estava acamado.

– Então me diga, sr. Vander. *Como* isso aconteceu exatamente, porque estive ao lado da cama do duque durante os dois meses em que fomos casados, e não me lembro de tê-lo visto na mansão nenhuma vez.

A sala é tomada pelo silêncio, e a confiança de Vander evapora. Seu rosto fica pálido. Eryx parece apenas um pouco incomodado.

– Tenho certeza de que mandei um assistente para cuidar do procedimento – Vander improvisa.

– É mesmo? Quem?

– Ah, bem, não me lembro exatamente...

– Está dizendo que meu falecido marido, seu *maior* cliente, quis fazer uma mudança importante no testamento, e você não cuidou disso pessoalmente?

Vander engole em seco.

Mordo a boca por dentro.

– Quer saber o que penso?

– Na verdade, não – diz Eryx.

Eu o ignoro.

– Na melhor das hipóteses, é provável que seu assistente tenha cometido um engano. Esse indivíduo inferior e destreinado adulterou a última versão do testamento de meu querido marido. E na pior? Acho que esse homem – aponto para Eryx – não é herdeiro do duque. Vocês dois estão mancomunados. Diga-me, Vander, você pôs esse plano em prática antes ou depois da minha última visita? Isso é uma retaliação? Ou organizou tudo quando ainda pensava que eu era uma simplória de quem poderia roubar?

O procurador não reage, e eu continuo:

– O que ele prometeu, Vander? Quanto da fortuna do duque ele aceitou te dar para ficar com o patrimônio e o título?

Parecia impossível, mas o rosto do procurador fica ainda mais pálido.

– Essa acusação é insana e imprecisa – diz Eryx.

– Prove – exijo. – Porque eu juro que não vou descansar enquanto não descobrir a verdade. Se eu descobrir que você cometeu o menor desvio de conduta, Vander, sua vida vai virar um inferno. Ou pode esclarecer tudo agora. Diga a verdade e eu o perdoo pela ofensa. Podemos seguir caminhos distintos, e o rei jamais terá de resolver esse assunto. Então, vamos lá: há alguma coisa que gostaria de me dizer?

Isso é mentira. Vou destruir esse homem mesmo que ele diga a verdade. Seu destino já foi decidido.

Vander se ajeita no assento. Olha impotente para Eryx, que se equilibra nos pés traseiros da cadeira como se não tivesse nenhuma preocupação no mundo.

O procurador morde o lábio inferior e desvia o olhar, como se pudesse ceder à tentação de falar o que não devia, caso não se contivesse fisicamente.

– Seja franco: prefere tê-lo como aliado, em vez de aliar-se a mim? – pergunto. – Talvez deva se perguntar de quem tem mais medo.

Eryx ri baixinho.

– Muito bem – decido. – Vou contratar um investigador particular para esclarecer esse assunto.

Eryx revira os olhos.

– Isso não é necessário.

– Discordo.

Ele suspira.

– Vander, mostre a ela minha certidão de nascimento. E a de minha mãe também. Dê à duquesa a prova que ela tanto deseja, e vamos encerrar esse assunto.

– É claro, Vossa Graça. – Vander se levanta apressado e corre até um armário. Revira a papelada até encontrar o que está procurando.

Com mãos trêmulas, ele me oferece um pequeno maço de documentos.

– Poderia tentar não parecer tão culpado? – pergunto ao homem. – Seria um grande passo para me convencer da sua história.

– Desculpe, Vossa Graça.

Examino os papéis lentamente, lendo cada linha. Há uma certidão de nascimento de uma tal Ophira Demos, filha de Euphrosyne Demos e Hadrian Demos, Duquesa e Duque de Pholios. Dois selos foram carimbados na cera no fim da página, o do falecido duque e o do falecido rei. Então, a menos que esses dois tenham roubado o próprio rei, Pholios teve uma filha.

O documento seguinte é a certidão de nascimento de Eryx.

Mãe: Ophira Demos

Pai:

Está em branco.

Levanto a cabeça.

Eryx entende minha pergunta silenciosa e declara:

– Sou um bastardo, se é o que quer saber. Não tenho o sobrenome de um pai, mas não preciso disso. Minha mãe é filha do duque. Hadrian me reconhece como neto em seu testamento, seu legítimo herdeiro.

A certidão também tem os selos do rei e do duque. Porém noto que o selo do rei tem uma aparência desgastada pelo tempo, enquanto o selo do duque parece mais recente. A cera não perdeu o brilho, e não tem um grão de poeira depositado nos sulcos.

Mas isso não importa. Não posso provar minhas alegações com base em um detalhe tão pequeno. Não posso nem cumprir a ameaça de levar a questão ao rei. Minha irmã me odeia, e o rei ama minha irmã. Eles não vão ouvir uma palavra do que tenho a dizer.

Sinto meu coração bater mais depressa. *Essa é a prova de que Eryx precisa para tirar tudo que tenho.*

Depois de alguns instantes de silêncio, digo:

– Duas folhas de papel não explicam por que Vander parece prestes a morrer de medo, ou o fato de ninguém ter ouvido falar de você antes. Sem mencionar que o selo do duque foi acrescentado recentemente ao documento.

Devo deduzir que o duque soube de sua existência há pouco tempo e, sem mais nem menos, quis deixar tudo que tinha para você, em vez de deixar a herança para a esposa que esteve ao lado de seu leito até o fim? Que impressionante.

Quando interroguei a criadagem depois do café da manhã, todos disseram que não sabiam que o duque tivera uma filha. Mais peculiar ainda, descobri que ninguém trabalhava na propriedade há tempo suficiente para ter estado lá na época em que um suposto filho teria nascido. Pholios demitiu todos? Por quê?

Ou todas essas certidões, inclusive as que têm o selo do rei, são inteiramente falsas?

– Esperneie e reclame quanto quiser, duquesa – diz Eryx. – Isso não vai me tornar menos real. Estou aqui. Vou ficar, e agora só resta saber o que o duque deixou para você.

– Sim! – Vander exclama, e pega uma pasta que tinha deixado embaixo da mesa. Ele examina mais documentos, até encontrar o que deve ser o testamento. O procurador pigarreia.

– Para meu neto, Eryx Demos, meu único parente vivo, deixo minhas terras e o título, a mansão e todos os bens contidos nela.

Ele segue falando sobre os inquilinos que moram no ducado e a renda anual da terra. Presto mais atenção quando ele chega ao final.

– E para minha esposa, deixo uma pensão de cinquenta necos por mês e todos os presentes que ela recebeu durante a corte e o casamento.

Quase sufoco ao ouvir a quantia. *Cinquenta.* A filha de um barão receberia uma mesada maior. Cinquenta necos não cobrem o valor de um dia de compras.

Vander deixa os papéis sobre a mesa e levanta a cabeça, finalmente recomposto, agora que tem alguma coisa a se agarrar.

– Posso ver isso? – pergunto em tom calmo, apesar da tempestade que se forma dentro de mim.

– É claro – Vander responde. – Mas aviso que destruição de documentos legais é uma infração passível de pena.

– Não vou destruir nada. – Pego o documento e o leio para confirmar o que ouvi do homem, depois verifico o selo. Parece legítimo.

Cinquenta necos por mês. Isso é o que Vander e Eryx pensam que vai me contentar?

– Como o duque foi generoso – comento, e adoto um tom cuidadoso.

– Eu também acho – Eryx concorda, referindo-se à própria herança, não à minha, evidentemente.

– E quanto aos meus investimentos? – pergunto.

— É claro — Vander responde, e procura mais um papel. — Seus investimentos em avanços eletrônicos têm rendimentos astronômicos. Porém, como o dinheiro investido foi herdado do ducado, essa renda é propriedade exclusiva do Duque de Pholios.

Acho que pode ter fumaça saindo de minhas orelhas. Pelo jeito, tornei esse impostor ainda mais rico, sem querer.

Eu me escondo atrás de uma máscara de indiferença, como fiz tantas vezes antes em minha vida. Não posso agir de maneira precipitada agora. Preciso pensar. Preciso planejar.

Passei anos planejando conquistar essa liberdade e essa fortuna. Usei a lei para me proteger, encontrando a única brecha no sistema que favorece as mulheres: a viuvez.

Não imaginei que alguém usaria os meios legais para tirar a fortuna de mim e controlar o patrimônio no meu lugar.

Esses homens nem imaginam com quem estão lidando.

— Agora que tudo foi resolvido — diz Eryx —, vamos aproveitar a oportunidade para discutir seu futuro, duquesa.

— Como é que é?

— O ducado é meu, e não a quero por perto. Portanto vamos discutir suas opções.

— Não pode me expulsar — respondo. — A propriedade é meu lar. — Mesmo que eu não a controle.

— Não pense que a estou expulsando. Pense que a estou libertando generosamente.

Cerro as mãos escondidas no tecido das saias.

— Será que pode ser mais claro?

— Eu esperava poder ser mais delicado, mas franqueza pode ser a melhor tática para fazer essa pergunta. — Eryx olha para Vander.

— Ah, quer que eu... certo. — Vander tosse pela milionésima vez. — Vossa Graça, seu casamento com o duque foi... consumado?

— Mas o que é isso? — grito.

— Não é uma pergunta capciosa — Eryx interfere. — É só uma possível saída para você. Se o casamento não foi consumado, você pode conseguir uma anulação sem nenhuma dificuldade. Não ficaria comprometida com a propriedade, nem com o último desejo do duque para você.

— Honestamente, está tentando roubar a pensão miserável que foi deixada para mim? — Eu me levanto da cadeira e encaro esse... esse moleque!

– Não é miserável, e nem me importo com isso. Posso duplicar esse valor, se quiser.

Aperto os olhos.

– Em troca do quê?

– O que disser nesta sala não será contestado. O duque não está presente para confirmar ou negar suas palavras. Então, o casamento foi consumado?

Ele quer que eu minta... ou diga a verdade. O que for necessário para ouvir o que quer. Que o duque e eu nunca tivemos relações íntimas, que nosso casamento pode ser declarado nulo. Por que ele quer tanto que eu saia da casa? A mansão é enorme. Podemos morar lá os dois sem nunca nos encontrarmos, embora eu não tenha o desejo de dividir o que é meu por direito.

Não tenho intenção de dar a Eryx o que ele quer, então eu minto.

– O casamento foi consumado. – As palavras têm um gosto amargo na boca, mas não hesito.

Eryx suspira.

– Talvez você seja maluca. Estou tentando lhe dar uma saída, mulher. Você pode começar de novo. Encontrar um casamento feliz dessa vez, um casamento de verdade com um homem que possa amar. Não é isso que toda mulher quer?

Não eu. Eu quero liberdade. Casamento é o contrário disso.

– Não vou mentir para você ter o que quer. Além do mais, não sei como é que renunciar ao meu direito de duquesa viúva pode ser útil para você ou para mim.

– Pode voltar para sua família. Morar com eles. É claro que é isso que quer, não? Levaria todos os presentes que ganhou do duque e sua pensão, e, como já disse, eu dobraria o valor com prazer.

O que ele diz poderia parecer razoável para qualquer pessoa. É evidente que não nos damos bem, e eu ganharia mais, financeiramente, aceitando a oferta de Eryx.

Mas *não vou.*

Porque, se concordar com isso, volto para a casa de meu pai como uma debutante solteira e intocada e sou devolvida ao mercado de casamentos. Meu pai pode tentar me casar novamente. Alessandra modificou a lei com relação aos valores pagos pelas noivas, mas isso não significa que meu pai não possa ameaçar me deserdar se eu não me casar com o homem que ele escolher. Eu voltaria a ser controlada pelos homens à minha volta. Não vou fazer isso de novo.

Trabalhei muito para me casar com o duque. Enfrentei o *inferno* para pôr as mãos nessa fortuna, para ter a liberdade que me é permitida como duquesa viúva. Nunca vou desistir dela. E se eu ficar, se permanecer viúva, vou estar a apenas uma pessoa de recuperar tudo o que deveria ser meu por direito.

Eryx tem que ir embora, não eu.

E vou tomar providências para isso.

– Vou perguntar mais uma vez – diz Eryx. – Pense bem antes de responder. Seu casamento com o duque foi consumado?

Analiso sua expressão arrogante e o tom condescendente. Ele espera que eu acate sua vontade. Acredita que está prestes a tomar tudo de mim, e que vou aceitar sem reagir. Porque ele é homem. Porque é grande, intimidador e já me ameaçou uma vez com uma faca e um revólver.

O que ele não entende é que, depois de ter deixado a verdadeira Chrysantha sair, *não posso* escondê-la de novo. Não vou me fazer de boba outra vez. Não vou voltar a servir os homens à minha volta. Esse tempo passou, e agora é minha hora de brilhar.

Não importa se vai demorar dias, meses ou anos, vou me livrar de Eryx Demos, e vou ter tudo que é meu por direito.

Ajeito as saias do vestido, ainda em pé e altiva.

– Ouça com atenção, garotinho, porque não vou repetir. Hadrian e eu consumamos o matrimônio em nossa noite de núpcias.

Eryx aperta os olhos e comprime os lábios.

– Você disse que ele estava acamado. Que não tinha forças para nada.

– Quer que eu faça um desenho de como resolvemos isso? Sua imaginação ou seu conhecimento sobre relações íntimas é tão limitado assim? Vou ter que explicar que me sentei em cima dele? Que...

Vander sufoca um gritinho e cobre as orelhas.

– Vossa Graça, isso é mais que suficiente!

Eryx permanece indiferente. Não sei se acredita em mim ou não, mas isso não tem importância. Como ele disse antes, o duque está morto. Ninguém pode refutar minhas palavras. Elas têm de ser aceitas como uma declaração dos fatos.

– Nesse caso – diz Vander –, a duquesa deve permanecer na Mansão Pholios. Vai morar na suíte da viúva e retomar seus deveres como senhora da propriedade até que Vossa Graça se case.

Estou atenta às reações de Eryx, por isso vejo a careta que ele faz ao ouvir a menção ao seu casamento.

– Ela precisa ficar na suíte da viúva? – Eryx pergunta. – Um quarto no sótão não seria mais que adequado?

Meu sorriso é cruel.

– Se não gosta do arranjo, sugiro que se case rapidamente, *Vossa Graça*. – Pronuncio as palavras com ironia, como se elas fossem uma ofensa, em vez de um tratamento honroso.

– *Não vou* me casar – Eryx anuncia. – E não vou viver com apenas uma porta nos separando à noite.

– Tem medo de sofrer um acidente enquanto dorme? – pergunto com ar inocente.

– De jeito nenhum.

Mas ele não diz mais nada.

– Nesse caso, continuo instalada na suíte master, e você pode encontrar aposentos mais adequados no sótão – sugiro.

Uma covinha aparece entre os olhos de Eryx, e percebo que ele está furioso.

– Não há nada que eu possa fazer legalmente para me livrar dela? – ele pergunta a Vander.

– Receio que não, Vossa Graça – responde o procurador. – Até o momento em que um dos dois se casar, tudo vai continuar como está.

Eryx se agarra a esse fio de esperança.

– Se ela se casar...?

– Nesse caso, é claro que ela iria morar com o marido.

Eryx relaxa.

– Então, existe um fim à vista.

– *Não vou* me casar de novo.

Os dois homens olham para mim com ar crítico, ignorando completamente o que acabei de dizer.

– Ela vai se casar de novo – Vander afirma.

– As propostas chegarão – Eryx confirma, conversando com Vander como se eu não estivesse mais na sala. – Olha só para ela. Desde que mantenha a boca fechada, alguém vai se interessar.

Nunca na vida senti tanta vontade de agredir alguém. Fui silenciada durante *anos*, e a simples sugestão para eu me calar outra vez transforma meus pensamentos violentos em pensamentos *homicidas*.

Durante alguns instantes, não consigo pensar, tamanha a força da emoção.

– Você se esquece de que vou precisar aceitar a proposta – digo por entre os dentes. Na condição de viúva, ninguém pode aceitar propostas de casamento por mim. Nem meu pai e, *certamente*, nem o novo duque.

– Algum dia, outro homem vai fazer uma proposta irrecusável – diz Eryx. E acrescenta em tom mais baixo: – Eu mesmo vou garantir que isso aconteça.

E o que ele pretende fazer, exatamente? Subornar homens para me pedirem em casamento? Suponho que tenha dinheiro para isso. Mas não vou aceitar a mão de outro homem, não quando tem uma fortuna excelente esperando para ser recuperada por mim.

– Case-se você – repito. – Enquanto isso, tenho uma mansão para administrar.

E um duque para tirar do meu caminho.

CAPÍTULO 6

No caminho de volta para casa, alterno entre autopiedade e fúria enquanto traço um plano para recuperar o que é meu. Quando minha bela carruagem para na frente da mansão, o pequeno Nico desce a escada correndo. Depois de me ajudar a desembarcar, Kyros pega o filho no colo.

– Senti saudade, papai.

– Também fiquei com saudade de você. – Ele afasta os cachos dourados dos olhos do menino e beija sua testa.

– Papai, por que a duquesa parece indignada?

Kyros olha para mim, me dando uma chance de responder.

– Porque um impostor está tentando tirar minha casa de mim.

– O que significa *impostor*?

– Alguém que finge ser o que não é.

– Como quando eu finjo ser um grande leão que vai comer todos os cervos da floresta?

– Não. Um impostor finge ser outra pessoa, não outra criatura.

– Ah, então é como se eu andasse por aí fingindo ser o papai?

– Exatamente.

– Eu não gostaria de ser o papai – diz Nico. – Papai não tem tanto tempo quanto eu para brincar.

Outra carruagem para atrás da minha, e o falso duque salta de dentro dela sem esperar um lacaio abrir a porta. Ele encontra meu olhar por um instante, franze a testa, depois passa por nós e entra na mansão seguido por seus capangas.

– Aquele é o impostor? – pergunta Nico.

– Sim. Ele finge ser o dono da casa.

– Mas você é a dona da casa.

– Exatamente, Nico.

– Ele não parece com você. Não é um impostor muito bom. Quer que eu finja que sou um leão e devore ele?

Finalmente, desvio o olhar da porta por onde Eryx desapareceu.

– Não, acho que hoje vamos devorar doces na cozinha. O que acha de irmos ver o que a cozinheira está fazendo?

Nico se contorce nos braços do pai, que o põe no chão, e corre para a entrada de serviço de um lado da casa.

– Você não me pega! – ele grita por cima do ombro.

Corro atrás dele, ansiosa para me fortalecer com açúcar.

No dia seguinte, tento não ranger os dentes quando vejo minhas coisas serem transferidas para a suíte da duquesa. Felizmente, também redecorei o quarto depois da morte de Pholios, embora tenha escolhido tons claros de azul, pensando que, um dia, talvez quisesse um amante morando ali. Imaginava um homem repousando em um longo robe de seda, pronto para me saciar sempre que eu quisesse, dia ou noite. Estava me preparando para perguntar a Sandros se ele gostaria de morar aqui e sair do Zanita's, mas, depois do que aconteceu na noite em que Eryx Demos apareceu, duvido que ele queira voltar aqui. O médico disse que ele vai ficar bem, mas um hematoma horrível se formava quando ordenei que dois lacaios o levassem de volta ao Zanita's. Forneci o nome e uma descrição completa de Eryx à madame, para o caso de ela desejar processar alguém.

Espero ver os criados levando os pertences do falso duque para a suíte ao lado da minha, mas não há movimento nenhum no corredor enquanto arrumo meus pertences no novo quarto. Acho estranho, mas tenho coisas muito mais importantes em que pensar.

Como me livrar de Eryx Demos, por exemplo.

Consigo pensar em muitas coisas que gostaria de fazer. Envenenar seu jantar. Empurrá-lo de uma carruagem em movimento. Soltar dois lobos famintos no quarto dele. Seriam soluções rápidas, mas não muito inteligentes. O duque não pode desaparecer em circunstâncias estranhas. Todos me considerariam a principal suspeita, ainda mais com minha nova reputação e personalidade se espalhando por aí.

Isso significa que primeiro terei de tentar táticas legais.

– Kyros – chamo o lacaio que está no corredor.

– Sim, Vossa Graça?

– Tenho uma tarefa que precisa ser cumprida... discretamente.

– Sua preocupação é minha preocupação, Vossa Graça. Não sei por que o duque teria que saber disso.

Sorrio para ele.

– Preciso de um investigador particular. Pode ir até a cidade, descobrir um que tenha ótima reputação e mandar buscá-lo? Ele deve ser discreto quando chegar à mansão.

– É claro, Vossa Graça.

– Obrigada.

Eu mesma cuidaria disso, mas tenho que lidar com um procurador. Promessa é dívida.

Vander pensou que eu seria uma vítima fácil. Achou que poderia entregar todo o meu patrimônio a um desconhecido e eu não reagiria. Eu me comportei bem demais por muito tempo.

Mas ele não foi o único que enganei. Entro em minha sala e pego caneta e papel da escrivaninha.

Querido pai,

Recebi notícias muito inesperadas. O sr. Vander, procurador que compartilhamos, informou-me que o falecido Duque de Pholios tem um neto. Um tal Eryx Demos se instalou na mansão. Isso é muito estranho, considerando que o duque nunca mencionou ter tido filhos. E, para piorar, o recém-chegado não tem nenhuma semelhança física com o duque. Também não parece ter tido uma educação aristocrática. Pode-se pensar que é um membro da classe trabalhadora, pelo jeito como se veste e se porta. às vezes, ele me amedronta.

O sr. Vander afirma que o duque alterou seu testamento em algum momento desses dois meses que passamos casados e, assim, esse neto distante herdou tudo. Muito curioso, já que nunca vi o procurador e nem um único de seus empregados aqui na mansão. Você sabe que permaneci ao lado do duque em todas as horas, dia ou noite, mas devo ter simplesmente esquecido essa reunião.

Comecei a escrever para contar que queria enviar uma quantia mensal de presente, mas depois me lembrei de que agora o duque controla o dinheiro. Não posso ajudar com as finanças do seu condado. Tenho que fazer o possível para preservar a simpatia do novo duque e ser a melhor dona de casa. E sou capaz disso, já que é meu dever.

Com amor,
Chrysantha

Dou a carta a Doran com instruções para entregá-la imediatamente e apenas nas mãos de meu pai. Não tenho dúvida de que fiz insinuações suficientes sem ser inteiramente óbvia. Meu pai morou comigo durante anos e nunca suspeitou de que eu representasse o tempo todo.

Perto do meio-dia, dou uma olhada na suíte master e descubro que nada foi modificado. Não há roupas no armário. Não há gaveteiros nem baús com itens pessoais. Não há nem um livro sobre a mesa de cabeceira.

Estranho. Muito estranho. Eryx chegou antes de sua bagagem?

Quando pergunto onde está o falso duque, a sra. Lagos diz que ele está no escritório.

– Vossa Graça avisou que ia se informar sobre as contas – ela explica. – Talvez possa ajudá-lo. Ele parecia um pouco confuso.

Dou risada.

– Vou cuidar disso.

– Aquele garoto não sabe nem por onde começar.

– Ele é só alguns meses mais novo que eu – digo. Não para defendê-lo, mas para ver como a sra. Lagos vai reagir a isso.

– As mulheres amadurecem mais depressa que os homens. Comparada a ele, você poderia ter uns vinte e cinco anos.

– Não deixe que Vossa Graça a escute dizendo isso.

– Ah, ele não vai ouvir. Mas a senhora é sempre uma companhia divertida com quem conversar, Vossa Graça.

– Obrigada, sra. Lagos. Também aprecio muito sua companhia.

Ela se afasta com o rosto corado.

Endireito os ombros e me dirijo ao escritório do falecido duque, onde ele mantinha todos os livros contábeis, correspondência e tudo que tivesse importância. Depois da morte de Pholios, usei o aposento para controlar a contabilidade, mas para qualquer outra coisa prefiro usar a sala, onde entra mais luz natural pelas janelas. Ou ficar lá fora, nos jardins. Sempre achei o escritório abafado, mesmo com as melhorias recentes. Talvez devesse ter quebrado a parede externa e instalado mais janelas?

Uma coisa a pensar, depois que Eryx for embora.

Não bato na porta, porque, apesar de tudo, a casa ainda é minha. Sem mencionar que isso seria um sinal de respeito. Como não tenho nem um grama disso por Eryx, entro sem aviso prévio.

Ele está se afogando em papéis. Tem documentos no chão e sobre a mesa. Acho até que vi uma folha colada no salto de sua bota sem polimento. O cabelo está despenteado como sempre, e ele deixou o último botão da camisa aberto. Altamente escandaloso, mais uma vez.

– Vejo que não trouxe seus guarda-costas para cá. Não tem medo de que alguém o mate no escritório? – Não sei por que falar sobre a morte dele me diverte tanto. Talvez porque isso me torne ainda menos suspeita. Ou a ideia é empolgante o suficiente para me sustentar por mais um dia. Ou talvez eu só esteja procurando maneiras de diminuir o homem, porque essa é uma coisinha da vida que me proporciona a maior diversão.

Ele levanta a cabeça, e percebo que usa óculos de leitura. Algo na imagem é... intrigante. Normalmente Eryx parece um bárbaro que mora na floresta e mata panteras com as próprias mãos. Mas de óculos? Ele parece estudioso. Parece *inteligente*. De alguma maneira, parece ter parentesco com um duque rico.

Eu os odeio.

Eu o odcio.

Atraente e *homem que me impede de ter tudo que sempre quis* não deveriam estar na mesma frase.

Eryx sufoca uma risadinha.

– Não são meus guarda-costas. São meus valetes. – Ele olha para o canto à direita ao concluir a mentira.

Não vou desmenti-lo. Não dessa vez.

– Nesse caso, deveria demiti-los.

– Por quê?

– Já se olhou no espelho? O que estão fazendo com seu cabelo? E o que está vestindo? Você parece um órfão.

Eryx tira os óculos e os joga em cima da mesa.

– Porque não gasto quantias exorbitantes com roupas, pomada de cabelo ou o que mais os cavalheiros devam usar para ter melhor aparência?

Sou um homem, não um pavão. Aliás, falando em dinheiro... – Ele puxa uma pilha de papéis sobre a mesa, o que significa que deve haver algum método no caos que o cerca. – Poderia me explicar isto aqui?

Ele brande os papéis no ar como se fossem uma arma.

– O que é isso?

– São contas. Da costureira, do sapateiro, do joalheiro, da perfumista, de cosméticos. E tem o carpinteiro, o pedreiro, as bordadeiras, um arboreto, enfim, a lista é interminável.

Reviro os olhos.

– Não notou os sinais de reforma pela casa? Acha que os cômodos prontos sempre tiveram essa aparência impecável? Pholios não tinha bom gosto para essas coisas, e a mansão esteve durante anos sem uma dama para organizá-la. Como passei todo o meu tempo de casada ao lado do leito do duque enfermo, mal tive tempo para cumprir meus deveres de duquesa. Só pude começar a renovação recentemente.

– E os vestidos e as joias? Devo deduzir que você também precisa de uma reforma?

– Sou uma lady. Sempre precisamos de cuidados. Se tivesse um mínimo de bom senso, faria uma visita a um alfaiate. Falando nisso, onde estão suas coisas?

– Que coisas?

– Suas roupas. Objetos pessoais. Na última vez que olhei, a suíte master continuava como a deixei. Já que fez tanta questão de me tirar de lá, presumi que pretendesse se instalar imediatamente.

Ele põe os óculos e retoma a leitura que interrompi ao entrar.

– Já me instalei.

– No tempo em que caminhei até o escritório?

– Pouco antes do almoço. Você não viu o baú de cedro do outro lado da cama.

– Você... só tem um baú?

Eryx suspira.

– Vou repetir: não sou um pavão. Um homem não precisa de mais que um casaco, cinco camisas e duas calças.

Mordo a boca por dentro.

– Não sei se está brincando.

– Estou falando sério. Posso usar uma calça enquanto a outra é lavada.

Não consigo falar durante cinco segundos.

– É isso! Eu poderia passar por cima de todo o resto, mas isso prova minha teoria. Você não pode ser um nobre! Não tem maneiras, nem estilo, nem nada que sugira boa criação. Onde Vander o encontrou? Em uma sarjeta por aí?

– Duquesa, passei os últimos cinco anos no exército do rei, matando e conquistando em nome de Naxos, nas linhas de frente. O fato de eu ainda estar vivo deveria lhe dizer várias coisas. A primeira delas: sou um bom soldado. A segunda: não dou a menor importância para o que você pensa. Terceira: estou farto de matar e ansioso para ter uma vida tranquila nesta propriedade rural. Agora – diz, e aponta novamente para os papéis à sua frente –, e essas despesas? Roupas masculinas. Colônias caras. Joias para homem. Que diabo é tudo isso? Você passa metade do tempo vestida de homem?

Ele é um idiota. Eu me limito a encará-lo.

Ele pisca uma vez. Depois, a surpresa transforma sua expressão.

– Devo entender que está financiando um amante?

– Quem acha que era o homem que nocauteou de maneira tão grosseira dentro do meu quarto?

Ele abre a boca.

– Pensei que fosse um criado. Quando ele se recusou a sair, tive que usar a força. Está dizendo que ele era seu...

– Isso não é da sua conta, na verdade.

Ele olha novamente para os papéis.

– Por que está gastando tanto? Essas despesas são ridículas. O lorde não...

– Ele não é nenhum lorde. É meu... amante fixo. – Ou teria sido. Não tive tempo para fazer a proposta.

Finalmente, parece que consegui chocar Eryx a ponto de silenciá-lo. Depois:

– Está *pagando* esse homem para ter... seus favores?

– Por sexo – esclareço, já que Eryx parece abalado com toda a discussão.

– *Por quê?* – ele pergunta, claramente perplexo. – Já se olhou no espelho? Uma mulher como você não precisa pagar por isso.

Deixo um sorriso tocar meus lábios.

– Está tentando se oferecer?

Ele olha para minha boca e, ao mesmo tempo, grita com veemência:

– Não!

Só falei para perturbá-lo. Tenho mais interesse em ficar perto de um javali do que desse homem. Dou risada e jogo o cabelo para trás do ombro.

– Nesse caso, vou continuar gastando meu dinheiro como julgar conveniente.

Finalmente, ele se recupera.

– Acontece que esse dinheiro não é seu. Você esteve gastando a *minha* fortuna.

O medo se instala em meu estômago como uma pedra quando ele continua:

– Vou interromper todas as reformas na mansão. Seu papel como duquesa permite que você mude a mobília de lugar, não que dizime esta casa histórica. Quanto a todas as suas compras pessoais, vou descontar da sua pensão, o que significa que vai receber pela primeira vez em... – Ele para e faz uma conta rápida. – Um ano.

A silhueta de Eryx ondula na minha frente, e demoro um pouco para perceber que sou *eu* quem está tremendo.

– Não pode fazer isso!

– Posso e vou.

– Por que motivo? Você tem dinheiro de sobra! *Eu* fiz de você o homem mais rico da cidade com meus investimentos! Não precisa descontar nada da minha pensão. Está sendo mesquinho!

– É mesquinho lembrá-la de seu devido lugar? Então talvez não devesse ter apontado que pareço um órfão.

– Seu ego é tão sensível assim? É tão inseguro que não consegue lidar com uma piada?

– Considerando que meus pais não estão mais neste mundo, talvez não seja difícil entender por que me ofendo.

Isso me silencia. Por cerca de um segundo.

– Talvez eu estivesse mais propensa a sentir pena se você não estivesse roubando meu dinheiro, minhas terras e minha mansão. – E se ele não fosse um homem. Eryx já tem vantagens demais no mundo. É difícil sentir compaixão por ele. Seus pais estão mortos? Bem, pelo menos a lei proíbe que alguém o troque por dinheiro. Não importa se essa lei agora foi reformulada. Estava em vigor na época em que sofri por causa dela.

Ele não diz nada, só assina um documento em cima da mesa. Tento uma nova abordagem.

– Se eu tiver minha pensão, é provável que passe mais tempo fora da mansão gastando dinheiro.

– Não, duquesa. Estou me sentindo mesquinho o suficiente para me manter inflexível com relação a esse assunto. E vou monitorar todos os objetos dentro da mansão, para o caso de tentar penhorar alguma coisa. Se alguma coisa desaparecer, é você que vou acusar, não os criados, e isso vale para os bens da minha família, que notei que mandou para o sótão. Agora pode ir.

Não bato a porta ao sair, mas mostro um dedo específico para a porta fechada, mesmo que o duque não possa ver. Justamente neste momento, porém, seus supostos valetes se aproximam e testemunham o gesto.

Argus levanta uma sobrancelha, enquanto Dyson me cumprimenta.

– Continue pondo o cretino no lugar dele, duquesa – diz Dyson. – Não me divirto tanto desde que visitamos aquele bordel em Pegai. Quando vamos ter folga de novo, Argus?

– Não use essa linguagem diante de uma lady, e não vai ter folga nenhuma. Sua Graça tem muito o que fazer.

– Nem uma saidinha? Talvez a gente possa fugir por uma hora enquanto Eryx resolve algum assunto na cidade?

– É *Sua Graça* – Argus o corrige –, e acho que você não consegue ocupar uma hora do tempo de uma mulher, nem com muito esforço.

Dessa vez é Dyson quem bate em Argus com a mão fechada.

– Pois saiba que já mantive muitas mulheres entretidas a noite toda com minhas habilidades! Não vou admitir que desgrace meu bom nome diante da senhora.

Dyson dá uma gravata em Argus, que acerta uma cotovelada no estômago dele. Ele se dobra ao meio, mas ataca com a perna e joga Argus sentado no chão.

Ao ouvir o barulho, Eryx abre a porta do escritório e encontra Dyson dobrado ao meio, Argus no chão e eu olhando para os dois aturdida.

– Parem de se exibir para a duquesa e entrem aqui imediatamente.

Argus fica em pé, segura Dyson pela camisa e o arrasta para dentro do escritório. Eryx nem olha para mim antes de fechar a porta.

Se esses dois homens são valetes, eu sou a imperatriz dos sete reinos.

CAPÍTULO 7

Não consigo me lembrar da última vez que fiquei tão furiosa. Ninguém foi tão antagônico durante toda a minha vida. Poucos me conheceram bem o bastante para realmente me incomodar.

Em menos de vinte e quatro horas, esse desconhecido conseguiu tomar o controle da minha casa e do meu dinheiro.

De manhã, não acordo com o barulho de marteladas e passos de operários carregando objetos pesados pela mansão. Também não acordo na minha linda suíte master com a imagem de anjos entre as nuvens.

Estou de volta ao ponto de partida, na maldita suíte da duquesa. Segunda na cadeia de comando mais uma vez.

Assim que Medora termina de me ajudar a me vestir, ando pela mansão em silêncio. Na entrada, a escadaria principal ficou pela metade, com os azulejos escuros parcialmente substituídos por mármore branco. O trabalho de metal embaixo do corrimão foi parcialmente pintado de dourado. O conjunto descoordenado me causa urticária.

No salão de baile, metade das cortinas foi tirada e a outra metade ainda está lá, intocada. São vermelhas, uma cor que algum ancestral de Pholios escolheu, provavelmente. Quem sabe o que foi feito das cortinas douradas que comprei? O velho lustre foi removido do teto e está no chão, no meio do cômodo. Pelo jeito, o falso duque não permitiu nem que os operários o tirassem de lá antes de mandá-los embora.

Trechos mais claros nas paredes mostram onde estavam os quadros. Eryx deve ter cancelado meu carregamento de coisas novas que dariam vida e cor a este lugar. Móveis desencontrados ocupam todos os corredores. Os parapeitos das janelas estão cobertos de selante, um remendo apressado feito para impedir a entrada de ar na mansão, mas o resultado é horrível. Ainda nem houve tempo de trocar a maioria das janelas, o que significa que elas também estão descombinadas.

Do lado de fora, o labirinto de cerca viva está quase pronto. A escultura da fonte nunca vai chegar. O gramado foi parcialmente aparado. Não vejo nem os jardineiros molhando as plantas, coisa que costumam fazer nesse horário.

Quando volto para dentro, percebo que o silêncio é consequência de mais alguma coisa além da dispensa dos operários. Onde estão todos os meus criados? Damasus não está andando pelos cômodos. Não vejo as arrumadeiras na biblioteca, ou no meu salão, tirando o pó de tudo. Demoro uma eternidade para localizar a sra. Lagos.

– Onde estão todos? – pergunto a ela.

Percebo então que seus olhos estão vermelhos e tristes, mas ela se mantém tão altiva quanto é possível para uma mulher tão pequena.

– O duque – ela responde, e fala *duque* com tanta veemência que quase recuo um passo – ordenou que eu demitisse metade da equipe. Acabei de informar os últimos.

Fico em silêncio por cinco segundos, incapaz de falar.

– O quê?

– Tive de mandá-los embora. Sem lugar onde morar e sem o salário da última semana de trabalho. Implorei ao duque para me deixar...

Antes de ela terminar a frase, estou marchando para fora da sala. Subo a escada com a força de um rinoceronte atacando. Arruinar minha vida não foi suficiente? Agora ele vai atrás da minha criadagem? Grande erro. Eu praticamente chuto a porta do escritório.

Dyson está sentado de lado em uma poltrona, equilibrando a ponta de uma faca sobre um dos dedos. Argus está encostado na parede com os braços cruzados, e Eryx... está sentado na *minha* cadeira, examinando o *meu* livro contábil.

– O que foi que você fez? – grito com ele.

Dyson derruba a faca, e Argus quase perde o equilíbrio. Eryx levanta a cabeça e aperta os olhos.

– Demitiu metade dos criados? – continuo. – Devo presumir que esses dois idiotas vão preparar nossas refeições e limpar a mansão? – Aponto para os dois idiotas em questão. – Ou está planejando cuidar do jardim e tirar o pó das estantes pessoalmente? Parece mais adequado para esse tipo de tarefa do que para ocupar essa cadeira.

Ele olha para a mesa novamente.

– Não estou ocupando a cadeira. Estou verificando suas despesas e conferindo as suas contas para ter certeza de que não forjou nada.

– Não mude de assunto. Vamos contratar de volta todo mundo que mandou embora, e você vai se desculpar pessoalmente com todos eles pela aflição que causou ao deixá-los sem casa e sem recursos.

Argus e Dyson ficam parados. Os dois prendem a respiração, como se esperassem alguma coisa acontecer.

– Não vou fazer isso – diz Eryx, sem desviar o olhar do livro contábil.

– Essa propriedade é imensa. A manutenção do lugar requer uma equipe completa. Não pode simplesmente...

Finalmente ele me encara, mas permanece indiferente.

– Posso e fiz. É isso, duquesa.

Dou mais alguns passos para dentro da sala, até parar diante da mesa.

– Isso é mais um castigo? Pretende me dar mais trabalho agora que só temos metade da equipe para cuidar da propriedade? Exercer controle sobre a vida das pessoas faz você se sentir um homem feito?

Eryx se levanta da mesa, mostrando que não precisa fazer nada para ser um homem feito. Sinto movimento atrás de mim. Na minha frente, vejo Argus dar um passo e engolir em seco, sem desviar o olhar do duque. Eryx levanta uma das mãos e detém seus capangas.

O que eles iam fazer? Pretendiam me conter fisicamente?

– A única coisa que planejo fazer é me livrar de você. Se dispensar metade da criadagem é suficiente para isso, considero minha decisão bem-sucedida.

Meu queixo cai.

– Isso não tem nada a ver com dinheiro, não é? Não está submetendo as contas a essa análise minuciosa por preocupação com um punhado de necos que desapareceram. Está procurando provas de que sou inadequada para administrar a propriedade. Quer me forçar a ir embora mostrando que terei menos conforto, me obrigando a ver todas as reformas pela metade. Acha que vai conseguir alguma coisa com isso? Está terrivelmente enganado. A única coisa que conseguiu foi jogar os criados que restaram contra si mesmo e merecer ainda mais da minha ira.

– Ah, não – ele responde sem se abalar nem alterar o tom. – Chega da sua ira. Qualquer coisa, menos isso.

Enxergo tudo vermelho, e, como no dia em que meu marido morreu, sinto meu cérebro se desligar do restante do corpo. Como se tivesse vontade própria, minha mão pega um peso de papel de cima da mesa, um objeto de vidro, e o arremessa na direção da cabeça de Eryx.

Com um movimento rápido demais para meus olhos acompanharem, Eryx o pega no ar e o devolve à mesa com toda tranquilidade.

Ah. Sou dominada por uma raiva que jamais conheci antes. Pego novamente o peso de papel e o jogo no chão ao lado da janela, onde ele se estilhaça.

– Divirta-se limpando os cacos você mesmo – digo –, já que não tem empregados suficientes para fazer a limpeza por você.

– Diferente de você, não tenho medo de trabalho.

Ele não vai ter a última palavra!

– Espero que queime no inferno com todos os demônios pelos crimes que cometeu.

– Tenho certeza de que já estou nele – ele retruca, olhando para mim com uma expressão muito significativa.

– E vai continuar, porque não vou embora! – Eu me viro e saio da sala, mas volto em seguida. – Obviamente, me refiro à propriedade como um todo. Vou sair deste escritório porque não suporto mais ver a sua cara feia, seu escroto insuportável.

Saio e bato a porta, depois apoio uma das mãos nela e tento me controlar.

– U-a-u – diz Dyson, prolongando a palavra em três sílabas. – Nunca vi uma mulher tão brava. Você fez uma lady falar palavrão.

– Ela vai ter que ficar muito mais furiosa que isso, ou não vamos conseguir nos livrar dela – Argus responde.

– Shhh – diz Eryx. – Ela ainda está aí. Estou ouvindo a respiração do outro lado da porta.

Eu me afasto da porta como se ela me queimasse. Depois corro.

Pensei que minha irmã fosse a única capaz de me tirar do sério desse jeito, mas isso foi antes de conhecer Eryx Demos. Arruinar a vida de outras pessoas só para me atingir? Isso é baixo demais.

Sempre que sinto que posso explodir com a fúria que estou tentando controlar, eu me imagino em cima de Eryx, segurando um travesseiro sobre sua cabeça. Quando o removo, vejo os olhos dele sem vida, vazios. É isso que quero. Quero ele morto, sabendo que fui eu quem o matou, exatamente como foi com o meu marido.

Mas não vai ser possível.

Não posso ter nada nem próximo disso.

Só que a imagem me sustenta naquela noite, enquanto fico acordada na cama.

Quando Kyros bate na porta, a ansiedade substitui os pensamentos homicidas. Finalmente alguma coisa para *fazer* em relação a tudo isso.

– Seu convidado chegou, Vossa Graça. Eu o levei para a biblioteca. Ninguém mais sabe que ele está aqui.

– Muito bem, Kyros. Você tem minha mais profunda gratidão. Pode mandar chamar Medora?

A dama de companhia me ajuda a vestir novamente as roupas e a me arrumar o suficiente para ficar apresentável. Em seguida, caminho em silêncio para meu lugar favorito na propriedade.

O homem que encontro lá dentro é jovem e forte. Pouco menos de trinta anos, talvez. Pele cor de obsidiana. Cabeça raspada, barba curta. Ele usa um paletó elegante e roupas bem cortadas, o que significa que deve ganhar bem.

– Vossa Graça – ele diz, e se curva ao me ver entrar.

– Obrigada por vir, senhor...

– Tomaras. Ilias Tomaras. Ao seu dispor. Soube que precisa de um serviço de investigação.

– De fato. – Explico a situação pela segunda vez naquele dia. Dessa vez, no entanto, incluo todas as minhas suspeitas e todos os detalhes que podem parecer pertinentes, como a estranha conversa com Vander.

Ilias faz anotações em um bloco de papel, e gosto disso. É mais que satisfatório ver um homem quieto, só ouvindo. Ele está do meu lado, diferente de todos os outros, e anota com cuidado cada palavra que digo.

– Entendo sua preocupação. E ela se justifica, definitivamente. Vou analisar a situação com todo o prazer. Guardou alguma correspondência do duque?

– Receio que não. Joguei tudo fora depois que ele morreu.

– Isso pode atrasar um pouco as coisas, mas não vai me impedir de trabalhar. Tem mais alguma informação que eu deva ter?

– O falso duque tem dois guarda-costas. Um deles parece ser muito perigoso. Ele os chama de Argus e Dyson.

– Talvez eu investigue esses dois homens além do novo duque. Vou ver se encontro uma conexão entre eles.

– Isso seria sensato.

Ilias assente.

– Acho que isso é tudo de que preciso para começar. Só precisamos falar sobre meu pagamento.

– É claro.

– Cobro trezentos necos por esse tipo de serviço. Peço metade do valor adiantado e o restante na entrega da informação solicitada.

Só agora me lembro de que tenho acesso a uma pensão mensal que foi *suspensa* até que todas as minhas compras pessoais sejam pagas. *Não tenho como pagar o homem.*

Fiquei muito acostumada a ter fundos infinitos à minha disposição, é evidente.

Para tentar salvar as aparências, digo:

– Agradeço por seu tempo, sr. Tomaras. Mandarei meu empregado levar seu primeiro pagamento em breve. Estou muito ansiosa pelo início do seu trabalho. Com o novo duque no controle das contas, vou ter que tomar providências para dispor desse valor. Entrarei em contato o quanto antes.

Ilias não se abala com minha declaração. Ele inclina a cabeça.

– Vossa Graça.

– Acredito que consiga encontrar a saída?

– Certamente.

O sr. Tomaras vai embora, e sinto o constrangimento esquentar meu rosto. Fiz o homem vir até aqui e não paguei pelo serviço. Ser uma duquesa falida é humilhante, e estou furiosa por Eryx ter me colocado nessa situação.

Ele nem é o duque de verdade! Não tem direito ao meu dinheiro, mas nem posso contratar um homem para invalidar suas reivindicações, porque preciso de dinheiro para isso. Talvez isso tenha feito parte do plano quando ele suspendeu minha pensão.

Percebo agora que serei obrigada a interromper todos os gastos regulares.

Eu me recuso a chorar quando escrevo uma carta para Zanita e suspendo as visitas de Sandros até segunda ordem. Estou me sentindo patética, uma duquesa sem recursos que agora não pode se dar ao luxo de ter companhia masculina.

Quando finalmente volto à minha cama, fico deitada e completamente sozinha. Sem Sandros. Sem alívio. Só a energia acumulada e um nome para amaldiçoar nas horas de escuridão.

Eryx Demos – se é que esse é seu verdadeiro nome – precisa desaparecer.

Acho que só tenho duas possibilidades. Posso devolver algumas joias e outras coisas caras que comprei, o que seria constrangedor e me faria parecer destituída, especialmente depois de ter me encantado com tudo nas lojas. Sei que a notícia vai acabar chegando ao conhecimento de minha irmã, e *não posso* permitir que isso aconteça. Não posso nem pedir a Kyros para penhorar alguma coisa por mim, porque todos vão presumir que ele roubou o objeto e tentarão receber uma recompensa do duque pela restituição.

Isso significa que preciso encontrar um jeito de obter esse dinheiro de Eryx.

Implorar está fora de questão, não vou me rebaixar tanto. Eu poderia tentar roubar esse valor mexendo nas coisas de Eryx quando ele não estivesse por perto, mas ele sabe que eu quero o dinheiro, e está só esperando que eu faça alguma coisa que permita uma manobra legal.

Portanto, só me resta a barganha ou a chantagem.

Se Eryx quer alguma coisa, preciso descobrir o que é, conseguir essa coisa e trocá-la pelo dinheiro de que preciso. Ou, se ele tem um segredo que quer manter escondido, preciso descobrir o que é e forçá-lo a pagar por meu silêncio.

Vai ser difícil, porque não posso usar meus meios tradicionais para obter informação. Normalmente só me finjo boba e distraída, e os homens revelam todo tipo de segredo na minha frente. Eryx nunca vai cometer esse erro depois de como o tenho desafiado.

O que significa que preciso recorrer à espionagem.

Até poder pagar pelo serviço de Ilias Tomaras, terei de ser eu mesma a investigadora.

CAPÍTULO 8

EU ME FORÇO A ESPERAR ANTES DE AGIR. **D**EPOIS DE MINHA DEMONSTRAÇÃO COM o peso de papel, Eryx está em alerta máximo, é claro. Pode não ter ideia do que sou capaz, mas isso não significa que não vai ficar de olho em mim, que não vai esperar uma retaliação, depois do que fez com os criados. Felizmente, os membros do meu clube do livro continuam na propriedade, bem como Kyros. A maior parte da equipe da cozinha foi dispensada, e metade dos trabalhadores do estábulo e dos jardins foi forçada a partir. Tenho feito o que posso para encontrar colocações para todos em outros lugares e escrever cartas de recomendação, mas não há como negar que a vida deles foi modificada para sempre por causa do impostor.

Eryx Demos vai receber o que merece, tenho certeza disso. Só preciso escolher meus momentos com cuidado.

A paciência e eu somos velhas amigas. Ficamos de mãos dadas enquanto manipulávamos meu pai durante anos e anos, virando sutilmente sua cabeça para onde queríamos, deixando-o pensar que minhas ideias eram dele. Eu teria sido casada muito antes dos dezenove anos se ele estivesse no comando. Meu pai nem imaginava que eu lia sua correspondência antes de ele a receber ou enviar. Nunca suspeitou de que cartas desapareciam. Ou de que lia falsificações, algumas vezes.

Adquiri prática em imitar caligrafias e abrir cartas seladas sem deixar o menor rastro de evidência.

Tive de ganhar tempo até encontrar o marido perfeito: um velho doente, à beira da morte e sem herdeiros.

Não levei em conta a possibilidade de mais alguém fazer meu jogo, tentar tirar o que é meu usando os mesmos meios.

Fisicamente, não acredito que corro perigo. Se o falso duque quisesse me matar, já teria feito isso. A menos que ele também esteja ganhando tempo para fazer minha morte parecer um acidente.

Suponho que o fim da história vai depender de quem faz o melhor jogo.

Enquanto espero para atacar, aprendo muitas coisas inúteis sobre o duque. Por exemplo, ele fez careta quando os empregados da cozinha serviram pato assado no jantar. Comeu em silêncio, embora menos do que costuma comer. Quando tivemos bolinhos e morango na sobremesa, ele pediu para a cozinheira servir uma segunda porção.

Quando entro na biblioteca durante o dia, descubro que alguns livros desapareceram, e mais tarde eles são devolvidos em posições incorretas. Sei exatamente o que ele está lendo, e me irrita que tenhamos o mesmo gosto literário. Ou que sejamos leitores igualmente vorazes.

A coisa mais estranha é quando Eryx desaparece da mansão por horas seguidas, sem pedir uma carruagem ou um cavalo. Ele desaparece na vegetação além dos limites da propriedade, e tenho a sensação de que não está só respirando ar puro. Não, ele está tramando alguma coisa, mas, quando pergunto aos empregados que ainda circulam pelo jardim se eles viram alguma coisa, ninguém tem nada a relatar. Alguns até se oferecem para segui-lo, mas me informam que o duque simplesmente desaparece sem deixar rastro.

– É impossível segui-lo – comenta um jardineiro. – É como ir atrás de um fantasma.

Talvez Eryx tenha dito a verdade quando mencionou seu período no exército. Isso explicaria essas habilidades.

Mas não explica o que ele está tramando.

O homem é tão eremita quanto eu. Não comparece a eventos sociais. Não atualiza seu guarda-roupa.

E também não se assusta com facilidade. Se está sozinho em um cômodo e eu entro de repente, ele me recebe com o revólver em uma das mãos e a faca na outra.

– Francamente, você precisa se acalmar! – Perdi a paciência na terceira vez que isso aconteceu. – Um dia desses, vai acabar me dando um tiro!

– Se eu atirar em você, duquesa, não vai ser por acidente.

Palavras aterrorizantes, mas não reajo menos irritada.

– Guarde essas coisas imediatamente! Precisa andar armado pelos corredores? Estamos esperando uma invasão em algum momento?

– Instintos adquiridos no exército são difíceis de abandonar.

Sim, mas não acredito totalmente nisso. Porque os "valetes" o seguem o tempo todo, por muito tempo depois do horário em que um valete deve cumprir suas obrigações.

O duque está em perigo? Desconfia de que tem alguém atrás dele? Preciso me preocupar? (Não por ele, é claro, mas por mim, já que vivemos na mesma casa.)

Fiz essas perguntas a Eryx uma vez, mas ele disse apenas:

– Não diga absurdos. – E usa o tom mais condescendente que se possa imaginar.

Uma tarde, Karla e Tekla me procuram munidas de espanadores.

– Vossa Graça – diz Karla. – A senhora pediu que a mantivéssemos informada sobre qualquer coisa interessante que aparecesse nos jornais.

Pedi. Depois daquele dia quando Lady Petrakis divulgou tudo que minha irmã estava modificando com seus novos decretos, percebi que precisava de um jeito de me manter mais bem-informada. Minhas criadas/amigas de clube do livro adoram ler as colunas de fofocas e outras coisas relacionadas à nobreza. Eu sabia que poderia contar com elas para me manter atualizada sobre qualquer coisa importante.

– É minha irmã? – pergunto, desconfiada.

– Não – responde Tekla. – Receio que não seja nada terrivelmente empolgante. É algo estranho, só isso. Um nobre desapareceu.

– Quem?

– Lorde Andris.

Isso é estranho. Normalmente, homens da nobreza desaparecem quando contraem dívidas de jogo ou frequentam áreas condenáveis da cidade. Até onde sei, ele não está envolvido em nada sórdido, não que eu tenha ouvido. Na verdade, a única coisa que sei sobre o visconde é que ele serviu o exército durante um punhado de anos. O homem se vangloria regularmente de um prêmio que recebeu.

Hum, Eryx comentou que serviu o exército.

Eryx, que anda por aí com dois guarda-costas e armas à mão.

– Há quanto tempo ele está desaparecido? – pergunto.

– Duas semanas.

Coincidentemente, Eryx chegou na cidade há duas semanas.

A conexão é muito frágil para permitir deduções, mas é estranho.

– Obrigada – digo. – Continuem me mantendo informada sobre qualquer acontecimento digno de nota, especialmente outros desaparecimentos.

– É claro, Vossa Graça – Tekla responde.

– Assim que eu tiver dinheiro de novo, prometo recompensá-las.

– Ah, bobagem – Karla protesta. – Uma conversa entre amigas não deve envolver pagamento.

Ela é muito gentil, mas vou pagar pelo serviço das duas assim que tiver meios para isso.

O que requer mais espionagem.

Tento descobrir qual é a agenda de Eryx nas próximas semanas, mas ele nunca segue um planejamento. Nunca sai para caminhar, lê ou examina as contas no mesmo horário. É como se estivesse tentando dificultar a tarefa de alguém que, como eu, tem interesse em bisbilhotar suas coisas.

Mas minha oportunidade finalmente aparece um dia quando Vander visita a propriedade. Ele, o duque e os dois valetes, Argus e Dyson, entram no escritório, e Vander lança olhares carregados de ódio em minha direção. Finjo não perceber.

– Minha presença é necessária? – pergunto antes de Eryx fechar a porta.

– De jeito nenhum.

– Quer que eu mande chá?

– Saia daqui, duquesa. – Ele bate a porta, e o escuto resmungar "mulher horrível" do outro lado.

Afasto-me determinada, depois tiro os sapatos e volto para perto da porta. Tento até prender a respiração, já que Eryx conseguiu ouvi-la da última vez, de algum jeito. Para ser justa, eu estava descontrolada e ofegante, então talvez agora toda essa cautela seja exagerada.

– Estou praticamente arruinado! – Vander grita. – A garota escreveu para o pai dela sobre nós. Lorde Masis tem visitado meu escritório constantemente. Até convenceu todos os seus associados a não contratar meus serviços, já que agora cometo a negligência de não carimbar a data nos meus documentos e mando assistentes para realizar tarefas de que eu mesmo deveria me encarregar.

– Acalme-se, Vander – diz Eryx. – Vai ficar tudo bem.

– Não tenho mais clientes. Todos levaram seus negócios para os meus concorrentes!

– Eu vou cuidar disso – Eryx garante.

Não consigo mais prender a respiração, então volto na ponta dos pés para onde deixei meus sapatos e os calço enquanto respiro fundo.

Sorrindo, decido ir à suíte master fazer uma investigação.

Estando ou não ao meu lado, é melhor que os criados não me vejam entrar nos aposentos do duque. Odeio imaginar as conclusões que eles tirariam antes que eu pudesse refutá-las. Pensar nisso me causa ânsia de vômito. Então, entro na suíte da duquesa e me dirijo à porta de comunicação entre meu quarto e o dele. Está trancada, naturalmente, mas tenho uma chave-mestra que funciona em todas as portas da casa. Afinal, a casa era minha antes de Eryx projetar sua sombra tóxica por todas as partes.

A suíte está... exatamente igual. Tão linda e perfeita quanto a deixei, exceto a cama e outros móveis, que agora estão no dormitório que passei a usar. Os móveis mais masculinos que estavam na suíte da duquesa foram trazidos para cá.

No entanto, o lugar parece não ter vida, porque Eryx não deu nenhum toque pessoal. Por um lado, fico aliviada ao ver o quarto intacto, mas, por outro, é muito triste. Duas calças. A maioria dos cavalheiros desmaiaria só de pensar nisso.

Procuro o baú de cedro que não vi na última vez que examinei o lugar. Não tem fechadura, e, quando olho dentro dele, encontro um cantil velho, um cachecol vermelho rasgado, um livro bem manuseado chamado *As aventuras de Voleta Mavros* e um punhado de medalhas com o nome de Eryx.

Bem, parece que ele disse a verdade sobre ter estado no exército, pelo menos. Leio as inscrições gravadas nos pingentes redondos de bronze. *Por Fervor. Por Bravura. Por Astúcia.*

Não sei praticamente nada sobre o exército e as diferentes honras concedidas aos homens e mulheres combatentes, mas essas seriam impressionantes...

Se Eryx não as tivesse recebido. Fico pensando se são como brinquedos de criança distribuídos em festas. Todo mundo ganha um.

Percebo que não há roupas no baú. Só objetos pessoais. Olho o guarda-roupa, mas ele não foi ocupado desde a última vez que o examinei. O lavatório está completamente vazio. Não tem sabonetes, nem escova de cabelo ou creme de barbear, embora Eryx esteja sempre bem barbeado. Ou ele não tem pelos no rosto? Ah, vou ter que provocá-lo por isso.

Examino o edredom sobre a cama. Ainda cheira a sabão de lavanderia. Nem uma nota máscula. Só posso chegar a uma conclusão: o duque não tem ficado aqui. Fez uma confusão tremenda para ficar com a suíte master, mas não dorme nela. Não trouxe nem suas coisas para cá, com exceção desse baú.

Bem, isso propõe duas novas questões.

Por que ele não está dormindo aqui? E onde está dormindo?

Como nunca vejo cavalos chegando ou saindo, duvido que tenha uma amante em algum lugar e vá encontrá-la. Além do mais, ninguém em sã consciência aceitaria ficar tão perto desse homem insuportável.

E, então, algo estranho me ocorre.

Sou eu?

Ele não quer ficar perto de mim? Como se eu fosse tão desagradável que ele não suporta dormir no quarto vizinho ao meu? Não pode ser isso, certamente.

Mas por que mais ele deixaria de usar o quarto mais confortável da casa? Se é o excesso de cor-de-rosa que causa dores de cabeça, como ele disse, por que não redecora a suíte? Não vi nenhum empreiteiro ou arquiteto por aqui. Não há nenhuma obra em andamento.

Tem alguma coisa muito, muito estranha nessa história.

Quando o procurador vai embora, eu abordo Eryx.

– Tiveram uma conversa agradável?

Ele esfrega o polegar e o indicador na testa.

– Não exatamente.

– Ótimo. O que Vander queria?

– Eu mandei chamá-lo.

– Bem, e o que você queria?

– Não é da sua conta. – Tenho certeza de que o tom grave, o rosto sério e a altura imponente silenciariam qualquer outra pessoa, mas tudo que ele diz é como um desafio que tenho que aceitar.

– Se tem problemas com as contas, posso oferecer meus serviços. Sou mais velha e mais sábia que você, afinal. – Além disso, preciso entrar naquele aposento para encontrar mais informações sobre Eryx. E, se ele está adulterando as contas, não posso permitir que isso continue! É o meu dinheiro.

– Sou perfeitamente capaz de administrar todas as contas, apesar dos gastos ridículos que fez antes da minha chegada.

– A única coisa ridícula aqui *é* a sua chegada.

Ele rosna.

– Precisa de alguma coisa? Tem algum motivo para estar zumbindo na minha orelha?

Meu tom debochado se torna sério.

– Esta casa também é minha. Quero ser informada de quaisquer mudanças.

– Por favor, o homem esteve aqui para falar sobre *você*, não sobre a casa ou as contas!

– Eu?

– Sim, graças à nossa futura Rainha das Sombras, agora acordos de casamento resultam em dotes levados pela noiva, não mais em valores pagos pela mão da noiva. Eu precisava conversar com Vander para saber que valor seria apropriado para você.

Olho para ele e pisco algumas vezes antes de encontrar as palavras.

– Como é que é?

Eryx me encara.

– Você é um estorvo. Para todo lugar que olho, você está lá. Na minha mesa de jantar. Na minha biblioteca. Andando pelos jardins. Sentada no banco lá fora. Você tem um talento sobrenatural para estar exatamente onde eu quero estar.

Tenho? O homem deve ser silencioso como um rato, porque nunca percebi que ele tropeçava em mim. Só o contrário. E não mudo meus planos só porque ele já está ocupando um cômodo na casa.

– Os aposentos da mansão são bem espaçosos – respondo. – Tem lugar de sobra para nós dois. – Não que eu queira dividir espaço com ele.

– Discordo, e quero que você vá embora da minha casa.

Cruzo os braços.

– É uma mansão, não uma casa, e não é *sua*, é *nossa*.

– Só até você se casar. Uma solução que pretendo apressar.

Dou risada.

– Não pode me casar, a menos que eu queira. Você não tem essa autoridade. Sou viúva. Eu controlo minha vida.

– Sim, eu não estava falando em forçar nada. Só em oferecer um incentivo.

– Incentivo – repito, atordoada.

– Sim, você parece gostar muito de gastar dinheiro. Vander e eu conversamos. Quando ficar noiva do homem que escolher, você terá um dote de dez mil necos. Por decreto da Rainha das Sombras, esse dinheiro é para seu uso pessoal; seu futuro marido não terá direito sobre ele. Além disso, receberá a pensão mensal a que tem direito, como foi estipulado no testamento de meu avô. E, se fizer um bom casamento, tenho certeza de que vai conseguir negociar uma mesada com seu marido. Você vai estar casada e rica. Eu vou estar sozinho e feliz. Nós dois vencemos.

Dez mil necos. Nunca ouvi falar de um valor tão alto por um acordo matrimonial. Na verdade, achei exorbitante os sete mil necos que meu pai recebeu por minha mão.

Estou chocada. E maluca por esse dinheiro. Mas...

– Por que quer tanto que eu vá embora? – pergunto, me sentindo pessoalmente ofendida.

– Porque você é horrível – ele responde, como se fosse óbvio.

– Ah, *eu sou* horrível. E você? Azedo e mal-humorado. Arrogante e estúpido. Malvestido e mal-educado. Apontando armas por aí e conquistando inimizades entre os empregados. Ninguém quer você aqui, e, como há preocupações legítimas em relação a sua verdadeira identidade, esperava que fosse um pouco mais cauteloso.

Ele dá um passo à frente, invadindo meu espaço pessoal.

– Se está tão preocupada com a chance de eu não ser quem digo que sou, por que não leva a questão à polícia? Ou ao rei? Se acha que está certa, faça alguma coisa.

Agora ele me pegou. Não posso recorrer ao rei, porque minha irmã o domina completamente. Não posso procurar a polícia, porque eles não vão correr o risco de enfurecer um homem que ocupa uma posição de tanto poder. Sempre vão acreditar em um duque, não em uma duquesa; por isso preciso contratar um investigador particular. Mas esse homem bestial tem todo o meu dinheiro!

Não tenho resposta, porque me descontrolo quando me lembro de que o pagamento de minha pensão foi suspenso.

– Escute aqui – diz Eryx, em um tom inesperadamente gentil –, não tenho obrigação de pagar um dote, porque não sou seu pai. Isso é um ato de bondade.

Rio de novo.

– Depois de acabar de dizer que sou horrível e que quer que eu vá embora? Está fazendo isso por você mesmo.

– Tudo bem. – A voz dele volta ao normal. – É por mim, mas você não pode negar que também vai ser favorecida. Interprete minha atitude como uma defesa dos meus interesses e dos seus também.

– Não quero me casar de novo.

– Não faça um julgamento tão precipitado do matrimônio. Você não se casou com um príncipe da última vez, certo? Dessa vez vai poder escolher seu parceiro. E pode ter quem quiser, provavelmente. Vi a quantidade de correspondência que chega para você. Sabe que tem opções.

– E essas opções serão retiradas de mim no segundo em que me casar. Serei controlada por meu marido.

– Mas será rica.

– Você faria essa escolha? Cativeiro, em vez de liberdade, pelo preço certo?

Ele tira o cabelo comprido da frente dos olhos.

– *Cativeiro* não é a palavra certa.

– O que acha de prostituição, então?

– O quê?

– Essa seria a troca. Sexo por dinheiro.

– Isso não...

– Não? – Eu o interrompo. – Os homens precisam de herdeiros para transmitir seus títulos. Por isso eles têm esposas. Ou ficariam satisfeitos com suas amantes para sempre. Uma esposa é só um objeto, um recipiente para a descendência de que eles precisam.

Eryx fica em silêncio por um momento.

– Nunca tinha pensado nisso dessa maneira.

Estou absolutamente chocada por ele ter considerado minhas palavras. Mas em seguida ele diz:

– Então encontre um homem que *você* deseje. Vire o jogo. Apaixone-se. Mude a história.

– Ah, é só encontrar um homem bonito, é isso? E o que acontece se ele abrir a boca? Sério, parece que nunca conheceu um homem.

– Preciso lembrar que você estava pagando pela companhia de um homem? Se encontrou um tolerável, certamente pode fazer isso de novo, dessa vez um nobre que não precise de você para nada.

Ranjo os dentes com a força da frustração.

– Paguei pela companhia de *vários* homens, e eles só foram toleráveis porque estavam ganhando para isso!

Eryx fecha os olhos por uns dez segundos, como se quisesse fingir que não estou mais aqui. Quando os abre novamente, parece estar mais calmo. Ele olha por cima de minha cabeça e diz:

– Você vai ser feliz de novo. Dessa vez vai ser diferente. Agora vai controlar o processo. Pode recusar qualquer um.

– Acho que já recusei, porque estou rejeitando sua oferta. Não preciso do seu dote. E nem o quero.

Ele cerra os punhos e olha dentro dos meus olhos.

Recuo um passo.

Porque, além de ele parecer prestes a bater em alguma coisa, seus olhos mudaram de cor. Agora são cor de âmbar, em vez de castanhos.

E cintilam.

– Quinze mil – ele diz.

– O quê?

– Aumento para quinze mil necos. Seu dote.

Finalmente processo as palavras e interrompo o contato visual com aqueles olhos.

– Não!

– Vinte. É minha última oferta.

Vinte mil... Isso é inusitado. É mais que exorbitante.

Estou ofendida.

– Por que me odeia tanto? – pergunto.

– Eu não te odeio.

– Mentiras! Você invade minha casa. Rouba meu quarto, apesar de não dormir nele. Rouba meu dinheiro, apesar de não precisar dele. Demitiu metade dos meus amigos, deixou tudo em completo estado de desarrumação. Agora quer me leiloar e me empurrar para cima de alguém, tudo para ter esta mansão enorme só para você. Fiz alguma coisa muito grave contra você, sem perceber?

– Não é você.

– É porque desconfio da verdade? Porque suspeito de que não seja quem diz ser? É porque posso revelar seus segredos sombrios?

Eryx olha para o outro lado, e seu corpo fica tenso como a corda de um arco. Prendo a respiração por alguns instantes enquanto espero para ver o que ele vai fazer.

Quando ele me encara novamente, seus olhos voltaram ao normal.

– É porque desejo ficar sozinho.

CAPÍTULO 9

É INEGÁVEL.

Antes, pensei que fosse efeito da luz. Mas agora? A trinta centímetros de distância, vi os olhos dele mudarem de castanho-escuro para âmbar, e depois voltarem ao castanho.

Eryx está escondendo de mim mais que sua vigarice ao roubar meu patrimônio. Não consigo nem começar a descrever com palavras o que pode ser. Talvez devesse estar com medo, mas o mistério me atrai como a maré é atraída pela lua. Vou chegar ao fundo dessa história, seja qual for a verdade.

Minhas presunções iniciais podiam estar todas erradas. A demissão dos empregados, a dispensa dos operários que reformavam a casa, tentar se livrar de mim... não foram só artimanhas para me enfurecer.

É para tirar o maior número possível de pessoas de perto dele. Eryx foi verdadeiro quando disse que o problema não sou eu. É ele. Tem alguma coisa nele que ele não quer que as pessoas descubram. Ele precisa manter o menor número possível de pessoas na propriedade para proteger seu segredo. E seus "valetes" estão envolvidos, de alguma forma. Eles sabem e o estão ajudando a esconder seja lá o que for. Tenho certeza disso.

Antes que eu possa decidir o que fazer com essa nova informação, recebo uma carta de meu pai:

Minha querida filha,

Obrigado por me contar sobre o novo duque. É muito surpreendente e suspeito. Pressionei Vander tanto quanto foi possível, mas não há mais nada que eu possa fazer. Tentei escrever para sua irmã, mas suspeito que ela queime minhas cartas antes mesmo de as ler. Não vai chegar nenhuma ajuda de lá.

Não sei por que me dei ao trabalho de fazer este relato. É evidente que você não está preocupada com o novo duque, mas eu estou preocupado com você. Não sabemos nada sobre esse homem, e parece que ele está tirando proveito de você impedindo que tenha acesso ao dinheiro de seu falecido marido.

Posso sugerir que considere a ideia de se casar de novo? Se encontrarmos outro marido rico para você, dessa vez alguém que não vá morrer no futuro próximo, podemos garantir ~~meu~~ nosso futuro. Fiz uma lista de alguns nomes adequados. Você agora é viúva, por isso terá de se encarregar desse assunto, mas tenho muita confiança de que vai encontrar um novo marido.

Seu pai amoroso,

Sergios Stathos, Lorde Masis

Jogo a carta e a lista de nomes na lareira acesa. Eu sabia que meu pai não poderia fazer nada para me ajudar a me livrar do duque. Só precisava dele para pressionar Vander, o que ele fez, motivado pelos próprios interesses egoístas, como sempre.

Não consigo imaginar o que ele faria se soubesse que o falso duque me ofereceu vinte mil necos por um novo casamento. Provavelmente beijaria as botas do homem.

Como sempre, só posso contar comigo mesma para resolver as coisas. Tenho três itens na minha lista de tarefas:

1. Arranjar dinheiro para contratar um investigador particular e encontrar provas da mentira de Eryx.
2. Descobrir o segredo de Eryx.
3. Descobrir onde ele tem dormido.

Se conseguir provar legalmente que Eryx está mentindo, eu me livro dele. Se descobrir esse segredo, posso pressioná-lo com chantagem e me livrar dele desse jeito. Preciso cobrir as duas bases para ter mais garantias. E estou convencida de que o item número três vai informar o item número dois.

Ando pela mansão, examinando todos os quartos de hóspedes em busca de sinais de que um homem pomposo e insidioso os está ocupando. Demoro mais de uma hora, porque a mansão é enorme, mas não encontro nada. Nem lençóis amassados, nem roupas, nada que sugira a ocupação de um aposento.

Um pensamento desagradável me ocorre, e tento interrogar a sra. Lagos a respeito disso.

– Alguém tem limpado os quartos de hóspedes desocupados?

– Certamente, Vossa Graça. Estamos com menos empregados, mas não deixamos de cumprir nossas obrigações.

– Eu não estava questionando a competência da criadagem. Vocês todos são maravilhosos. Só queria saber se um dos cômodos que deveria estar desocupado não está.

A sra. Lagos inclina a cabeça de lado.

– Não.

Confio nela.

– O duque não está dormindo na suíte master. Quero entender onde ele passa a noite. As criadas receberam ordens para limpar algum novo cômodo?

– Se ele está dormindo em outro lugar que não é a suíte master, a criadagem não foi informada sobre isso, Vossa Graça. – Ela empalidece. – Acha que algum lugar está sujo e precisa de atenção especial? Devo perguntar...

– Não – anuncio depressa. – Não incomode o duque com isso. Se ele precisasse de alguma coisa, certamente a teria procurado. Estou começando a pensar que ele não quer que ninguém nesta casa saiba onde ele está entocado.

– Entocado?

– Sim. Como um texugo irritado.

A sra. Lagos cobre a boca para tentar disfarçar uma risadinha.

Não consegui descobrir onde Eryx passa as noites, mas não tenho dúvida de que vou encontrar algo de útil no escritório. Só que é difícil saber quando Eryx e seus homens não estão lá dentro. Não posso ser pega bisbilhotando as coisas dele, de jeito nenhum.

Então, espero o momento certo.

Enquanto isso, vou à biblioteca.

Estou usando meu vestido mais confortável. É cor-de-rosa, um tom tão claro que pode ser confundido com branco. As mangas três quartos são largas, não apertam os braços. Fitas franzidas no formato de rosas foram costuradas no alto das mangas e pela saia em um padrão aleatório. Meu cabelo está preso, e hoje não uso brincos nem maquiagem. Sou só eu.

Já terminei de escolher a próxima seleção para o clube do livro e a entreguei a Damasus para a leitura. A reunião só acontecerá em uma semana, então tenho tempo para escolher e terminar de ler um novo livro. Como leio de acordo com minha disposição, não planejo minhas leituras com muita antecedência.

Mas hoje estou procurando um livro específico. *As aventuras de Voleta Mavros.*

Meus dedos percorrem os títulos organizados em ordem alfabética nas prateleiras, procurando o sobrenome do autor. Quando o encontro, puxo o volume pelo dorso. É o mesmo título que encontrei no baú de cedro de Eryx, mas esta cópia é nova, não foi aberta nenhuma vez desde a compra, provavelmente. Não sei se eu comprei o livro ou se ele já fazia parte da coleção do falecido duque. Não importa.

Como Eryx é um homem de poucos pertences, é evidente que este livro significa muito para ele.

Levando-o comigo, saio em busca de um lugar para ler, e escolho o gazebo no centro do labirinto de cercas vivas, ainda inacabado. Pelo menos essa estrutura foi concluída antes de a obra de paisagismo ser interrompida. Os operários construíram o gazebo primeiro para não precisarem carregar materiais de construção através de um labirinto de plantas.

Sob o banco com acabamento pintado de branco há uma área de armazenamento. Escolho um cobertor no compartimento, sacudo-o e me acomodo confortavelmente. Depois começo a ler.

A história começa quando Voleta tem seis anos. Ela é uma garota rebelde que não gosta de seguir ordens e se envolve em todo tipo de travessura. Pensa em subir na árvore mais alta da propriedade do pai, e depois descobre que nem imagina como descer de lá. Entra escondida na cozinha à noite, derruba um recipiente de farinha e fica coberta de pó branco, deixando uma trilha de pegadas de pés infantis quando volta para o quarto. No calor do verão, ela é impaciente demais para vestir o traje de banho antes de pular no rio, contrariando os avisos de sua tutora. As saias pesadas a puxam para o fundo, e ela é salva pela adulta que a acompanha.

Há ocasiões felizes também. Ela resgata um gatinho abandonado nas ruas movimentadas. Brinca de se fantasiar com o irmão mais novo. Monta o cavalo que pertence ao pai dela e finge comandar uma cavalaria. Quando Voleta cresce, não se torna menos incontrolável, embora aprenda com seus erros.

Não é um livro que corresponda ao meu gosto habitual, porque não tem romance nem aventuras de alto risco, mas é uma história bonitinha para crianças.

O fato de Eryx ter uma cópia desse livro me intriga. Talvez tenha algum valor sentimental, como o cantil amassado ou aquele cachecol. Presumo que o cantil seja de seu tempo no exército. Presente de uma amante? Então, me lembro de que é o Eryx e me corrijo. Uma parente. Ele disse que é órfão, então talvez o livro tenha pertencido à mãe dele.

Termino a leitura em algumas horas, e sinto cãibras por ter passado tanto tempo sentada na mesma posição. Levanto os braços para me espreguiçar antes de me abaixar atrás da grade que contorna o gazebo.

Eryx passa pela área externa, indo para uma de suas "caminhadas". Normalmente Dyson e Argus o acompanham, ou permanecem na propriedade enquanto Eryx sai sozinho. Mas hoje uma carruagem se aproxima da mansão e os dois capangas embarcam nela, Dyson está muito entusiasmado.

Parece que ele finalmente vai ter sua folga na cidade.

Essa é minha chance.

Espero até o duque e os capangas desaparecerem e volto correndo à mansão. Passo por poucos criados, que se curvam e saem do caminho para me deixar passar. Abro a porta do escritório com minha chave-mestra.

Começo pela mesa, olho todos os papéis espalhados em cima dela. Encontro recibos de minhas compras em uma pilha, correspondências em outra. Tem mais papéis dentro das gavetas. Alguns são rascunhos de cartas. Outros, anotações de fórmulas matemáticas que Eryx deve estar usando para controlar a contabilidade. Fico satisfeita quando comparo os números dele com os livros e confirmo que estão corretos.

Peneirar todas essas palavras, a maioria delas insignificante, é um trabalho tedioso. No entanto, encontro uma carta interessante enviada pelo procurador:

Vossa Graça:

Fiz as mudanças que discutimos. Acredito que vai encontrar tudo em ordem quando chegar.

Tem mais um problema para o qual não chamei sua atenção por considerá-lo pequeno. Seu avô deixou uma viúva, mas creio que verá uma criatura muito tranquila quando chegar. Ela é muito quieta e, se me permite dizer, de cabeça limitada, simplória. Não vai nem perceber que ela está por perto, então, por favor, não decida que não está disposto a levar isso adiante por causa da existência dela.

Seu fiel servidor,
Simonides Vander

Então ele traçou planos com Eryx *antes* de tentar roubar meu dinheiro. A carta não contém nada que eu já não soubesse, mas ler a descrição que Vander fez de mim me irrita mesmo assim.

Há alusões a coisas que podem se tornar condenáveis. *Não está disposto a levar isso adiante* ou *mudanças que discutimos*. Isso pode sugerir que Vander mudou o testamento. Ele pode estar se referindo ao plano que traçaram, quando fala em Eryx não estar disposto a levar isso adiante. Mas é tudo muito vago para servir de evidência de alguma coisa. Um inspetor-chefe riria se eu apresentasse essa carta. Não estar disposto a assumir o título pode ter a ver somente com a criação humilde de Eryx e sua falta de vontade de se tornar duque. As *mudanças* mencionadas podem ser só algum dinheiro que Eryx quis transferir.

Abro as gavetas e examino mais cartas, torcendo para encontrar alguma coisa que o condene de verdade. Só quando chego à última é que vejo uma folha de papel amassada e empurrada para o fundo. É um papel simples, sem endereço ou assinatura. Eu o aliso como posso e leio a mensagem.

Ouvi dizer que agora se intitula duque. Não sabia que um rato de esgoto poderia subir tanto. Esse sistema de castas aí em Naxos é bem requintado.

Tem uma gota de alguma coisa marrom no papel, como se alguém tivesse cuspido nele. Afasto os dedos da mancha antes de continuar a leitura.

Parece que agora você tem acesso a todo tipo de dinheiro. Depois do que fez comigo, tenho direitos. Ouvi dizer que ainda precisa ser oficialmente reconhecido pelo rei como duque. Sua situação é bem precária, pelo jeito. Seria uma pena se uma certa informação fosse divulgada antes de seu título ser oficializado, ou mesmo depois disso, na verdade.

Quero quinhentos necos até o fim do mês. Vou anotar o endereço para onde pode mandar o dinheiro. É bom fazer negócios com você. Entro em contato em breve, amigo.

Leio a carta duas vezes, só para garantir que vou me lembrar de todos os detalhes importantes.

No início, tenho que conter o riso. Eryx está sendo alvo de chantagem. Mas fico séria rapidamente, porque isso significa que alguém está tentando meter a mão imunda no *meu* dinheiro.

O desejo de enfrentar Eryx e exigir explicações sobe o que ele é quase avassalador, mas eu o sufoco. Preciso agir com inteligência. Essa carta tem alguma coisa a ver com o motivo para Eryx sair da propriedade sorrateiramente em horários aleatórios durante a semana? Tem mais algum plano, além de roubar tudo que tenho? Seja o que for, o passado o encontrou, pelo jeito.

A questão é que eu encontrei o papel amassado e abandonado no fundo de uma gaveta. É evidente que Eryx não tem intenção de pagar o que essa pessoa pede, ou tomaria mais cuidado com o endereço fornecido.

Levanto a cabeça de repente quando outro pensamento me ocorre.

O chantagista...

Se esse bilhete fosse encontrado, se fosse divulgado que alguém queria tirar vantagem do duque...

O autor da carta seria o principal suspeito caso alguma coisa acontecesse com Eryx...

Se for necessário recorrer a isso, posso matar o falso duque e ter um bode expiatório.

Devolvo a carta ao seu esconderijo, saio do escritório e tranco a porta. Se pudesse saltitar com aquelas saias compridas, já estaria pulando.

Tem uma solução à vista. Se tiver que tomar providências desesperadas, posso escapar ilesa. Não só isso, mas tudo indica que quem escreveu a carta com a chantagem tem informações que podem condenar Eryx. Isso tem alguma coisa a ver com seus olhos brilhantes? Não importa, talvez o chantagista exponha Eryx antes que eu tenha que mover um dedo para isso.

Estou aqui para seguir o caminho mais seguro possível e chegar aonde desejo. Posso fazer o jogo mais longo e não cometer um crime, a menos que seja necessário.

Além do mais, essa carta me deu uma ideia de como tirar dinheiro de Eryx para pagar os honorários do investigador particular.

Quando Eryx sai da floresta atrasado para o jantar, ele se surpreende ao me ver esperando à mesa. Nunca esperei por ele. O jantar é servido às seis em ponto. Normalmente, se posso evitar ver a cara dele, sempre agarro a oportunidade.

– Duquesa, o que está fazendo?

– Esperando você, é claro.

Ele olha para a cadeira que sempre ocupa, examinando-a por todos os ângulos antes de se sentar.

– Pensei que pudesse ter posto uma agulha no assento, ou algo assim.

– Não é uma ideia ruim. Vou tentar me lembrar dela, na próxima vez.

Ele revira os olhos antes de começar a comer.

– O que você quer? – pergunta com a boca cheia.

Repugnante.

– Tenho uma proposta para você.

Ele aperta os olhos, desconfiado.

– Que proposta?

– Acho que podemos nos ajudar e resolver tudo isso.

– Decidiu aceitar o dote generoso que ofereci, então?

Eu me esforço para não fazer cara feia ao ouvir o lembrete.

– Não. Eu me lembrei de que você ainda não foi oficialmente reconhecido pelo rei como duque. A menos, é claro, que tenha conseguido ir até o palácio real a pé em uma das suas caminhadas.

Ele bebe um gole de água sem desviar os olhos do meu rosto. É evidente que despertei seu interesse.

Continuo:

– Já comentei que em breve o rei será meu cunhado. Eu poderia ajudá-lo com uma recomendação. Isso aumentaria as chances de uma transição de título sem tropeços.

Consegui surpreendê-lo. Seu silêncio é prova disso.

E *seria* surpreendente, se eu tivesse alguma intenção de recomendá-lo. Não, Eryx Demos estará na prisão ou morto antes que eu tenha que fazer isso.

– E o que quer em troca? – ele pergunta por fim.

– Minha pensão restaurada imediatamente e em dobro, como você ofereceu de maneira tão generosa.

Eryx apoia as mãos nos braços da cadeira e me observa.

– Onde faria essa declaração favorável sobre mim?

– O casamento de minha irmã vai acontecer em breve. Não só todas as pessoas importantes estarão lá, como o rei vai estar de bom humor. Acho que essa é a melhor ocasião.

Eryx sorri.

– Negócio fechado. Vou depositar o dinheiro em uma conta para você.

Quando não me levanto da mesa imediatamente, ele pergunta:

– Mais alguma coisa?

– Vamos imaginar por um momento que eu o elogie diante de toda a nobreza, e você tenha a documentação necessária para provar sua identidade.

– Eu *tenho* toda a documentação necessária.

– A questão é que isso não vai ter a menor importância se você aparecer no casamento se comportando como um animal.

– Já voltamos aos insultos?

– Se você se sentar como costuma fazer, inclinando a cadeira para trás, vai ser banido da sociedade, e duvido que consiga uma audiência com o rei.

– Está exagerando – ele responde, e volta a comer.

– Não estou. Odell Vasso foi banida de todos os eventos por usar um vestido tão antiquado que jovens da classe trabalhadora o estavam usando. Imagino que tenha pensado que poderia ir ao casamento com uma de suas duas calças?

Ele não responde.

– Seja lá quem você diz ser, é evidente que não foi educado para ser um nobre. Ou, se foi, perdeu a prática. Temos dois meses até o casamento. Aceite minha ajuda para se preparar para ele.

Passar mais tempo com ele seria terrível, mas é o único jeito de chegar ao fundo de seus olhos brilhantes.

– O que vai querer por isso? – ele pergunta, intrigado.

Olho para minhas unhas impecáveis.

– Sou uma mulher ocupada. Meu tempo custa dinheiro. Quero trezentos necos pelas aulas e pela ajuda para atualizar seu guarda-roupa. Além disso, vai me deixar recontratar os empregados que ainda não encontraram um novo emprego e vai me deixar concluir as reformas na propriedade. E... – Paro para respirar. – Vou voltar para a suíte master, já que é evidente que você não a está usando.

Ele fica em silêncio por um longo momento.

– Eu lhe dou quinhentos necos, e esquecemos a reforma e os empregados.

– *Trezentos necos.* São só cinco empregados que ainda não encontraram uma nova colocação. E a propriedade não pode continuar nesse estado de desorganização. E se o rei e a futura rainha quiserem fazer uma visita? Acha que encontrar o lugar desse jeito vai convencê-los de que você é um nobre?

Ele estuda meu rosto, como se procurasse algum sinal de falsidade. Diferente da primeira oferta, esta é real. Terei de ajudá-lo, mas esse é um sacrifício que estou disposta a fazer. Preciso conseguir esse dinheiro para pagar o sr. Tomaras.

Ele responde:

– Você pode reformar *uma* coisa de cada vez. Os operários terão que ficar confinados ao espaço em que estiverem trabalhando. Não quero mais cem pessoas na mansão o tempo todo.

– E os criados?

– Muito bem. Contrate de volta os cinco que mencionou.

– Trezentos necos, então. E quero o dinheiro na minha conta amanhã, junto com o valor da pensão. E vou retornar imediatamente ao quarto que é meu por direito.

Eryx balança a cabeça e come mais um pouco.

– De onde Vander tirou a ideia de que você era simplória? É mais ardilosa que uma raposa.

– Talvez Vander seja o limitado.

– Talvez. Sabe, duquesa, acho que esta é a conversa mais longa que tivemos sem enfrentamentos.

– Se você continuar agindo como um humano razoável, acredito que possamos continuar assim. Muito bem, amanhã de manhã vamos à cidade. Você tem que transferir dinheiro, e depois vamos fazer compras. Já passou da hora de você ter mais uma calça.

CAPÍTULO 10

NA MANHÃ SEGUINTE, BEM CEDO, LEVO ERYX AO ALFAIATE, ONDE ELE EXAMINA uma coleção interminável de tecidos.

– Que tal este aqui? – pergunto, apontando um brocado rosa-escuro.

Eryx me encara muito sério.

– Sabe muito bem o que acho de cor-de-rosa.

– Sei o que acha de rosa-claro. Isto é magenta. Completamente diferente.

– Não importa o nome, ainda é horrível. Nada de cor-de-rosa.

O alfaiate, sr. Asker, ordena a um ajudante que retire todo tecido rosa dali. Argus e Dyson estão em pé em um canto da loja, observando em silêncio.

– Que tal azul, então? – Aponto uma amostra vibrante.

– Já falei, não tenho a menor vontade de ficar parecido com um pavão. Que os deuses me ajudem.

– Isso é o que os homens usam. Está na última moda. Não consigo ajudá-lo se insiste em ser irascível.

Eryx olha para o alfaiate.

– Tem alguma coisa mais escura ou menos colorida? As duas coisas, talvez?

– Certamente, Vossa Graça – responde o sr. Asker. Ele estala os dedos para seus assistentes, que saem apressados para ir buscar mais tecidos nas salas dos fundos.

Eu me sento na cadeira mais próxima enquanto esperamos, e me lembro da cara do sr. Asker quando entramos na loja. Foi impagável. O desgosto diante das roupas de trabalhador de Eryx e de seu casaco de couro! Tive que me esforçar para não rir.

Quando os assistentes do alfaiate voltam, a seleção oferecida é composta por pretos, marrons e tons escuros de cinza. Eryx se anima.

– Não – aviso.

– Sim – ele responde. – Isso é muito melhor.

– Não pode encomendar um guarda-roupa inteiro de três tipos de tecido. Todos vão pensar que está usando o mesmo traje todos os dias. Não é adequado para um duque. Você precisa de cor. Precisa de variedade. Isso é tedioso. O que estou fazendo aqui se não vai considerar nada do que digo?

Eryx olha para o alfaiate.

– Qual é sua opinião, sr. Asker?

– Eu poderia fazer diversos trajes bem apropriados com essas cores – ele responde –, mas a duquesa está correta quando diz que outros membros da corte pensarão que está usando a mesma roupa todos os dias, se exagerarmos nesses tecidos. Vai acabar se destacando e virando motivo de fofoca.

Dyson se manifesta.

– Como se os almofadinhas não estivessem falando sobre a volta dele agora mesmo.

– Você precisa se misturar – diz Argus.

Eryx geme.

– Eu sei.

– Posso sugerir um meio-termo, Vossas Graças? – pergunta o sr. Asker.

– Por favor – Eryx responde.

O sr. Asker acompanha os assistentes ao depósito para pegar mais tecidos, e eu cruzo as pernas na cadeira, me mantendo ereta. Olho para Eryx com ar crítico.

– Vamos consertar sua postura – aviso.

– Minha postura?

– Você se curva demais, e seu rosto está sempre muito sério quando está em repouso. Ninguém quer se aproximar de alguém que vive de cara feia.

– Os nobres preferem que eu exiba um sorriso falso?

– Não sei. Eu teria que vê-lo.

Seus lábios se distendem, e é a coisa mais perturbadora que já vi. É como uma careta com uma boca encurvada para cima.

– Não, não ficou melhor – declaro. – Tem certeza de que não consegue nada mais natural?

– Este é meu natural.

– Bem, é inadequado para quando tem companhia.

Eryx vira as costas para mim.

– Não se preocupe. Vamos trabalhar nisso.

Estou simplesmente apavorada com as aulas. Foram as únicas coisas em que consegui pensar para ganhar o dinheiro de que preciso, mas não tenho dúvida de que Eryx pretende se opor a mim o tempo todo. Não sei quanto dessa proximidade forçada eu consigo aguentar.

Pelo menos Eryx transferiu o dinheiro que pedi, e acho que ninguém notou que Kyros desapareceu. Ele foi levar o valor cobrado pelo sr. Tomaras.

As coisas finalmente estão se encaminhando.

Saber disso tem que ser suficiente para me ajudar a enfrentar o resto do dia.

Quando o alfaiate volta, traz uma coleção de tecidos que ajeita sobre as mesas para nossa avaliação.

– Assim ampliamos as opções do duque.

Estou impressionada. O sr. Asker encontrou tecidos que combinam o melhor do meu gosto com o do falso duque. Brocado preto com estampas prateadas. Azul-marinho com bronze. Cinza com um leve brilho verde no fundo. Marrom com pespontos roxos. Amostras escuras, mas ricas, com sugestões sutis de cores. De bom gosto, mas discreto. Variedades infinitas para as quais nem Eryx pode torcer o nariz.

– Sim, esses vão resolver o problema – digo. O alfaiate e eu olhamos para Eryx.

– Muito bem – ele anuncia. – Nada de cor-de-rosa. Vou escolher...

– Todos – termino por ele, antes que diga alguma coisa sobre se ajeitar com apenas dois trajes. – Vamos encomendar trajes formais completos, inclusive camisas, paletós, coletes, gravatas e calças sociais. Ele vai precisar de opções para eventos menos formais, bem como de peças de gala para quando estiver recebendo convidados.

Sem esperar pela reação de Eryx, eu me adianto para ajudar o sr. Asker a escolher os tecidos para os diferentes trajes. O alfaiate tira as medidas de Eryx, depois anuncia que tudo estará pronto em três semanas.

Quando saímos da alfaiataria, Eryx pergunta:

– E agora, para onde?

– O sapateiro. Vai precisar de sapatos para usar com as roupas novas.

– Eu tenho...

– Um par, eu sei. E pode usar esses sapatos sempre que quiser para andar pela propriedade, ou sair em um de seus ataques de andarilho. Mas, quando frequentar a sociedade, vai usar o que eu disser que é apropriado.

Eryx cerra os punhos com tanta força que seus dedos perdem a cor. Observo seus olhos com atenção, mas não vejo nenhuma mudança neles.

Mesmo assim, Dyson dá um passo à frente, como se pretendesse intervir. Ele acha que o duque pode me agredir de verdade? Se o homem fosse do tipo violento, já teria me causado algum mal físico.

Argus põe a mão no ombro do outro homem e o puxa de volta. Olho para os dois sem esconder a curiosidade, então me concentro novamente no falso duque.

– Podemos acabar com tudo isso agora, sabe? – Eu o faço lembrar. – Se preferir sair da propriedade e permitir que eu retome meu papel de única proprietária do ducado, podemos nos despedir discretamente.

Ele relaxa as mãos com esforço.

– Não. Vamos ao sapateiro. Precisamos comparecer ao casamento. Tenho esperança de que você conheça alguém de quem goste. Vinte mil necos a esperam.

– Por que não tenta segurar a ansiedade até eu aceitar esse dinheiro?

Depois que voltamos da cidade, espero ansiosamente por Kyros nos meus aposentos. Quando ele chega, já é bem tarde, mas o rapaz não parece cansado.

– Correu tudo bem, Vossa Graça – ele diz. – Consegui fazer as ofertas de recontratação imediata, e o sr. Tomaras disse que vai começar a trabalhar imediatamente, e vai mandar notícias assim que puder.

– Perfeito. Espero que saiba quanto aprecio sua lealdade, Kyros.

– É um prazer servi-la.

Mesmo assim, dou uma gorjeta ao homem. Ele fecha a mão ao receber a moeda e prende meus dedos. Levanto a cabeça e o encaro com um olhar inquisitivo.

– Lamento sobre Sandros e os outros. De verdade. Sei que seus... visitantes a deixavam feliz, mas... fico pensando se não existe alguém que possa fazê-la ainda mais feliz? Alguém que você não tenha de pagar, para quem sua presença seja recompensa suficiente.

As palavras são inocentes, mas o ardor nos olhos dele sugere algo inteiramente diferente.

– Só uma ideia a ser considerada, Vossa Graça – ele continua. – Não voltarei a falar nisso. Serei sempre seu amigo e um serviçal obediente. – Ele solta minha mão e volta ao corredor.

Fico ali com a mão estendida e sem fôlego.

Isso foi um convite.

Mas de Kyros?

Não que nunca tenha notado que ele é atraente. Mas é meu empregado e conta comigo para ter sua renda, ou melhor, contava, antes de Eryx aparecer. Nunca pensei em ultrapassar esse limite.

Mas, se não sou eu quem sugere a situação, ainda é ultrapassar um limite?

Eu poderia ser feliz com Kyros, acho. A amizade não é a base perfeita para um relacionamento romântico? O fato de ele ser meu empregado é até preferível. Serei sempre a que tem o poder, o dinheiro, a segurança. Isso faz de Kyros um candidato perfeito.

Ele nunca poderia me prejudicar ou controlar, o que considero muito interessante.

Vou pensar nisso. Vou me esforçar para ver Kyros sob uma nova luz.

Eu não deveria me surpreender por Eryx ser um péssimo ouvinte, mesmo quando se trata das aulas pelas quais ele está me pagando.

– Sente-se – eu digo.

– Estou sentado.

– Não, você está amontoado.

– Só tem um jeito de se sentar em uma cadeira.

– Não é verdade.

Estamos sentados frente a frente em cadeiras opostas, sem mesa nem qualquer coisa entre nós. Como sempre, Argus e Dyson estão no canto da sala, assistindo à interação.

Que bom, porque posso assassinar Eryx aqui mesmo se ele não começar a cooperar.

Fico em pé e me aproximo do homem. Inclinada sobre ele, ponho as mãos em seus ombros e os empurro contra o encosto da cadeira.

– Costas retas. Ombros na cadeira. Pernas juntas.

– Pernas juntas? Isso não pode estar certo.

Bato em sua bota com meu sapato para conduzir sua perna ao lugar onde deve estar.

– Ninguém quer ver um homem de pernas abertas.

Ele cruza os braços.

– Eu discordaria disso...

– Descruze os braços. E, por favor, não incline a cadeira para trás.

Uma expressão debochada surge em seu rosto.

– Assim, você quer dizer?

Ele apoia a cadeira nos dois pés de trás.

Mas devia ter pensado melhor, porque estou ali perto. Encaixo o pé embaixo do assento e empurro a estrutura para trás o suficiente para a gravidade se encarregar do restante do serviço.

Eryx gira os braços, mas não consegue se equilibrar a tempo. Ele e a cadeira caem no chão.

– Ah, você vai morrer! – ele diz enquanto se levanta, e aquela coisa acontece de novo em seus olhos. Eles clareiam até um brilhante tom de âmbar quando encontram os meus.

Era disso que eu estava falando.

Corro enquanto uma gargalhada escapa da minha boca.

Mas não sou suficientemente rápida.

Eryx me segura pela cintura, me gira de frente para ele, me joga sobre um ombro e sai da sala. Noto que Dyson e Argus abandonam o posto no canto da sala. Estão caminhando em nossa direção quando Eryx os detém com um gesto.

– Estou bem – ele diz aos dois capangas.

Mas eu não estou.

– Trate de me pôr no chão imediatamente! – exijo, batendo em suas costas.

Eryx me joga no sofá mais próximo, e caio deitada de costas. Meu cabelo escapou da presilha, e, quando tento afastá-lo dos olhos, sinto que o mundo se inclinou de lado.

Porque ele empurrou o sofá inteiro sobre dois pés e o deixou cair. Rolo por cima do encosto e continuo rolando até parar alguns metros distante da cena.

O sorriso de Eryx é sombrio quando ele estende a mão para me ajudar a levantar. Estou presa entre ele e o chão, mas isso não me detém. Seguro seu braço e o puxo para baixo comigo. Uso seu corpo como alavanca para me levantar, mas ele segura meus braços, e caio novamente em cima dele.

– Você briga sujo – diz Eryx, me imobilizando para que eu não consiga atingi-lo. Embora não consiga ver seu rosto, sinto o sorriso em suas palavras. – Teria se dado bem no exército.

– Esse comportamento não condiz com um cavalheiro! Solte-me.

– Foi você quem começou. Só estou terminando.

– Não vai sair dessa por cima!

– Não vou?

Ele rola o corpo e me leva junto, e acabo sob seu tronco forte e comprido. O cabelo despenteado toca meu rosto.

– Não estava falando literalmente! Saia de cima de mim!

– Não até você se render.

– Nunca.

Tento empurrá-lo, mas é inútil. Estou presa. Olho para ele e descubro que seus olhos estão brilhando como os de um lobo, com o mesmo tom de âmbar. Interessante, porque só tinha visto essa transformação antes quando ele estava furioso.

E agora ele não está furioso. Não, está de bom humor, na verdade. Brincando e... mais alguma coisa.

Seu rosto está muito perto do meu.

– Se espera continuar com essas aulas, vai ter que deixar de ser escroto – aviso, irritada por ele estar vencendo o confronto.

Mas é como se Eryx nem me ouvisse. Ele está me encarando com a expressão mais peculiar. É quase... surpresa? Como se agora percebesse quem está embaixo dele. Quem ele está irritando deliberadamente.

O homem examina meu rosto com atenção, começando pelo queixo e terminando na raiz dos cabelos. Quando os olhos encontram os meus, ele diz:

– Se alguma vez se encontrar novamente nesta posição, duquesa, ataque os olhos ou a garganta.

– Se algum dia tentar uma coisa como essa de novo...

– Não estou falando de mim. Estamos só brincando, não estamos? Eu me referi à possibilidade de algum dia ter que se defender de alguém que realmente quer atacá-la. Olhos, garganta ou virilha. As partes vulneráveis de um homem.

Não sei como responder. Agora é ele quem está *me* dando uma aula? Não vou agradecer, não enquanto ele ainda está em cima de mim, apesar de eu já ter pedido para se afastar. Eu me debato, tento me libertar, mas o movimento parece causar algum efeito nele.

Seus olhos queimam, brilham muito intensamente, e ele fica muito, muito quieto.

Por um breve momento, me esqueço de quem ele é e de quem eu sou. Registro coisas que nunca tinha percebido antes. Como o fato de ele ter o cheiro da terra depois de uma tempestade. As ondas naturais do cabelo. O movimento em sua garganta. O jeito como os olhos brilhantes intensificam o restante de seus traços. Tornam seu rosto mais viril. Vejo a curva dos músculos em seus braços quando ele os usa para se apoiar sobre mim.

Como um amante.

Esse último pensamento me tira do transe, finalmente.

– O que está fazendo? – pergunto, me aplaudindo em silêncio por manter a voz firme.

Ele pisca, como se também recuperasse o bom senso, e se levanta. Ignoro a mão estendida, me levanto sozinha e sacudo a poeira das saias. Mas a energia na sala mudou. Eryx ainda está olhando para mim como se me visse pela primeira vez, e não suporto isso.

Saio e bato a porta da sala. Paro quando estou a um metro dela, porque ouço a voz deles.

– Quer falar sobre o que acabou de acontecer aqui? – Argus pergunta.

– Shh. Ela ainda não foi embora – Eryx o censura.

Dou mais um passo para longe da porta antes de prender a respiração.

– Não foi nada – Eryx continua depois de uma pausa. – Ela me pegou desprevenido, só isso.

– Eu não sabia se devia interferir ou sair da sala. – O comentário foi de Dyson.

Eryx ri com sarcasmo.

– Não foi assim.

– Se você diz...

– Ela é minha inimiga desde o início. Nunca tive uma chance de vê-la de outro jeito.

– E agora? – Argus pergunta.

– Ela ainda é a inimiga. Só me perdi por um momento.

– Você se perdeu?

– Até você é capaz de admitir que ela é a mulher mais bonita que já viu.

– Não deixe a garota ouvir isso – Argus o aconselha.

– Nunca! Consegue imaginar como ela ficaria insuportável? Já é suficientemente horrível agora.

Dyson ri.

– São aqueles olhos – continua Eryx. – Eles hipnotizam.

– Imagino que não estava admirando só os olhos daquela posição, esparramado em cima dela – Dyson opina.

– Ah, cala a boca.

Dyson ri.

Dou vários passos para longe dali antes de me atrever a respirar de novo. Mas meu coração está acelerado, como se eu corresse perigo.

Não foi Eryx. Não foi a perseguição, nem o jeito como ele me alcançou e segurou. Não foi por estarmos nos tocando, não foi nem o jeito como ele olhou para mim no final. Como se, por um momento, seu único objetivo não fosse me expulsar da propriedade.

Não, a origem do perigo sou eu.

Sustentei aquele olhar. Olhei para ele e vi alguém que eu não queria que desaparecesse da minha vida. Vi alguém que eu *queria*, só por uma fração de segundo.

E isso é aterrorizante.

Evito Eryx no dia seguinte, e me recuso a entrar na sala de jantar para fazer as refeições. Peço o desjejum no quarto, depois me escondo atrás das estantes na biblioteca.

Tekla e Karla também estão aqui com seus espanadores, removendo os livros e limpando as prateleiras. Karla espirra ao ser exposta à poeira, e Tekla se aproxima e ajeita a mecha de cabelo da outra que se soltou com o movimento. As duas ficam vermelhas e se afastam. Tekla vai inspecionar outra estante, mas tenho certeza de que acabei de vê-la limpar aquelas prateleiras.

Quando Kyros começa a andar pela biblioteca examinando as prateleiras, eu o admiro de longe. E o imagino nu na minha cama.

Sim, consigo ver essa cena.

Ele tem um filho, então é evidente que sabe alguma coisa das artes da alcova. É agradável e divertido, e eu adoro o filho dele. Estar com Kyros não requer nenhum esforço. Estar com ele de maneira romântica talvez seja igualmente fácil, e pode preencher o vazio que Sandros deixou em minha vida.

O vazio que minha porção delirante tentou preencher com Eryx em um surto de insanidade.

Kyros me encontra antes que eu consiga tomar uma decisão.

– Ah, aí está você, Vossa Graça. O duque solicita sua presença no escritório.

Não consigo disfarçar a tensão.

– Posso dizer que não a encontrei em lugar nenhum, é claro – ele sugere.

Isso me faz sorrir.

– Não se preocupe. Vou atender ao chamado. Dessa vez. Me acompanha?

Kyros parece surpreso com o convite, mas me segue quando saio da biblioteca, e ando mais devagar até ele me alcançar, me mantendo ao lado dele. O lacaio percebe imediatamente e não tenta me impedir. Acompanha meu ritmo, e está tão perto de mim que eu poderia tocá-lo se quisesse.

– Como vai sua família? – pergunto.

– É muita gentileza perguntar, Vossa Graça. Minha mãe se recuperou da febre, e minha irmã acabou de aceitar a proposta de casamento de um comerciante de especiarias.

– Fico feliz por ela. Quando é o casamento? Quero mandar um presente.

– Não é necessário, Vossa Graça.

– E se eu quiser?

– Nesse caso, é claro que eu não me atreveria a tentar impedir.

– Ótimo. Anote para mim, não quero esquecer.

– Obrigado, Vossa Graça.

Mordo o lábio quando subimos a escada, tentando descobrir se tenho ousadia suficiente para revelar o que penso que devemos fazer agora, qual é o próximo passo para nós.

– Chrysantha – digo finalmente.

– Hum?

– Meu nome. Gostaria de que o usasse, por favor. Se... você quiser, é claro. Não é uma ordem.

Kyros para onde está, e, embora eu queira continuar andando, também paro e me viro para encará-lo. Ele arregala os olhos e não fala nada por alguns segundos.

– Chrysantha – ele repete. – Adoro o som.

– Obrigada, Kyros.

Continuamos andando, mas nenhum de nós diz mais nada. Acho que já dissemos coisas transformadoras demais nos últimos dois dias.

– Não precisa me anunciar – informo antes de entrar no escritório.

Argus e Dyson estão parados atrás do duque, como capangas prontos para cumprir a vontade do chefe maldoso.

– Duquesa – diz Eryx –, sente-se, por favor. – Ele aponta cadeiras de estofamento macio do outro lado da mesa enorme. Esperava encontrá-lo enterrado em papéis novamente, mas as mãos unidas diante dele sugerem que não fez nada além de ficar ali sentado esperando por mim. E os malditos óculos estão lá de novo. Eryx fica mais atraente com eles.

– Vou permanecer em pé – respondo, e coloco as mãos no encosto da cadeira, para o caso de precisar de apoio. Não sei por que me sinto muito pouco à vontade, como se precisasse me esconder. A cadeira é a única barreira que posso usar agora.

– Argus, Dyson, saiam, por favor – diz Eryx.

Argus levanta uma sobrancelha.

– Tem certeza?

– Absoluta.

– Estaremos do lado de fora, se precisar de nós.

Dyson pisca para mim ao passar. Ouço o barulho da porta quando os dois homens saem e a fecham.

Não gosto disso. Tenho a sensação de que eles estão do lado de fora para me impedir de fugir, caso eu decida sair correndo. Por que meu coração está batendo mais depressa? É o Eryx. O moleque. O duque impostor. Eu estou no controle aqui. Que importância tem, se ele disse que sou a mulher mais bonita que já viu?

Eryx não diz nada por um longo momento, e não consigo tolerar o silêncio.

– Então? – pergunto.

– Quero pedir desculpas por ontem. Pensei que estivéssemos brincando, mas é evidente que ultrapassei algum limite com você, e, se me disser qual foi, prometo que nunca mais vai acontecer.

Reviro os olhos.

– O que quer de mim agora?

– Como é?

– Está tentando ser educado, então o que você quer?

– Nada. Só queria entender qual foi o meu erro, para podermos continuar com as aulas sem nenhuma tensão. Hoje você passou o dia se escondendo de mim, então presumo que a ofensa tenha sido grave.

Aqueles olhos cor de âmbar intensos buscam os meus, e tento pensar em uma resposta. Alguma coisa que faça sentido, em vez de *me distraí com seu físico, e estou evitando você para que isso não aconteça de novo.*

Finalmente, respondo:

– Cavalheiros não tocam uma dama sem permissão. – A menos que sejam casados com ela, é claro. Nesse caso, podem fazer o que quiserem, de acordo com a lei. Queria saber se Alessandra tem planos de mudar essa também.

– Foi porque toquei em você? – ele pergunta.

– Você foi longe demais. Rolar no chão foi inteiramente impróprio. – *Foi mesmo*. É culpa dele se estamos nessa encrenca.

– Você me jogou no chão, caso tenha esquecido.

– E você ficou lá por tempo demais. Por mais que considere meus olhos *fascinantes*, espero que se comporte como um cavalheiro.

Ele comprime a mandíbula.

– Eu *sou* um cavalheiro, apesar de estar sem prática. Garanto que não tive a intenção, duquesa. O que aconteceu ontem não vai acontecer de novo. Sinto muito se causei algum desconforto.

– Perdoe-me se não acredito em sua palavra. Nunca conheci um homem honesto, e certamente não espero que um vigarista seja o primeiro. – Por que estou discutindo com ele agora? É só aceitar o pedido de desculpas e seguir em frente!

Ele suspira, mas sua voz permanece calma, o que é inédito.

– Pense o que quiser de mim, mas garanto que não sou como meu avô. Sei que tipo de homem ele era. – Eryx faz uma longa pausa antes de perguntar: – Duquesa, ele a machucou? Por isso ficou tão assustada ontem? Ele...

Ponho um ponto-final nisso imediatamente.

– Vamos deixar uma coisa bem clara, Eryx. Não somos amigos. Não temos conversas desse tipo. Você está tentando me chutar para fora da minha casa. Está tentando ficar com tudo que deveria ser meu. O que aconteceu na privacidade do meu casamento não é da sua conta, e você não tem o direito de fazer esse tipo de pergunta.

– Diz que não somos amigos, mas me chama pelo nome de batismo – ele aponta, em tom brando.

E eu praticamente explodo.

– Não o reconheço como duque, portanto não vou usar o título ou outros tratamentos honoríficos quando me dirigir a você. Não o chamarei de Pholios, porque esse é o nome do homem que... – Paro, me lembrando de tudo. – Suponho que posso chamá-lo por seu sobrenome, mas, como esse também é o meu sobrenome, vai ser estranho. Talvez deva dispensar qualquer nome e chamá-lo do que só ouso pensar.

Ele sorri, como se minha última declaração o divertisse.

– Se me chamar de Eryx, posso chamar você de Chrysantha? É justo.

Justo? Justo! Os homens *não* têm o direito de pronunciar essa palavra em um mundo que os favorece em cada espaço da vida.

– Você não vai me chamar, a menos que seja para cumprir os termos do nosso acordo.

Eryx fecha os olhos por um instante, depois os abre lentamente.

– Muito bem. E quero garantir que não voltarei a tocá-la a menos que me dê permissão.

– Ah, não vou dar.

– Não? E como vai me ensinar a dançar?

Passar os últimos minutos rangendo os dentes os deixou doloridos.

– Não me chame de novo a menos que seja hora da aula hoje à noite.

– Entendido, duquesa.

CAPÍTULO 11

SEI LIDAR COM UM HOMEM RAIVOSO, IRADO. SEI LIDAR COM UM HOMEM ANTAGÔnico e devasso.

Mas sou totalmente despreparada para o que Eryx estava tentando fazer. Pedir desculpas? Tentar ser compreensivo? Criar um vínculo comigo? Demonstrar compaixão?

Não tenho interesse nessas coisas. Não vou deixar Eryx se humanizar para mim. Não vou me deixar enganar por uma modéstia falsa, ou por uma autoconsciência que é totalmente forjada. Os homens usam máscaras, exatamente como eu faço para conseguir o que quero. Não me interessa saber o que Eryx quer de mim dessa vez.

A situação é tensa à mesa do jantar esta noite, mas prefiro essa tensão a qualquer outra coisa. Não vou baixar a guarda com esse homem e deixar que me prejudique mais do que já prejudicou.

– A colher não deve ser lambida, nem batida no prato – digo depois que Eryx experimenta o primeiro prato.

Ele olha para a colher apertada entre seus dedos.

– Certo. Acho que me lembro dessa. No exército, tínhamos que comer muito depressa. Adquiri o hábito de enfiar a comida na boca no menor tempo possível. – Ele se corrige com a colherada seguinte, levando-a aos lábios e derramando o conteúdo na boca. Depois de engolir, diz: – Minha mãe me ensinou tudo isso, mas perdi boa parte dos meus bons hábitos enquanto lutava pela vida. E certas coisas ela não pôde me ensinar. Por exemplo, não tínhamos acesso a talheres de prata para que eu pudesse aprender quando usar cada um.

– Talheres de prata – Dyson repete, com uma risadinha debochada. – Esse é um luxo que nós, gente da sarjeta, não tivemos.

O que Eryx está fazendo? Por que está me contando sobre a vida e a mãe dele? Isso tem que *parar*. Não vamos *ficar próximos*. Estou aqui para fazer um trabalho, só isso.

Eryx olha para a tigela de sopa de aipo.

– Isto, pelo menos, tem mais sabor que a água de rua que serviam para nós no exército.

Argus concorda com um grunhido.

– General Kaiser e a nobreza faziam suas refeições de cinco pratos com carne e grãos enquanto nós tomávamos caldo ralo e velho.

Explico prato a prato como comer corretamente os alimentos e como usar o utensílio adequado para cada refeição. No fim do jantar, estou absolutamente farta de observar a boca de Eryx. Ele deixou cair uma gota da sopa de aipo que escorreu pelo queixo, e fui orgulhosa demais para avisar. De vez em quando, olho para ela. Sinto uma estranha alegria quando penso que ele não tem ideia de que está com o queixo sujo.

É uma pena quando ele finalmente a enxuga, depois de limpar a boca pela quinta vez ao experimentar um pedaço de porco refogado.

– Está muito grande – aviso.

Na porção seguinte, ele abre a boca um pouco menos.

Sem rir, insisto:

– Estava me referindo ao tamanho do pedaço que você põe na boca, não ao tamanho da sua boca.

Ele sorri.

– Eu sei. Às vezes é muito divertido te provocar. Não precisa ser tão sem vida.

– Se eu quisesse ser provocada, arrumaria um marido.

Eryx engasga com o que tem na boca. Ele tosse e sufoca por uns bons dois minutos enquanto Argus e Dyson tentam não rir no canto da sala.

– Duquesa, isso foi uma piada sobre sexo? – Eryx pergunta, deixando as lágrimas escorrerem pelo rosto.

– Só estava tentando não ser sem vida.

– Você me surpreende constantemente.

– Se passasse mais tempo me conhecendo em vez de tentar se livrar de mim, talvez descobrisse que até gosta de mim.

O silêncio é pesado. Eu o sinto pressionando a minha pele. *Levante a cabeça*, o silêncio diz. *Veja como ele está olhando para você.*

Não.

Minha sugestão foi retórica. Não quero que ele me conheça. Só detesto quanto ele me detesta!

Ou detestava, no início.

Agora meus olhos estão hipnotizados, e ele conta histórias de sua infância e do tempo que passou no exército. E eu noto coisas como sua boca e sei que ele tem um cheiro maravilhoso.

Que se dane isso tudo.

Não pensei que essas aulas mudariam as coisas. Não imaginei que ele me contaria histórias, faria piadas para mim ou provocaria silêncios pesados.

Ele tem que parar. Preciso dele frio, distante e detestável. Chega de compartilhar e fingir que se importa. Temos que permanecer tão inacessíveis um para o outro como quando nos sentamos em pontas opostas desta mesa.

Como sempre, tento seguir Eryx depois do jantar. Espero cinco segundos depois que ele sai. Menos tempo do que costumo esperar, então o sigo.

Meus sapatos não fazem barulho no chão acarpetado, um benefício adicional que não considerei quando escolhi a espessura do material.

Assim que saio da sala de jantar, a silhueta de Eryx está desaparecendo no fim do corredor. Vou atrás dele na ponta dos pés e espio ao virar o corredor.

Ele desapareceu.

Imaginando que subiu a escada mais depressa do que antecipei, corro até lá e subo o primeiro lance, então paro e ouço com atenção.

Nada.

Absolutamente nada.

Suspeito de que ele sabe que estou tentando descobrir onde dorme. Eryx toma todas as precauções para garantir que não vou conseguir segui-lo até onde descansa todas as noites. Vago sem rumo pelos corredores esperando sentir seu cheiro, mesmo sabendo que isso é inútil. Ele sabe o que estou fazendo, e isso é terrivelmente perturbador.

Vou parar na biblioteca, onde examino as estantes com a intenção de escolher alguma coisa que possa me distrair do homem enfurecedor que mora na minha mansão.

Aqueles olhos cor de âmbar passam por minha cabeça, e, em vez de continuar na seção de ficção, vou procurar alguma coisa nas prateleiras de não ficção. História nunca me interessou. Por que deveria? É sempre sobre homens roubando uns dos outros ou matando uns aos outros. Homens fazendo coisas grandiosas. Homens vivendo aventuras. Estou cansada de homens no centro do palco. A história das mulheres mal é registrada, e é por isso que me limito à ficção, onde finalmente temos o que é nosso.

Mas imagino que Alessandra será uma figura muito importante nos livros de história das próximas gerações.

Não sei por que me dou ao trabalho de examinar os títulos relacionados à história de Naxos ou de olhar os volumes sobre diferentes reinos do mundo. O que espero encontrar? Algo que me diga por que os olhos de Eryx se tornam cor de âmbar quando ele está furioso? Mesmo quando deparo com uma coisa tão antinatural, minha mente ainda tenta encontrar uma resposta racional.

Talvez existam pessoas em outras partes do mundo que tenham olhos cor de âmbar. Nunca estive em nenhum lugar além de Naxos. Meu conhecimento é limitado.

As horas passam enquanto vou virando páginas e mais páginas, lendo índices e mais índices, sem nenhum resultado. Minha cabeça cai sobre o antebraço quando me reclino em um divã com o último livro escolhido. Sinto meus olhos perderem o foco, mas estou confortável demais para me mexer...

Sei que estou sonhando porque a paisagem em que me encontro é impossível. O chão é feito de nuvens. Velas flutuam sobre minha cabeça sem nada que as sustente. Ouço o som relaxante de água corrente, mas não vejo água por ali. Na verdade, o único objeto que vejo é a cama. Não uma cama exatamente, mas um colchão jogado no chão, coberto com lençóis e cobertores. Eu os vejo subir e descer, acompanhando a respiração tranquila de quem dorme ali.

Já que é um sonho, não sinto medo, apenas curiosidade. Chego mais perto da cama, e então consigo ver a cabeça que descansa sobre o travesseiro.

É Eryx, mas não é ele.

O cabelo despenteado está ainda mais bagunçado que de costume. A pele parece mais escura embaixo de um edredom branco. Ele é mais menino que homem ali dormindo, com os cílios longos projetando sombras no rosto.

E tem... chifres.

Dois saindo da testa e fazendo uma curva, apontando para a parte de trás da cabeça, com mais ou menos dez centímetros de comprimento e pontas afiadas. São pretos na raiz, mas adquirem um tom profundo de roxo na extremidade. Não lembram nenhum animal que eu tenha visto antes, por isso não faço ideia de onde minha cabeça tirou inspiração para criá-los.

Como o sonho é meu e posso fazer o que eu quiser, me aproximo da pessoa adormecida, ajoelho no chão, enrosco os dedos em seu cabelo e massageio o couro cabeludo. O movimento levanta parte do cabelo, revelando o formato incomum de uma orelha pontuda, antes de minhas mãos pararem em um nó de cabelo e olhos cor de âmbar se abrirem de repente. Quando me vê, Eryx rola para o lado e quase cai no chão de nuvens.

No mesmo instante, as nuvens brancas e fofas se transformam no mais profundo negro e ouço o som de um trovão, vejo o raio de luz sob meus pés. As velas flutuantes se apagam com uma brisa repentina que não sinto na pele, mas ainda consigo ver Eryx perfeitamente.

– Por acaso já viu uma escova de cabelo? – pergunto, sem me abalar com a mudança no cenário. – Sério, é impressionante como esse esfregão na sua cabeça fica todo embaraçado.

Eryx se senta e as cobertas escorregam de seus ombros, revelando um peito musculoso e, definitivamente, *adulto*.

– O que... está fazendo aqui? – ele pergunta, olhando em volta como se não conseguisse acreditar no lugar onde estamos. Quando ele abre a boca para falar, noto que seus caninos são mais compridos que o normal.

– Eu? Este sonho é meu. Você é o invasor aqui. Não respeita nem meu sono? Não consegue me deixar em paz, não é?

Eu me sento na cama, no espaço que ele aqueceu com o corpo, e me deito no lugar que Eryx deixou vazio. Os lençóis são confortáveis, embora o colchão seja mais duro do que aquele com que estou acostumada. Fecho os olhos, desejando dormir profundamente sem companhia ou sonhos. Estou precisando de um descanso de tudo isso.

Eryx puxa o cobertor de cima de mim e se enrola nele antes de se deitar do outro lado da cama.

– O que está fazendo? – ele pergunta.

– Tentando fazer você desaparecer. Devolva as cobertas.

– Esta cama é *minha*, e você tem que ir embora. Saia deste lugar imediatamente.

Reviro os olhos e me viro de lado, de frente para ele. Apoio a cabeça em uma das mãos. Meu vestido se abre na altura do pescoço com o movimento, mas não faço nada para fechá-lo porque, já disse, isso é só um sonho, quem se importa?

Os olhos de Eryx descem até a abertura antes de ele se controlar e levantar a cabeça.

Arqueio uma sobrancelha.

– Será que pode mudar de posição? – ele pergunta, e seus olhos descem novamente como se tivessem vontade própria. Finalmente, ele os fecha.

– O que está vestindo? – pergunto, ignorando o pedido dele. Por que se enrola no edredom com tanta persistência?

– Roupa de baixo – ele responde.

Sinto um sorriso dançar em meus lábios e estendo a mão para a ponta do edredom.

– Solte – ele exige.

– O sonho é meu – argumento. – Solte você.

– Não.

– O que está tentando esconder de mim?

– Nada!

Puxo com toda a força que tenho, mas nem em sonho consigo me convencer de que sou mais forte que ele. Ajeito o travesseiro embaixo da cabeça e me acomodo melhor na cama.

– Você *realmente* não devia estar aqui – ele insiste.

– E onde é aqui? – pergunto, olhando para as nuvens de tempestade. – Isto é um dos paraísos dos deuses?

– É claro que não.

– Tem razão, você está aqui – aponto. – Onde eu estava com a cabeça? Então por que não me explica o que meu cérebro criou?

– Seu cérebro?

– Sim, isto é o *meu* sonho. Faça um esforço para me acompanhar, Eryx. Nem em sonho consigo criar uma versão mais inteligente de você.

Sua expressão está mais perigosa do que nunca, com os olhos brilhando e os dentes à mostra, mas nem assim tenho medo dele.

Meu subconsciente o transformou em um monstro. Um incrivelmente atraente, mas um monstro mesmo assim.

– O que está escondendo de mim embaixo desse cobertor? – pergunto. – Ganhou uma perna a mais?

– Não.

– Tem barbatanas nos pés?

– Não.

– Uma cauda?

Ele hesita um instante antes de responder.

– Não.

– Tem, sim! Você tem uma cauda! Quero ver.

– Não! Chrysantha, saia daqui!

– Pensei que já tivesse deixado claro que não posso sair, porque o sonho é meu. Pare de ser irritante e me mostre.

Ele pega o travesseiro e o arremessa na minha cabeça. Depois do susto, eu o coloco sobre o que já estou usando.

– Por que está sempre de mau humor? – pergunto.

Ele tenta passar a mão no cabelo, mas os dedos param no mesmo nó que encontrei há pouco. Sua voz fica mais grave.

– Qual é o seu problema? Por que não tem medo de mim? Está deitada ao meu lado, vulnerável. Completamente exposta. Não sabe que posso rasgar sua garganta?

– Ah, que ótimo! Talvez isso me acorde deste sonho horrível.

– Tudo vira piada para você.

Dou de ombros.

– Nunca pude contá-las em voz alta.

– Quê?

E, como isto é um sonho, e decido que seria interessante ver o que acontece a seguir, conto a verdade.

– Sempre guardei tudo para mim. As piadas. A raiva. Meu temperamento. Eu mesma. Tinha que ser assim se quisesse encontrar um marido.

– Não entendo.

– Aprendi muito nova que os homens preferem mulheres que eles podem controlar. Então passei a vida inteira fingindo ser uma idiota para que ninguém fosse cauteloso perto de mim. Quando meu pai começou a falar sobre o marido perfeito para mim, entendi seus planos e até consegui direcioná-los. É que eu não poderia ter *qualquer* marido. Precisava de um marido rico que não fosse permanecer por muito tempo neste mundo. Pholios correspondia ao perfil. Eu sabia que ele morreria logo, e então eu poderia herdar tudo. Só precisava deixar meu pai pensar que a ideia era dele. Ele estava tentando me leiloar entre os amigos ricos. Orrin, Lorde Eliades, foi a primeira tentativa. Mas Orrin era jovem e saudável e eu não queria essa união, porque ficaria presa a ele por décadas. Mas eu sabia sobre Pholios, e só precisava fazer meu pai pensar nele como uma opção.

"Você acha que meu pai teria discutido negócios na minha frente se soubesse que eu estava prestando tanta atenção? Ele teria me deixado sozinha em seu escritório quando precisava sair para resolver seus assuntos? Roubei seu selo e escrevi cartas para Pholios em nome do meu pai. Eu o convidei a visitar nossa casa e se apresentar, porque tinha uma filha em idade de se casar.

"Meu pai não desconfiou de nada. Nem quando Pholios começou a falar conosco de repente, como se já tivesse tido conversas anteriores com meu pai. Ele simplesmente foi aceitando. E como poderia ter sido diferente?

"Eu orquestrei tudo. Desde o primeiro encontro e o cortejo até o casamento. Participei de cada passo. Meu pai e Pholios nunca desconfiaram.

"Então Pholios morreu e me senti livre para ser quem era pela primeira vez na vida. Tive meses para desfrutar de tudo isso com os criados e meus amantes."

Faço uma pausa e olho para Eryx.

– Aí, você apareceu. Fui ousada e inteligente na sua frente porque não sabia quem você era, e depois já era tarde demais. Fiquei aqui presa com você, que sabe quem eu sou, e não pude usar meus métodos habituais para me livrar de você.

– Quer dizer que não encontrou um amante que a quisesse sem o incentivo do dinheiro?

Não consigo interpretar seu tom, mas não gosto da cor patética com que ele me pinta.

– Não estou procurando um amante. Só estou interessada em um parceiro sexual constante. Preste atenção, eu estava falando do meu passado. Você está se concentrando nas coisas erradas.

Eryx pisca umas cinco vezes antes de as palavras entrarem em sua cabeça dura.

– Convenceu sua família de que era simplória?

– Não só minha família. Todo mundo. A corte inteira. Todas as pessoas que já conheci. Passei sete anos representando esse papel.

– É muito tempo para ser alguém que não é.

– Teria valido a pena se você não tivesse aparecido. Eu teria tido o resto da vida para ser feliz.

Ele revira os olhos.

– Só você poderia dizer que não era feliz. Vive no mais completo luxo. Nunca ficou sem sapatos, sem comida ou sem um teto sobre a cabeça.

Quer que eu me sinta mal porque não pode mais pagar um homem para chupar sua b...

– Não se atreva a concluir essa frase grosseira! Não tem a ver com dinheiro! O que eu sempre quis, acima de tudo, foi liberdade, mas você tenta me convencer a aceitar outro casamento, perder as pequenas liberdades que tenho agora. Já estou presa a *você* em muitos sentidos. Como estive presa a seu avô.

– Não tem nenhum compromisso comigo, não como tinha com ele.

– Ah, devo me contentar por ser só parcialmente propriedade de alguém, é isso? Você não entende. Ninguém entende.

Muitas mulheres parecem contentes com a vida que têm. Ser trocada por dinheiro. Forçada a produzir herdeiros. Viver uma vida que não é inteiramente dela. Não consideram tudo isso um fardo. Algumas até *gostam*.

Não me contento com uma vida que não é inteiramente minha.

Prefiro morrer.

– Você não é a única que teve uma vida difícil – ele diz. – Não é a única que teve de viver de acordo com os caprichos de outras pessoas. Você não é o centro do mundo.

– Não, mas sou o centro do *meu* mundo, e é por isso que tenho que cuidar de mim. Ninguém mais vai cuidar.

Ele faz uma pausa breve.

– Passe um dia inteiro sem comida. Depois me diga que isso não é pior do que ser uma lady.

– Acha que merece pegar o que é meu porque cresceu pobre? Eu teria preferido ficar sem comer a ter que lidar com Pholios me tocando constantemente e tentando me puxar para a cama dele. Você não entende. Nunca vai entender. Pare de comparar minha vida com a sua. Você é homem, nunca vai saber o que é sofrer como só uma mulher pode sofrer!

As últimas palavras são gritadas, e acordo assustada.

É meio da noite, e ainda estou na biblioteca. O livro que eu lia pesa sobre meu peito. Ele cai no chão quando me levanto e vou para o meu quarto.

CAPÍTULO 12

Tento tirar o sonho absurdo da cabeça, mas, com o passar dos dias, me pego olhando para o falso duque e imaginando-o com aqueles chifres, as orelhas pontudas e os caninos longos.

– Que foi? – Eryx pergunta certa noite, quando me pega examinando sua testa.

– Nada. – Olho para minha comida.

Eryx se move na minha frente, talvez para olhar para os guarda-costas.

Felizmente, ele não me pegou estudando sua bunda enquanto tento imaginar como poderia ser sua cauda...

Só percebo que posso estar ruminando demais aquele sonho quando atropelo alguém no corredor. Felizmente, consigo segurar minha governanta antes que ela caia.

– Sra. Lagos, me perdoe. Eu estava distraída.

– Tudo bem – ela diz. E sacode as saias antes de ajeitar o xale sobre os ombros. A peça chama minha atenção, e não escondo o espanto.

– Isso é cashmere? Da Michalis's?

Ela fica vermelha.

– Sra. Lagos, tem um admirador secreto e rico sobre o qual nunca me contou?

– Não. – Ela não me encara.

– Isso é impossível. Preciso saber quem lhe deu isso. Pensei que fosse divertido fofocar comigo. – Faço cara de ofendida.

– Não é isso, Vossa Graça. Tenho receio de aborrecê-la se contar quem me deu o xale.

– Não seja ridícula. Quem quer que dê um presente como esse a uma amiga e... – Finalmente entendo tudo. – Foi o *duque*?

A sra. Lagos olha para o chão como se estivesse envergonhada.

– Ele se sentiu mal por todo o dissabor que me causou. Demitir todos aqueles empregados, organizar a propriedade sem serviçais suficientes. Ele só queria se desculpar.

– Certamente não se deixou subornar, não é?

– É claro que não, Vossa Graça. – Mas, quando ela segue em frente, vejo que acaricia discretamente o xale novo.

Continuo andando em direção à porta principal, porque hoje tenho planos de sair para caminhar. Damasus entra justamente quando chego à saída.

– Perdão, Vossa Graça. – Ele leva a mão ao peito, onde noto um broche preso à lapela de seu paletó.

– Isso é prata? – pergunto.

– Não. – Uma pausa. – Desculpe, Vossa Graça, isso não é verdade. Sim, é prata.

– Ganhou do duque? – É mais uma acusação do que uma pergunta.

Ele assente. Devagar.

– Agora chega – resmungo.

E vou procurar Eryx.

Demoro quinze minutos, mas, finalmente, o encontro na biblioteca, escolhendo a próxima leitura.

– Está distribuindo presentes aos empregados?

Ele se vira e leva a mão ao revólver, mas felizmente não saca a arma. E volta a me dar as costas.

– Isso é um problema?

– Vai ser, quando eles saírem do emprego porque seus presentes valem mais que um ano de salário.

– Eles não vão embora. Todos gostam muito de você.

– Sim, e essa simpatia foi conquistada. Você está tentando comprar a amizade das pessoas.

Ele se vira de frente para mim, cruza os braços e se apoia na estante atrás dele.

– Primeiro fica furiosa porque demiti vários empregados. Agora que estou demonstrando a eles o quanto aprecio o esforço que fazem, você continua brava? Tem medo de que eu os jogue contra você?

– Não.

– Então por que está tão contrariada? – Sua expressão se torna altiva. – É porque eu não trouxe um presente para você?

Ranjo os dentes.

– É claro que não.

Os olhos dele brilham cor de âmbar, e Eryx se vira novamente.

– Qual é o problema, duquesa?

– Você. O problema sempre é você.

E, como não aceito ser superada por ele, mando Kyros à cidade com instruções específicas sobre que presentes quero comprar para cada membro da minha equipe. Não me interessa se vai custar um mês de pensão. Eryx não vai vencer.

Naquela noite, quando me dirijo ao quarto para dormir, encontro uma caixinha no chão, ao lado da porta. Por alguma razão, meu coração acelera e sinto a pele esquentar.

Olho em volta, confirmo que não há testemunhas, então me abaixo para pegar a caixa. Entro no quarto, fecho a porta e olho para o presente.

O que ele comprou para mim? Brincos? Um colar?

Eu disse a ele que não queria presente nenhum. Fui muito clara sobre esse ponto.

Mas não faz mal nenhum abrir a caixa. Ver o que é. Ele notou as joias que gosto de usar? O presente é uma demonstração de atenção, ou algo aleatório que ele viu na cidade?

A tampa se ergue ao menor toque. Depois de remover o papel de seda, encontro apenas um bilhete breve aninhado no veludo.

Então você queria um presente meu.

Arremesso a caixa do outro lado do quarto.

– Não – digo em voz alta, como se ele estivesse ali para discutir. Não queria. Não *quero*. Só estava *olhando*.

Recupero o controle, devolvo o bilhete à caixa e a caixa ao lugar onde a encontrei. Como se nunca a tivesse aberto.

De manhã, ela não está mais lá.

– Mais um nobre desapareceu – Karla me conta antes da reunião seguinte do clube do livro. – Foi difícil conseguir o jornal da manhã. Parece que a gráfica recolheu todos os exemplares. Achamos que foi ordem do rei.

Tekla assente.

– Ele não vai deixar a aristocracia entrar em pânico quando quer todos pensando apenas em suas núpcias.

– Ah, vai ser o casamento do século – Karla comenta, quase desmaiando ao pensar nisso.

– O nobre desaparecido – lembro, levando-as de volta ao assunto.

– Ah, sim. Dessa vez foi Lorde Kazan.

Mais um visconde que esteve no exército. Hum.

– Se o rei está obrigando os jornais a recolher exemplares, é provável que não haja nenhuma notícia sobre o próximo desaparecimento.

– Imagino que não – diz Tekla.

– Mas eu não me preocuparia, Vossa Graça – Karla opina. – Somente homens estão desaparecendo.

– Não estou preocupada – garanto. Só gostaria de saber o que isso significa, e por que Eryx anda pela casa como se esperasse uma invasão. Ele suspeita de que será o próximo? Ou é com o chantagista que está preocupado? O sequestrador e o chantagista podem ser a mesma pessoa?

A única coisa de que tenho certeza é que Eryx está muito atento ao que está acontecendo, seja o que for.

O prazo para o pagamento da chantagem vence, mas Eryx e seus capangas não saem da mansão. Eu sei, porque rastreio os três como um cão leal. Infelizmente, não sou tão cuidadosa quanto penso ser.

Viro no fim de um corredor e dou de cara com Eryx, que estava me esperando, é evidente.

– Que diabos está fazendo, duquesa?

Esfrego o nariz onde sinto o impacto com o peito duro de Eryx. Não é difícil adotar uma expressão de inocência.

– Observando você, é claro.

Ele aperta os olhos.

– Com que finalidade?

– Não quero que faça papel de bobo no casamento da minha irmã. Preciso ter certeza de que está treinando o que estudamos em nossas aulas.

Ele revira os olhos.

– Não pode esperar que eu me comporte em um ambiente privado como me comportaria em um evento público.

– Existe treino melhor do que adotar bons hábitos em casa?

– Não vou mudar tudo em mim só para você se sentir mais confortável em público. Vá para o inferno.

– Praguejar na frente de uma dama é...

As narinas dele dilatam, e alguma coisa muda em seu rosto. Antes que eu consiga identificar o que é, Eryx dá um passo em minha direção, quase pisa nos meus sapatos, e eu pulo para trás.

– Tudo bem? – Argus aparece atrás de Eryx como num passe de mágica e toca seu ombro com mão firme. – Eryx?

O falso duque pisca.

– Bem, estou bem. Só... tire-a de perto de mim.

Dyson se materializa atrás de Argus. Os dois homens se espremem no espaço entre mim e Eryx.

Passo por eles.

– Qual é o problema? Por um momento você pareceu perturbado.

– Estou me sentindo meio doente. Se não quer pegar essa coisa, seja lá o que for, é melhor ficar longe. Minha cabeça está latejando, e estou sem paciência nenhuma.

– Você nunca tem paciência.

– Duquesa, saia daqui, maldição!

Ele desaparece antes que eu possa falar mais alguma coisa, e seus guarda-costas me impedem de segui-lo.

– Dê um tempo a ele, Vossa Graça – diz Dyson.

Mudo o alvo da minha ira.

– Você não vai me dar ordens.

– Não foi uma ordem. Foi só um conselho, mas sugiro que o siga. Caso contrário, garanto que não vai gostar das consequências.

Consequências! Pois eles que esperem as consequências de ajudar Eryx, o vigarista. Eu me viro e saio dali.

Não tenho um destino em mente, mas os dois homens me seguem.

– Não vou mais incomodar Sua Graça. – Hoje, pelo menos. – Não precisam me acompanhar.

Argus suspira, mas pode ser um grunhido ou uma risada abafada. É difícil dizer.

– Ótimo, agora tenho dois guarda-costas me seguindo, é isso?

Pelo canto do olho, vejo um esboço de sorriso distender os lábios do homem.

– Entendeu tudo errado, Vossa Graça.

– Nenhum de vocês pensa que sou burra o suficiente para acreditar que são valetes, não é?

– Não pensamos que é burra – diz Dyson. – Na verdade, é inteligente demais para o próprio bem, mas pode ser completamente obtusa às vezes.

– O quê?

– Estivemos no exército com Eryx. Mesmo regimento. Ele salvou minha vida e a de Argus.

Argus para no corredor, se abaixa e começa a enrolar a barra da calça. Penso em impedir o homem de exibir a perna nua para mim, mas estou aflita demais por respostas, por isso espero ele levantar a calça até o joelho.

– Ferimento de bala na perna. Os pegainenses lutaram muito antes do fim. Eles nos obrigaram a correr, e com um ferimento como esse eu não conseguia acompanhar o batalhão, mas isso não faria um homem como Eryx parar. Ele me jogou sobre um ombro e correu, enfrentou os filhos da mãe enquanto aguentava meu peso. Ele é o motivo para eu estar vivo hoje.

Examino Argus da cabeça aos pés e constato que é um homem de músculos consideráveis.

– Você ficou mais forte depois da conquista de Pegai?

O homem ri.

– Eryx é mais forte do que parece, e, quando está determinado, nem o meu peso representa uma dificuldade para ele.

Como isso é possível? Argus deve ter o dobro do tamanho dele, mas que razão ele teria para mentir?

Dyson toca a bainha da camisa e levanta o lado direito acima das primeiras costelas, revelando uma faixa de tecido cicatrizado.

– Fui cortado como um peixe filetado. Eryx pegou o filho da mãe antes que ele conseguisse acabar comigo, depois me ajudou a achar um lugar seguro, ainda com a faca enterrada em minha carne e ele quase tão ferido quanto eu. É claro que isso não o fez parar. O homem só fica mais terrível quando é ferido.

Olho para os dois.

– Estão com ele agora porque devem a vida a ele?

– Sim, mas essa não é uma dívida que possamos pagar a um homem como Eryx – diz Argus.

– Por que estão aqui, então, se não é para protegê-lo? – São apenas amigos que o acompanharam com a intenção de lucrar com esse plano de Eryx de se passar por duque?

Argus e Dyson se olham, antes de Argus responder cauteloso:

– Já passou pela sua cabeça que não estamos aqui para protegê-lo, Vossa Graça, mas garantir a sua proteção?

Eles me deixam parada no corredor, completamente atordoada e esquecida.

Rumino as palavras de Argus pelo resto da noite, vendo Eryx sob um novo ponto de vista.

Que tipo de horrores o homem testemunhou na guerra? Lembro da chantagem e penso em todos os horrores que Eryx deve ter cometido. Sei que os soldados podem ter traumas, que alguns são propensos a episódios de terrores noturnos e coisas do tipo. Talvez Eryx esteja sofrendo de um jeito que ainda nem consegui perceber. Se o pressionar na hora errada, talvez eu possa trazer à tona um temperamento incontrolável, resultado do trauma. Acrescente aqueles olhos estranhos à receita, e o que pensar dele?

Se esse problema existe e é tão grande assim, será que é *uma boa ideia* deixar Eryx circular em sociedade? E como ele se permite ficar sozinho comigo se, de repente, pode ter uma crise de violência?

Esse é o verdadeiro motivo para ele ter dispensado tantos empregados da casa, e depois os operários? Quanto menos gente por perto, menos gente ele vai atacar com violência?

Acho isso tudo enfurecedor.

Além de tirar tudo de mim, ele está me colocando em perigo com sua presença.

Raiva e determinação sempre foram mais fortes que o medo para mim. A fim de me impedir de perder a paciência ou de agredir o homem verbalmente, fico fora do caminho de Eryx, exceto quando a interação é necessária. Continuamos com nossas aulas, sempre com a presença de Argus e

Dyson. Não pressiono Eryx mais do que o necessário, porque o alerta de Argus ainda ecoa em minha cabeça. E, pela primeira vez, Eryx não está fazendo piada com tudo.

Ele agora consegue sentar e comer sem me causar constrangimento. É capaz de se controlar antes de deixar escapar um palavrão ou outro, mas de vez em quando é como se nem percebesse que palavras condenáveis saem de sua boca.

Falamos sobre assuntos apropriados para debater na presença de cavalheiros e damas.

– Como pode saber o que é apropriado dizer quando os cavalheiros estão sozinhos?

– Quando vai aprender que eu sei tudo?

Sempre que não estamos ocupados com as aulas, tento investigar mais um pouco, mas não estou nem perto de descobrir onde ele dorme ou por que é vítima de chantagem.

Felizmente, não sonho mais com o homem. Já é ruim o bastante ter de lidar com ele durante o dia.

Com a aproximação do casamento da minha irmã, dedico mais tempo a providenciar os trajes perfeitos para mim e para Eryx. As roupas novas chegam, mas ele nem toca nelas. Tem um apego evidente às roupas de trabalhador e ao casaco de couro preto.

As coisas progridem devagar. Não sei o que vou dizer a Kallias ou a Alessandra quando os encontrar, especialmente sobre o falso duque. Tudo o que posso fazer é ganhar tempo. Ser discreta.

Até que chega o dia, ou melhor, a noite que estive esperando. Não a do casamento. Algo muito, muito melhor.

Ilias Tomaras volta à mansão.

Kyros me acompanha à biblioteca, e peço para ele esperar do lado de fora, na frente da porta, para o caso de eu precisar de ajuda. Ele assume a tarefa sem fazer perguntas.

Ilias Tomaras se apresenta como na última vez. Vestido de maneira impecável, apesar de ser tarde. O homem não parece estar cansado.

– Sr. Tomaras, fico feliz por ter vindo. Mais uma vez, obrigada por sua discrição.

– Imagine, Vossa Graça. É uma alegria ter algumas coisas a relatar, embora menos do que eu gostaria.

– Por favor, continue.

– Comecei pela mãe, Ophira Demos, filha de Pholios. Ela nasceu nesta propriedade e viveu aqui até os dezoito anos.

– Então ele teve uma filha? – *Por que ninguém ouviu falar dela?*

– Sim, apenas uma, mas ela foi deserdada pelo pai e banida de casa.

– Deserdada? Por quê?

– Tenho reunido informações discretamente em conversas com velhos amigos de Pholios dessa época. Passei a frequentar os clubes que eles frequentam. Ninguém parece ter uma resposta exata sobre o que aconteceu. O que sei é que Ophira teve um envolvimento com o falecido Rei das Sombras.

Minha cabeça parece rodar. Eryx é filho bastardo do falecido rei?

Vejo aqueles olhos cor de âmbar em pensamento. É isso? Mas, que eu saiba, toda a linhagem Maheras tem a mesma magia de sombras. Sem variações. E nunca vi os olhos de Kallias se tornarem cor de âmbar durante minha estadia no palácio, mas também nunca o vi furioso.

Todos esses pensamentos passam por minha cabeça em um segundo. Antes de Tomaras dizer a próxima frase.

– Porém relatos dão conta de que foi depois do fim desse envolvimento que ela engravidou.

Ah.

– O pai é outro, então?

– Com toda certeza. E, uma vez que o falecido duque fez vista grossa para um caso de amor com o rei, só posso supor que o amante seguinte não era da mesma posição. Era alguém que o pai considerava inferior a ela. Quem quer que fosse, ele não se casou com Ophira quando ela engravidou, então podemos supor também que ele não podia sustentar uma esposa, ou não se interessava por uma. Creio que a gravidez tenha sido o motivo do ostracismo.

Isso é... terrivelmente triste. Um destino horrível para qualquer mulher.

– Para onde ela foi?

– Isso foi o que me tomou mais tempo, mas consegui rastreá-la até uma cidade distante em Esteia, um lugar chamado Dimyros.

– Nunca ouvi falar.

– Nem eu, antes disso. Fiz algumas pesquisas. É uma cidade pequena e comum, e seu maior bem é representado pelos rebanhos de ovelhas.

– Ovelhas?

– Eles criam esses animais; as pessoas se orgulham de ter os melhores filhotes de engorda do ano. A maioria dos produtos de lã do mundo sai de Dimyros, e parece que Ophira arranjou um emprego para cuidar de rebanhos.

É impressionante que ela tenha conseguido ir tão longe sozinha, mas posso entender a necessidade de Ophira de se afastar do pai. Fico feliz por ela ter encontrado uma alternativa.

– Não sei se a informação a seguir tem alguma importância, mas houve boatos incomuns circulando por Dimyros – Tomaras continua.

– Gostaria de saber quais.

– Houve estranhos desaparecimentos. Ovelhas, outros animais e até alguns cidadãos sumiram. Os corpos foram encontrados mais tarde, às vezes apenas ossos com marcas estranhas e inexplicáveis de mordidas.

Sinto um arrepio na nuca.

– Por que essa informação chamou sua atenção?

– Porque, de acordo com os registros, esses ataques não aconteciam antes de Ophira chegar à cidade. A época não é precisa. Eles começaram alguns anos depois que ela chegou. Por isso tenho certeza de que não é nada. Houve murmúrios sobre Ophira ter sido humilhada e xingada por mais gente além do pai dela. Parece que o infortúnio a seguia a todos os lugares para onde ia.

– E acha que tem alguma verdade nisso?

– Não acredito em diabos ou deuses.

– E quanto ao Rei das Sombras?

– Sou um homem de ciência, fatos e razão. Nunca vi o rei, mas sei que as invenções dos naxosianos são impressionantes. Se alguém quisesse dar a impressão de que estava envolto em sombras, encontraria um jeito, cientificamente.

Ele não diria essas coisas se tivesse visto o rei pessoalmente, atravessando paredes maciças, mas agora não é hora de argumentar.

– E depois? – pergunto. – Ela teve o bebê? Havia mesmo uma criança?

– Ah, sim, Eryx é filho dela, sem dúvida nenhuma.

Não consigo disfarçar o desânimo. Ele é realmente o duque? De verdade? Depois de eu ter tanta certeza sobre todas as minhas suspeitas.

– Não há nenhuma chance de o homem que ocupa esta casa ser um impostor?

– Sempre existe uma chance, Vossa Graça, mas considero improvável, nessa situação. O que me contou bate com tudo o que encontrei em minha pesquisa. O menino cresceu em Dimyros e alistou-se no exército naxosiano assim que alcançou idade suficiente para se passar por alguém de quinze anos, mesmo estando mais perto dos treze, acredito. Ele queria dar uma vida melhor à mãe, por isso partiu. Ela não protestou, até onde posso dizer. Na verdade, muitos vizinhos dela sugeriram que ela queria que o menino fosse um lutador treinado.

– Curioso.

– Também achei, a menos que ela estivesse procurando um jeito de impressionar o pai, talvez, e se reaproximar dele com o filho.

– Faz sentido.

Ilias assente.

– Eryx tem um dom para matar, aparentemente. Ele progrediu nas fileiras do exército muito rapidamente e recebeu todo tipo de recompensa.

Sim, eu as vi.

– E, há cerca de dezoito meses, a mãe dele morreu.

Tão jovem? Eu não esperava por isso.

– Qual foi a causa?

– Alguns dizem que foi suicídio. Outros, que ela simplesmente definhou. Ouvi relatos sobre ela ter parado de se alimentar. Parou de sair da cama. Parou tudo. O menino não foi informado de nada, só ficou sabendo quando ela já havia partido.

– Uma mulher não para de cuidar de si mesma por nada. O que pode ter acontecido?

– Ela pode ter enlouquecido. Ou então ouviu alguma notícia falsa sobre o filho ter morrido no exército. Qualquer que seja o motivo, parece que a tristeza a venceu.

Não foi a morte da mãe dela, penso. A esposa de Pholios morreu muito antes disso.

– Que estranho.

– De fato, parece ter havido muitas coisas estranhas no entorno do novo duque. Ele cresceu em uma cidade onde aconteciam desaparecimentos estranhos, a mãe morreu em circunstâncias incomuns, e até a unidade dele no exército tinha uma aptidão inusitada para a sobrevivência. Muitos a atribuem aos feitos de Eryx no campo de batalha.

Por alguma razão, os chifres e caninos do meu sonho surgem em minha mente. Eu os afasto.

– Então é isso? – pergunto. – Não tem mais nada que eu possa fazer? Ele realmente é quem diz ser e é dono de tudo. – Suspiro, desapontada, quando a esperança me deixa aos poucos, a cada sílaba que pronuncio.

O sr. Tomaras endireita os ombros.

– Tem mais uma coisa que gostaria de averiguar antes de aceitar a segunda parte do pagamento, Vossa Graça, mas é melhor se preparar. As evidências não sugerem as respostas que procura.

Sinto meu corpo duas vezes mais pesado quando essas palavras se instalam em minha mente. Eryx Demos existe mesmo. Ele é o duque.

Mas *o que* ele é?

Finalmente, permito que os pensamentos que negava até então permeiem minha mente. Olhos cor de âmbar. Mortes misteriosas. Um sonho que parece cada vez menos um sonho quanto mais eu penso nele. Os guarda-costas aqui para garantir minha segurança.

Ou eles estão aqui para me impedir de descobrir a verdade?

– Retiro-me agora, Vossa Graça. Até a próxima. – Ele se curva, e eu saio da biblioteca.

Kyros me acompanha de volta aos meus aposentos. Estou perdida nos pensamentos sobre tudo o que me foi revelado quando ele pergunta:

– Recebeu a notícia que esperava?

– Infelizmente, parece que Pholios tem um neto. Eryx é quem diz ser.

– E aquela cara de culpa de Vander quando foi visitá-lo?

– Não sei – respondo com honestidade. – O sr. Tomaras ainda tem mais uma possibilidade que quer averiguar, mas ele me disse para estar preparada. – Suspiro. – O homem está morto, mas Pholios ainda me fere do túmulo.

– Sinto muito, Chrysantha.

– Ele era um porco. Expulsou a filha grávida, deixou-a sem nada. Era mais desprezível do que eu imaginava.

E agora ele me deixou com mais uma confusão para resolver. Eryx e eu disputamos um patrimônio e um título que só pode pertencer a um de nós.

Ainda pretendo vencer essa disputa a qualquer custo.

A lei não pode tirar Eryx Demos do meu caminho?

Tudo bem.

Vou recorrer ao plano B.

Eryx é perigoso, e tem algo de sinistro nele. Não sei o que é, mas é inegável que mantê-lo na propriedade é uma péssima ideia.

Ele precisa morrer.

Já tenho um bode expiatório: o chantagista misterioso. Toda a aristocracia ainda pensa que sou uma idiota. É hora de agir.

– Tem mais alguma coisa que eu possa fazer por você, Chrysantha? – Kyros pergunta quando paramos diante da porta do meu quarto.

Olho nos olhos dele e vejo fogo.

No meio de tudo o que está acontecendo, quase esqueci da proposta velada. Sinto falta de companhia na cama, mas sei que agora não é a melhor hora para isso. Não quando não consigo parar de pensar em assassinato.

Toco a luva que cobre a mão de Kyros.

– Esta noite não, mas talvez... depois.

Deixo a sugestão no ar, e isso é o suficiente, por ora.

CAPÍTULO 13

CALÇO BOTAS REFORÇADAS E AMARRO O CADARÇO EM VOLTA DA PANTURRILHA. NÃO mando chamar Medora para me ajudar a trocar de roupa ou pôr o manto.

Não quero que ninguém tenha pistas do que pretendo fazer hoje. No entanto, poucos momentos depois de ultrapassar o limite do bosque próximo, ouço alguém gritar:

– Duquesa!

O pequeno Nico desce de uma árvore ali perto, pula para o chão quando faltam poucos metros e se equilibra sobre os pés e as mãos no solo coberto de musgo. Ele esfrega as mãos para limpá-las, e só depois abraça minhas saias.

– Bom dia, duquesa – diz.

– Bom dia. O que está fazendo?

– Vi um ninho de passarinho na árvore. Estou esperando os ovos chocarem.

– Algum deles já se moveu?

– Não, e a mãe não voltou desde que eu dei um susto nela quando descobri o ninho.

Seguro a mão do rapazinho e começo a andar.

– É melhor deixar os ovos em paz, ou a mãe pode não voltar. E se ela não voltar, os bebês morrem.

– Ah – ele diz. – Ela ficaria muito indignada se os bebês morressem. Não vou mais subir na árvore.

– Decisão inteligente.

– O que vamos fazer, então?

Vamos andando pela trilha gasta, e ele pula gravetos, quebra-os com os pés ou pega pedras para jogar nos troncos de árvore. Eu não tinha nenhuma experiência com meninos pequenos até me mudar para a propriedade, mas eles são coisinhas destrutivas.

– Vou pegar umas flores silvestres – digo a ele. – Tenho certeza de que vai achar tudo muito chato.

– De jeito nenhum! Vou te ajudar a encontrar as melhores!

Não quero ter plateia para o que vou fazer ali, mas duvido que Nico faça diferença. Afinal, ele já esqueceu o ninho que viu dois minutos atrás.

Seguimos andando pelo bosque até chegarmos a uma clareira cheia de flores. Margaridas e dentes-de-leão, glórias-da-manhã e íris. Nico corre e colhe punhados de flores, arrancando algumas com as raízes em seu entusiasmo. Ele não parece se importar com detalhes, por exemplo, se as plantas já cresceram completamente, ou se alguma delas precisa de mais água. Todas as flores recebem os mesmos cuidados aos olhos de um garoto de quatro anos.

Mostro a ele como fazer coroas com margaridas, e ele passa um tempo aperfeiçoando a nova habilidade, antes de correr para um riacho próximo atrás de insetos e sapos. Fico de olho nele enquanto começo a selecionar as flores que me interessam.

Dedaleira. Cicuta aquática. Erva-moura.

Todas crescem naturalmente na floresta virgem que cerca a mansão. Durante toda a minha vida me ensinaram a ficar longe dessas plantas, a não tocar nelas e, principalmente, a não comer nenhuma delas. De luvas, colho algumas flores da dedaleira, bagas da erva-moura e raminhos de cicuta aquática.

Depois de me certificar de que Nico não está olhando para cá, eu as coloco em uma bolsinha de couro que trouxe comigo. Viro as luvas sujas do avesso antes de guardá-las no bolso. Depois procuro algumas flores inofensivas para levar para casa. Quando termino, chamo Nico. Ele mal reconhece minha presença, ocupado que está tentando pegar insetos que pulam nos trechos de água mais mansa. Está encharcado até a cintura, e não poderia estar mais feliz por isso.

Sua infância é muito diferente do que foi a minha. Muito mais livre, embora ele não tenha a companhia de outras crianças. Não há mais nenhuma na propriedade. Talvez eu deva pensar em um jeito de mudar isso. Podemos contratar novas criadas. Talvez mães solteiras que estejam precisando de trabalho? Vou pensar nisso depois que Eryx se for.

Entrego meu ramalhete para Tekla assim que entro na propriedade e peço que ponha as flores em um vaso. Naquela noite, roubo um pequeno bule de chá da cozinha quando ninguém está olhando. Como frequento a cozinha regularmente, ninguém estranha minha presença. Gosto de inventar pratos de vez em quando, então é comum eu aparecer para testar novas receitas do livro da cozinheira.

Encho o bule com água e o coloco sobre o fogo alto na lareira do meu quarto. Acrescento o conteúdo da bolsa de pétalas, bagas e raminhos. Não sei ao certo quanto é necessário para matar um homem, por isso decido fazer uma infusão com uma grande quantidade de tudo, deixando a água fervente extrair o veneno das plantas e produzir uma fórmula mais concentrada.

Uma mistura das três plantas mais mortais encontradas na propriedade.

Quando decido que minha preparação ferveu por tempo suficiente, despejo a mistura em um frasco de vidro e o fecho com uma rolha. Jogo o restante das plantas no sanitário, depois lavo o bule e o devolvo à cozinha na calada da noite.

Parece descuido envenenar o duque tão pouco tempo depois de ter saído para colher flores. Não, preciso esperar mais um pouco. Que ninguém seja capaz de descobrir esse segredo.

Não sou como Alessandra.

Se eu matar um homem, ninguém vai me pegar.

Espero uma semana inteira antes de pôr meu plano em ação. O casamento de minha irmã será no fim de semana. Tenho pouco tempo, mas precisava esperar. Cautela é fundamental quando se trama um homicídio.

Quando confirmo o cardápio da semana com a cozinheira, encomendo um prato extremamente picante e forte para a quinta-feira, um curry cheio de ervas e vegetais. Alguma coisa que esconda o cheiro horrível e o sabor da minha poção caseira.

A parte mais difícil será colocar o veneno na tigela de Eryx sem ninguém ver. Sempre há muitos criados perto da mesa, de prontidão para o caso de serem necessários. A cozinha está cheia de gente preparando as refeições para todos que moram na casa.

Chego cedo à sala de jantar e tenho que criar uma cena só para ter um momento de solidão com a comida de Eryx. Derrubo uma taça de vinho, que escorre para uma das cadeiras e para o carpete embaixo dela.

Enquanto todo mundo corre para ajudar na limpeza, removo a rolha do meu frasco de vidro, despejo o veneno na tigela de Eryx, dou uma mexida rápida e volto à posição anterior antes que alguém se levante do chão. A mesa precisa ser levantada para que o tapete seja removido a fim de ser lavado ou substituído. A cadeira está arruinada, o estofamento branco não vai se recuperar do encontro com o líquido vermelho.

Quando tudo está sendo resolvido, Eryx aparece com seus dois capangas.

– O que está acontecendo?

– Houve um acidente, Vossa Graça – responde Xandria.

– Não precisa me proteger, Xandria. A culpa foi minha. Receio que a cadeira não tenha salvação, e o tapete não parece muito melhor.

Eryx aperta o alto do nariz.

– Você vai insistir em gastar mais dinheiro para trocar tudo isso, não vai?

– Pare de reclamar como um miserável. Você gostaria de ter uma sala de jantar vazia? O que os convidados vão pensar quando virem um número ímpar de cadeiras em torno da mesa?

– Que a duquesa não sabe contar?

– Exatamente!

Eryx faz uma careta e se senta. Depois cheira a comida diante dele.

– O aroma é delicioso. Cumprimente a cozinheira por mim – ele diz aos empregados mais próximos.

Quando pego meu guardanapo, recito as palavras que preparei para a noite:

– Você precisa de um corte de cabelo. – Olho com desdém para a confusão de mechas castanhas sobre a cabeça do falso duque. (Não me importa se Tomaras diz que Eryx tem direito ao que reivindica; para mim, ele será sempre o falso duque, porque o título deveria ser meu.) Falar sobre eventos futuros com um homem que não pretendo ver no futuro só reforça minha inocência.

– E você precisa de uma focinheira – ele responde.

Suspiro fingindo impaciência.

– O casamento será no fim de semana. Você precisa estar apresentável. Fizemos um bom trabalho com seus modos, mas a aparência é igualmente importante. Por favor, corte o cabelo, e *não* com Argus ou Dyson. Duvido que um deles já tenha segurado uma tesoura na vida. Vá visitar um barbeiro. Peça um corte elegante. Não pode se apresentar com esse esfregão na cabeça.

Eryx me fita com tanta fúria que juro que o olhar rouba o calor da sala.

– Está bem – ele resmunga.

Sentado, ele fecha os olhos e respira fundo, como se precisasse controlar seu temperamento, antes de pegar um talher. Ultimamente, ele parece cada vez menos tolerante e paciente, mas não sei qual pode ser a causa disso.

Já comi várias colheradas da minha refeição, observando Eryx como sempre faço, para o caso de precisar corrigir suas maneiras. Quando ele olha para a comida e pega a colher, minha perna treme embaixo da mesa. Todo o meu corpo esquenta quando ele leva a primeira colherada à boca.

Há um momento em que hesito. Um pequeno momento em que penso em detê-lo, avisar que ele não deve comer. Um segundo em que posso reverter o que fiz e impedir a morte de um homem.

E esse momento passa sem que eu diga uma palavra sequer. Eryx engole a porção que pôs na boca e faz uma careta.

– É um pouco mais forte do que estou acostumado – diz –, mas tenho certeza de que vou aprender a gostar. – Ele bebe um pouco de vinho antes de comer mais uma colherada.

E outra.

Outra.

Minhas pernas tremem mais intensamente. Quanto tempo demora para o veneno fazer efeito? Eu me preparo para a reação que ensaiei, para a surpresa e o choque.

Eryx leva a mão ao estômago e respira mais depressa.

Finalmente, penso.

Um tremor percorre seu corpo, e ele pega a taça de vinho outra vez. Bebe um grande gole. Depois cobre a boca com a mão.

– O que está fazendo? – pergunto. – Limpe a boca com o guardanapo, não com a mão.

– Eu não... – Outro tremor, e algo escorre de sua boca. No início, penso que ele pode estar vomitando, se alguém pudesse vomitar... preto.

E, então, noto que o que está saindo de sua boca não cai no chão. A gravidade não tem o efeito que teria sobre um líquido. Porque não é líquido.

Fumaça.

Não, não é fumaça.

Sombra.

Estive perto o bastante do Rei das Sombras para reconhecer o que é.

Sombras pretas escapam por entre os lábios de Eryx e se movem, flutuam para cima, para baixo e para a frente. Eryx cobre a boca com as duas mãos quando vê a fumaça saindo dela, mas isso não muda nada. Ou melhor, muda pouco. A sombra agora sai pelo nariz.

Que diabos eu fiz com ele?

– Eryx? – Dyson o chama.

Todos os criados dão um passo na direção dele.

– O que está acontecendo? – pergunto, em tom sinceramente alarmado.

Ele sai correndo da sala de jantar, e Dyson e Argus o seguem. Quando olho para a mesa, onde as sombras tinham começado a flutuar sobre os pratos, elas desapareceram como se nunca tivessem existido.

– Vocês viram isso? – pergunto aos empregados.

– Sua Graça não parecia nada bem – responde Xandria.

– Aquilo era fumaça saindo da boca do duque? – outro criado pergunta. Não vejo quem foi.

– Era o que parecia – Xandria confirma. – Mas nunca vi Sua Graça com um cachimbo.

Toda a criadagem parece igualmente confusa com o que aconteceu. Todos encontramos motivos racionais quando o impossível é apresentado diante de nós, mas nem perco tempo com isso.

– Vou ver como ele está – anuncio, e empurro a cadeira para trás. – Por favor, tirem o jantar. Duvido que um de nós ainda volte para comer.

Assim que saio da sala, corro atrás dos três homens, temendo que tenham desaparecido onde quer que Eryx se esconda à noite. Mas consigo ouvi-los, especialmente *ele*, movendo-se no andar de cima.

Gemidos me guiam quando seguro o corrimão com uma das mãos e uso a outra para levantar as saias enquanto subo. Parece que o falso duque só conseguiu chegar a um dos quartos de hóspedes antes de abrigar-se.

Apoio a mão na porta e a empurro.

– Eryx? – chamo. – Você está bem?

Alguém bate a porta e me joga para trás. Quase caio com a força do movimento.

– Melhor ficar longe, Vossa Graça – avisa a voz de Argus. – O duque contraiu alguma coisa. Não queremos que se contamine.

– Isso é absurdo – respondo, ultrajada por ter sido expulsa de um quarto em minha própria casa. – Deixe-me entrar imediatamente, Argus.

– Não posso, duquesa. Para sua segurança, é melhor ficar aí fora.

Um gemido sofrido passa pela fresta sob a porta, e sinto uma pontada de culpa. Não havia pensado que a morte poderia ser dolorosa para ele.

Só o imaginei caindo morto depois da primeira porção de comida entrar em sua boca.

– Parece que ele vai morrer – murmuro. – Vou mandar buscar um médico imediatamente.

– Não! – grita Eryx. – Nada de médicos.

– Francamente, você é orgulhoso demais para aceitar a ajuda de um médico? Disse que estava doente. Deixe-me mandar buscar ajuda.

– Duquesa, eu a proíbo! – ele grita, antes de ser acometido por um violento ataque de tosse.

– Calma, calma – diz Dyson, e acho que escuto o barulho do tapa que ele dá nas costas do homem.

– Não pode me proibir de nada.

– Mulher infernal! – Mais tosse. – Se mandar buscar um médico, suspendo sua pensão de novo.

Ah, ele não ousaria!

– Não quer que eu chame um médico? Está bem. Então me deixe entrar.

– Não – responde Argus.

– Certo. Vou mandar Kyros imediatamente.

A porta é aberta de repente. Eryx mal se sustenta em pé, com Argus o apoiando de um lado e Dyson do outro. Ele mantém o rosto voltado para o chão, e vejo pequenas espirais de sombras subindo, desaparecendo quando ultrapassam o limite de sua cabeça.

– O que é você? – pergunto, mesmo sabendo que a questão deveria ser ridícula.

Eryx tosse, e mais sombras escapam de sua boca.

– Isso é só uma reação ruim a algum ingrediente naquele curry.

– Uma reação que faz você soprar sombras?

– Não seja ridícula. Tenho um cachimbo aqui. Ele serve para combater a reação.

– Não, você estava vomitando sombras lá embaixo também.

– Que disparate.

– Por que está mentindo para mim? Por que não quer que eu mande chamar um médico? Que diabos está acontecendo?

Ele grunhe, mas o som se transforma em mais um ataque de tosse.

– Isso já aconteceu antes. Não se preocupe. Vou ficar bem. Só preciso deixar meu corpo combater essa coisa. Talvez seja melhor tirar o curry do cardápio.

– Vou perguntar de novo, e *não* minta para mim desta vez. Seus olhos mudam de cor, e você vomita sombras. O que você é? O filho bastardo do falecido Rei das Sombras?

O sr. Tomaras disse que era impossível, mas pode ter se enganado. Não há como ignorar essas sombras.

Eryx fica tenso.

– Eu não... Como foi que você... Não. – Ele geme, e estremece com uma nova onda de dor.

Ele vai continuar se recusando a me dar respostas? Que ótimo.

– Espero que não esteja doente no dia do casamento. Seria horrível se o Rei das Sombras visse suas habilidades. Provavelmente ele não o reconheceria como duque, nesse caso.

Eryx olha para mim, e seus olhos brilham cor de âmbar. Ele rosna como um animal, e vejo os caninos alongados.

Exatamente como no meu sonho.

Argus e Dyson o puxam para trás antes que mais alguma coisa possa acontecer. Em seguida, batem a porta na minha cara.

Meu coração está acelerado quando começo a me afastar dali. O que Eryx teria feito se Argus e Dyson não o tivessem contido?

O homem não tem um trauma de guerra. Ele nem sequer é um homem. É algo inteiramente diferente, e tem dois empregados para ajudá-lo a esconder esse segredo. O que faria sem eles? Os chifres brotariam de sua cabeça? Ele rasgaria minha garganta com os caninos?

E o que o Rei das Sombras faria se soubesse da existência de alguém com esses poderes? Consideraria o homem uma ameaça?

É bem provável.

Preciso de respostas.

Apesar do medo e da insegurança, entro no quarto vizinho ao de Eryx. Colo a orelha à parede entre os dois dormitórios e tento controlar a respiração, mesmo convencida de que ele não vai me ouvir no estado em que se encontra.

– O que vamos fazer? – Dyson pergunta.

– Nada – diz Argus. – Só esperar o veneno sair do organismo dele.

– Deve ter sido aquele filho da mãe do Sarkis.

Sarkis. Esse deve ser o nome do chantagista.

Eryx geme de novo.

– Isso é ridículo – Dyson insiste. – Ele já se curou mais depressa de ferimentos de bala.

– Ele não está resistindo a um ataque concentrado. O veneno está circulando no sangue.

Mais cinco minutos se passam, e a respiração de Eryx fica mais tranquila. Eu aguardo quase sem respirar.

– Você está bem? – Dyson pergunta.

– Agora sim. – A voz de Eryx é perfeitamente normal.

– Vamos pegar Sarkis – Argus anuncia. – Aquele filho da mãe vai pagar pelo que fez.

– Temos um problema maior agora. Ela sabe.

– Não *sabe* – Dyson argumenta. – Ela sabe apenas que tem alguma coisa estranha.

– Devíamos matá-la – Argus sugere, e tenho que me esforçar para não fazer nenhum barulho.

– Não! – reage Dyson. – Gosto dela. Além do mais, ela é bonita demais para morrer.

A pausa sugere que os dois estão esperando a ordem de Eryx.

– Não a matem. Vou observá-la atentamente no casamento. Ela não vai contar nada para ninguém. Dyson está certo. Ela nem sabe o que sabe.

– Certo – Argus responde.

Apesar de estar sem ar, faço um esforço para esperar.

– Ela pensa que você é um filho bastardo do Rei das Sombras. Talvez seja uma boa ideia incentivar essa ideia – sugere Dyson.

– Isso não é muito melhor que a verdade – Argus opina.

– É muito melhor que a verdade – Eryx declara.

Então, a porta do quarto deles é aberta, e espero até não ouvir mais os passos dos três para respirar novamente.

Não o matei. Ele está perfeitamente bem.

Não desconfia de mim, mas isso não quer dizer que estou segura.

Merda.

Não consigo raciocinar direito. Não com a sugestão de Argus implorando por minha atenção.

Ele queria me matar!

Quando chego ao meu quarto, tranco a porta e fico olhando para ela.

Penso em chamar Kyros. Eu me sentiria muito melhor com outra pessoa no quarto, mas sei que não o estaria convidando para minha cama pelas razões certas.

Além do mais, dois homens quase não conseguiram conter Eryx, e é provável que só tenham conseguido porque ele não queria machucá-los. Tenho a sensação de que Kyros não teria a menor chance contra Eryx se ele realmente quisesse entrar aqui.

Ele não permitiu que seus homens me matassem.

Isso tem que ser suficiente, por ora.

Deito-me na cama para dormir, e os sons da dor de Eryx me seguem para o mundo dos sonhos.

CAPÍTULO 14

Passo o dia seguinte trancada em meus aposentos. Medora não questiona meu comportamento, e Eryx não me procura. Graças aos deuses, ou aos demônios, provavelmente, já que eles são os responsáveis mais prováveis pelo aparecimento de Eryx em minha vida.

Ele não é um bastardo do Rei das Sombras.

Mas o que é, então?

Existe outra linha familiar com poderes? Quem era o pai de Eryx? Talvez seja essa a linha de pesquisa que o sr. Tomaras queria explorar. O que ele vai encontrar se descobrir a verdade?

Pela primeira vez desde que Eryx se mudou para a mansão, encaro a dura realidade da minha situação.

Não estou segura.

Eryx não é humano. Tem uma audição sobre-humana, senão como poderia ouvir minha respiração através de portas? Habilidades de cura sobre-humana, olhos sobre-humanos. Caninos sobre-humanos. Ele tem algum tipo de poder de transformação, pelo que posso ver, porque os aspectos físicos não são óbvios o tempo todo.

Penso no meu sonho.

Se aquilo foi real, de algum jeito deve haver também um componente mental. Ele consegue ler meus pensamentos?

Meu corpo enfraquece quando penso nisso, mas apelo para a lógica. Se isso fosse verdade, ele saberia que eu o envenenei. Saberia que não foi o tal Sarkis.

Se eu der um passo em falso, Eryx pode decidir acabar comigo. Ele tem dois homens fisicamente intimidantes a seu lado. Homens que morreriam por ele, para proteger seus segredos, que *matariam por ele*.

Pensei que conhecesse o jogo que estamos jogando, mas ele é mais mortal do que eu imaginava.

Então, que chances tenho agora?

Penso em todas as opções possíveis: posso abandonar a propriedade e voltar para a casa de meu pai; casar-me novamente e ir morar com meu novo marido; ou ficar exatamente onde estou e fingir que não tem nada de errado com Eryx, torcendo para que ele e seus capangas nunca me considerem uma grande ameaça.

Essas nem são opções de verdade. São apenas maneiras de me manter segura. E continuar submissa às decisões dos homens.

Prefiro morrer.

Isso significa que tenho que continuar jogando para ver onde isso vai dar.

Eryx teme que eu procure o Rei das Sombras e revele o que penso saber. Ele ainda não sabe que Kallias não daria a menor importância para o que tenho a dizer.

Tomaras não conseguiu me ajudar. O rei não vai querer me ajudar.

O que me deixa uma única opção.

Tenho que recorrer aos meus talentos de atriz. Se conseguir me aproximar mais de Eryx, convencê-lo a confiar em mim e descobrir tudo o que está realmente acontecendo aqui, duas coisas podem acontecer: ou encontro a prova de que preciso para denunciar sua condição sobre-humana – uma prova que nem o Rei das Sombras vai poder ignorar –, ou descubro seus pontos fracos e descubro uma maneira de matá-lo.

Esses são os únicos desfechos que posso aceitar.

De hoje em diante, preciso manipular Eryx Demos como faria com outro homem qualquer. Porque a melhor maneira de induzi-lo a revelar seus segredos é convencê-lo de que está apaixonado por mim. Eu nem pensaria nisso se já não soubesse que ele me considera atraente. Ele já se perdeu na minha aparência antes.

Mas isso vai ser bem complicado. Não posso ser muito óbvia, ou ele vai perceber o truque em um instante. Tenho que manter o ar de indiferença perto dele, enquanto o convenço a se encantar com isso. Tenho que continuar agindo como se o odiasse, mas me mostrar como a coisa que ele mais deseja, porque não pode ter.

Enquanto vou traçando o plano, passo de assustada a empolgada.

Ainda tenho uma chance de conquistar tudo o que sempre quis.

Nunca quis ir a esse maldito casamento. Alessandra vai estar insuportável. Meu casamento foi pequeno, só um punhado de convidados. Aconteceu aqui mesmo na propriedade, porque o duque não podia viajar. Alessandra vai fazer comparações entre as locações, sem dúvida – um palácio nem se compara a esta propriedade –, e também entre os maridos, o dela jovem e bonito, e o meu, um velho enrugado, como ela já disse.

A essa altura, porém, as consequências de não comparecer são piores do que as de estar presente. Eu me recuso a receber outra carta de minha irmã contando da grandiosidade do evento, me acusando de não ter ido por inveja.

Além do mais, percebi que recomendar Eryx ao rei vai ter duas consequências importantes para mim. A primeira é que com isso cumpro minha parte no acordo com Eryx, e ele vai continuar pensando que eu jogo limpo. A segunda, qualquer coisa que eu disser ao rei não vai ser levada em consideração, porque Alessandra o incentivará a fazer o oposto do que quero. Então, e se eu manifestar meu profundo desejo de ver Eryx oficialmente reconhecido como Duque de Pholios?

Vai ser interessante descobrir o que acontece.

Acordo cedo a fim de ter a manhã inteira para me arrumar. Não sou vista pela sociedade desde antes do meu casamento. Tenho que estar perfeita para meu retorno. Ouvi dizer que não é de bom-tom usar branco em um casamento se você não for a noiva, então encomendei um vestido cor de alabastro. Ele tem mangas longas, mas exibe os ombros. Pérolas descem pelo corpete e sobre as saias em padrões espirais. O decote em V revela omoplatas delicadas e desce até perto dos seios. Prendo um tecido transparente na parte de trás da cabeça, um detalhe sutil o bastante para ser ignorado por quem olhar para mim, mas suficiente para Alessandra perceber a semelhança intencional com um véu.

Pinto os lábios de vermelho. Não uso luvas, mas enfeito as orelhas e o pescoço com diamantes. Medora até entrelaça alguns em meu cabelo, que ela penteou em um coque complexo, deixando soltas mechas finas que descem pelas costas em cachos.

Desço a escada para uma sala vazia. Parece que consegui ficar pronta mais depressa que o falso duque.

Então, espero.

E espero. E espero.

A ansiedade se instala em meu estômago. Já estou nervosa com a perspectiva de rever minha irmã, em especial sem a companhia de Sandros. Não tenho ninguém para exibir. E agora Argus me quer morta, Eryx é algum tipo de monstro, e ainda podemos nos atrasar para o casamento ao qual nem quero comparecer.

Começo a andar de um lado para o outro enquanto Damasus permanece ali perto, silencioso. Consulto o relógio de pêndulo na parede.

– Damasus, pode ir verificar o que está acontecendo? – peço ao mordomo.

– É claro, Vossa Graça.

Ele sobe a escada rapidamente, e olho para o relógio de novo.

Queria poder usar minha carruagem, mas chegar em veículos separados aumenta o risco de Eryx nos expor ao ridículo. Não confio nele longe do alcance dos meus olhos em um evento público nem por um momento. Sem mencionar que uma viagem de carruagem é a ocasião perfeita para jogar meu charme sobre ele.

Bato a ponta do pé no chão com impaciência. Nesse momento, Kyros passa por ali carregando um buquê de flores do jardim. Ele para ao me ver.

Seus olhos descem lentamente do topo de minha cabeça até os pés. Depois ele me encara.

Espero sentir um frio na barriga, como aconteceu inúmeras vezes com Sandros.

Nada.

– Hoje é o dia do casamento – Kyros diz por fim, lembrando-se do motivo para eu estar tão arrumada.

– Pensei que fosse seu dia de folga – respondo.

– E é.

– Então por que está colhendo flores?

Ele parece constrangido, mas responde:

– Ia deixá-las para você encontrar mais tarde...

– Ah.

Kyros é atraente e gentil como sempre, mas, quando olho para ele, não sinto nada. Como isso é possível? Pensei que mente e corpo precisassem de um tempo para se ajustarem à ideia de vê-lo como mais que um amigo. Mas... não sinto nada amoroso quando olho para ele.

Preciso dizer alguma coisa. Preciso fazer alguma coisa, mas não consigo pensar em nada.

– Espero que tenha um dia maravilhoso, Chrysantha. Que o reencontro com sua irmã seja indolor, e espero que consiga dançar. Todo mundo precisa ter a oportunidade de ver você nesse vestido.

E ele se retira. A ausência de reação do meu corpo me confunde tanto que não sou capaz de responder.

Que diabo está acontecendo comigo?

Damasus desce a escada e para ao meu lado.

– Eles estão a caminho, Vossa Graça. O atraso foi só um problema com o nó no plastrão.

Tenho que me esforçar muito para não franzir a testa.

– Plastrão?

– Sim, parece que Vossa Graça e os valetes que o acompanham nunca deram nó em plastrão antes. Depois da minha aula breve, e depois de um tempo considerável desfazendo o emaranhado que eles fizeram, agora estão prontos para sair.

Eryx não sabe vestir as próprias roupas. O homem é um caso perdido. Sério, não dá para esperar que ele sobreviva a es...

Todos os pensamentos desaparecem de minha cabeça quando vejo a criatura que surge no alto da escada. Testa forte, pescoço largo, traços imponentes. Ele desce com toda a elegância que estive exigindo dele durante nossas aulas. Ereto, sem curvar os ombros.

Parece muito alto quando está lá em cima, e é incrível o que um traje pode fazer pelo físico de um homem. O colete e o paletó realçam o peito largo. A calça exibe coxas musculosas. O plastrão atrai o olhar para os traços do rosto. Aqueles lábios cheios, as maçãs salientes no rosto e os olhos penetrantes. Em suas roupas simples, ele parece assustador e intimidante. Mas, com um traje limpo e formal, ele se torna *letal*. Perigoso em sua natureza, e rico o suficiente para destruir alguém.

E o *cabelo*.

Está bem mais curto, agora mal alcança o lóbulo das orelhas. A pomada aplicada pelo barbeiro resistiu à noite, mantendo os fios para trás e expondo a testa lisa pela primeira vez.

– Eryx – murmuro.

Ele dá um passo cauteloso em minha direção, como se esperasse que eu fugisse a qualquer segundo. De início, fico confusa, mas depois percebo que *ele pensa que tenho medo dele*. Porque sei que tem poderes. Porque ele tentou me atacar da última vez que o vi.

Eu deveria estar com medo, de fato. Senti medo quando Argus sugeriu me matar. Mas agora, olhando para ele desse jeito, não é medo que sinto.

Eu sinto... um frio na barriga.

Endireito as costas e alinho os ombros, mantendo o ar de superioridade e ignorando a reação.

– Já terminou de me atrasar para o evento do século? Ou alguém também precisa ensinar que você deve abrir a porta para uma dama?

Depois da expressão inicial de choque, ele avança para abrir a porta, e eu olho para suas costas. O traje que escolhi ficou esplêndido. Calça preta, colete e paletó vermelhos com delicadas estampas brancas que combinam com meu vestido sem ser óbvio. O plastrão preto é o toque que dá unidade à seleção. Ele olha para mim ao abrir a porta, e analiso a parte da frente. Está um espetáculo, de verdade. As roupas associadas ao físico e à aparência o deixam...

– Eu sei – diz Eryx, olhando para baixo a fim de acompanhar a direção do meu olhar. – Pareço um pavão. – E puxa o plastrão como se ele o impedisse de respirar.

Certo. Por isso estou olhando. As roupas. Não tem absolutamente nada a ver com ele. O frio na barriga aumenta.

Pare com isso, ordeno ao meu corpo.

– Acho que ficou simplesmente esplêndido, Vossa Graça – diz Damasus.

– Ela pagou para você fazer esse comentário? – Eryx pergunta, desconfiado.

– É claro que não – eu mesma respondo, recuperando a voz. – Como se precisasse de elogios para ter uma vaidade maior do que já tem.

– Estou ridículo.

– Você está... Ora, quem poderia imaginar que era possível esconder tudo isso embaixo daquele cabelo? – Aponto para seu rosto.

Eryx grunhe. É como se não tivesse ideia do quanto é bonito.

Felizmente.

– Podemos ir? – ele pergunta, e começa a andar para a carruagem.

– Espere – eu digo. – Você precisa segurar minha mão.

Ele se vira e olha para minha mão estendida como se fosse uma cobra.

– Preciso?

– Sim, quando acompanha uma dama a um evento, precisa segurar a mão dela.

– Ainda não estamos no evento.

– Pense nisso como um treino. Francamente, acha que estou mais feliz que você com tudo isso? – É certo que não estou, mas preciso dar razões para ele me tocar.

Depois de um suspiro exagerado, ele segura minha mão na dele, protegida pela luva. Eryx me encara como se esperasse minha reação. Afinal, da última vez que me tocou, ele teve problemas.

E essa mistura, esse olhar enquanto o toco...

Um calor elétrico passa pela ponta dos meus dedos e invade meu corpo.

Pelo amor dos deuses!

– Vamos – decido, e o puxo. Volto ao modo professora. – Pode pôr minha mão na dobra do seu braço ou sustentá-la sobre a sua, assim – demonstro. – Quando chegarmos à carruagem, você deve me conduzir para dentro dela. Quando sairmos, você deve descer primeiro e me ajudar a desembarcar.

Ele franze a testa enquanto caminhamos.

– Não sabia que as mulheres precisavam de tanta ajuda.

– Não precisamos. Considere isso uma oportunidade para os homens pensarem em alguém além deles mesmos.

Um dos lacaios baixa a escada da carruagem, e Eryx me conduz ao interior dela antes de entrar. Noto que Argus e Dyson se juntam ao cocheiro no banco do condutor, ambos vestidos com uniformes de lacaio para nos acompanhar. A um grito de distância.

Eu me sento em um banco estofado, Eryx se senta no banco da frente, e, apesar de estarmos um diante do outro, olhamos cada um para um lado. Quando a carruagem começa a se mover, sinto os olhos dele em mim.

Sem nada mais para me distrair, eu o encaro.

– O que é? – pergunto.

Ele parece inseguro em relação ao que vai dizer, mas segue em frente.

– Pensei que fosse indelicado vestir branco para ir a um casamento.

Sorrio, mas não respondo. Eryx não tem ideia de como é o relacionamento entre mim e minha irmã. Ele não entenderia, e não quero explicar.

– Pelo menos não é cor-de-rosa – o falso duque conclui.

– Por que detesta tanto essa cor?

– Porque é repulsiva. E pode fechar a boca agora. Não quero ouvir você dizer que sou igualmente repulsivo só para empatar o jogo.

Fecho a boca, quase constrangida por ele ter previsto meu comentário com tanta perfeição.

– Quanto tempo até o palácio? – ele pergunta.

– Algumas horas. Poucas.

Ele massageia as têmporas.

– Acho que não vou sobreviver.

Essa é boa, considerando que ele é o sobre-humano que pode me matar com aqueles caninos afiados. Mesmo que seus dentes estejam perfeitamente normais no momento.

Ele abre os olhos e me surpreende olhando para sua boca.

De novo.

– Queria alguma coisa? – pergunta em voz baixa.

E continua esperando uma reação minha. O que ele pensa? Que eu vou gritar? Suponho que o tenha levado a acreditar que estava escondida no quarto por ter medo dele, não porque tramava sua morte.

Talvez devesse ter medo dele, mas até agora a única coisa que achei aterrorizante foi a sugestão de Argus para que me matassem. A forma monstruosa de Eryx não me preocupa.

E por que isso?

– Quero respostas – digo.

– Não vai ter.

– Ah, francamente, Eryx. Que mal pode haver em responder a algumas perguntas? Vou começar por uma bem simples. Sente dor quando seus caninos crescem?

Ele não responde.

– Mantém o cabelo comprido para esconder as orelhas, que ficam pontudas quando perde o controle?

Nada.

– Sua cauda é peluda?

Os olhos se tingem de âmbar, e ele cruza os braços, como se assim pudesse manter a verdade guardada dentro de si.

Estendo a mão e cutuco seu joelho.

– Pare com isso – ele diz.

– Senão o quê?

Ele segura meu pulso. Uso a mão livre e, desta vez, cutuco seu peito. Ele levanta a outra mão e imobiliza meus braços.

Eu o chuto.

Ouço o grunhido e vejo o brilho dos caninos alongados. Ele pisa nos meus pés e empurra os joelhos contra os meus, me impedindo de continuar com a provocação.

É o que ele pensa.

Sopro seu rosto, levantando a mecha de cabelo que tinha caído sobre a testa.

E é então que os chifres aparecem. Brotam no alto da testa como no meu sonho. Ele rosna para mim.

– Agora, sim – digo, estudando cada detalhe do que vejo, como se fosse uma maravilha. Em algum nível, imagino que seja.

– Qual é o seu problema? – ele pergunta, em tom ameaçador. – Está tentando morrer? – E se inclina para a frente, prendendo meus braços acima da cabeça contra a parede da carruagem.

– Você não vai me matar.

– Está superestimando minha capacidade de controle.

Ele está muito perto, seus dentes estão muito próximos, mas não sinto medo. Pelo contrário. Eu me sinto... no controle. Porque trouxe à tona exatamente o que eu pretendia. A prova do que ele é. Consigo despertar esse monstro com a mesma facilidade com que respiro.

E isso é *terrivelmente* excitante.

– Você não vai me matar – repito, dessa vez com mais firmeza.

– Quanta autoconfiança. – Ele sorri. É um sorriso malicioso. Um sorriso sedutor. Um sorriso *mortal*.

E então ele ataca.

Vai diretamente para meu pescoço, e me preparo para o pior. Tenho certeza de que cometi um erro de cálculo com ele, e posso estar prestes a morrer.

Mas não sinto dor. Uma pressão, sim, mas não mais que isso. Dois pontos de contato tocam a base do meu pescoço, e percebo um momento depois que são os caninos inferiores. Não é uma pressão branda, mas também não vai deixar marcas.

Não tenho tempo para piscar antes de ele começar a deslizar os dentes pela lateral do meu pescoço. Algo parecido com um gemido escapa do meu peito quando ele finalmente chega à ponta do queixo, e é isso que o faz recuar.

Olhos brilhantes encontram os meus, e ele me solta e volta ao seu lado da carruagem.

E só então um verdadeiro sentimento de horror se impõe.

Porque o som que emiti, aquele gemido...

Não foi de medo. E isso é mais aterrorizante que qualquer outra coisa.

CAPÍTULO 15

É EVIDENTE QUE PRECISO ENCONTRAR UM NOVO AMANTE. SE MEU CORPO ESTÁ achando que Eryx é atraente, já faz tempo demais, com toda a certeza.

Mas não posso arranjar um amante enquanto estou tentando seduzi-lo. Ele perceberia o truque...

Não o pressiono por mais informações durante o restante da viagem, e ele nem sequer olha para mim. Não, parece estar muito concentrado em *não* olhar para mim, como se o olhar pudesse desencadear alguma coisa.

Sinto um formigamento de um lado do pescoço durante todo o trajeto. Não consigo me livrar da sensação, como se ele tivesse deixado alguma coisa para trás. Mas toco a região e não encontro nenhuma evidência física.

Fica impossível parar de pensar em seus dentes, em sua boca. Os chifres e os caninos desapareceram há muito tempo, mas ainda os imagino com toda clareza. Ele sabe que o estou encarando, mas fecha os olhos.

E resmunga mais de uma vez:

– Mulher infernal.

E então, finalmente, depois do que deve ter sido a mais lenta viagem de carruagem de toda a história, chegamos ao palácio de Naxos.

As portas do veículo se abrem, mas Eryx não se move.

– Você deve sair primeiro – digo. – Lembra?

– Eu me lembro de tudo – ele responde do jeito mais irritante possível. Depois desembarca, e sua mão volta ao interior da carruagem para me ajudar. Eu a seguro, e a mesma sensação que experimento no pescoço agora alcança minha mão.

Que diabos está acontecendo comigo?

Quando meus pés tocam o chão, ele apoia minha mão na dobra de seu braço.

O palácio em Naxos é uma imensa estrutura gótica e toda preta, inclusive as telhas. Gárgulas aladas olham para baixo de seus poleiros, e algumas me fazem pensar em Eryx transformado. Olho para a cauda de uma delas, um comprimento liso que acaba em um triângulo.

Os guardas armados nos observam quando passamos pelo portão da frente. Eles carregam o rifle sobre um ombro e usam o uniforme preto e branco da guarda do palácio.

Seguimos por um tapete vermelho e passamos pela gigantesca entrada principal. Centenas de vasos ladeiam o caminho, cada um com uma dúzia de rosas pretas. O lustre tem velas de ébano, e algumas até derreteram e pingaram cera no corrimão, deixando desenhos pretos e irregulares.

Um criado nos conduz por um corredor, que sei que acaba na sala do trono. Não é surpreendente que realizem o casamento ali, uma vez que a localização facilita a coroação de Alessandra, que vai acontecer em seguida.

A sala foi decorada de acordo com o gosto gótico e sinistro de minha irmã. Preto e vermelho por todos os lados. Pétalas de rosa negra salpicam o tapete vermelho. Cadeiras de ébano com almofadas escarlate para todos os convidados. Flores enfeitam as colunas, sustentadas por uma espécie de arame e criando desenhos sinuosos que lembram sombras. Olho para Eryx para ver como ele está reagindo a tudo isso.

Ele parece perfeitamente relaxado, embora eu sinta a tensão em seu corpo no ponto de contato entre minha mão e seu braço.

Somos levados aos nossos assentos, que ficam no fundo da sala, o que não me surpreende. Minha irmã disse na carta que reservaria um lugar na frente para mim, mas mudou de ideia, é evidente.

Eryx se inclina na minha direção.

– Um duque não deveria ser acomodado mais perto da frente?

– Você ainda não foi reconhecido como duque, esqueceu?

Ele não precisa saber o verdadeiro motivo de termos sido relegados ao fundo. Minha irmã me quer na cerimônia para poder se vangloriar, mas não me quer em nenhum lugar de honra.

E não posso condená-la por isso.

– Mas você é irmã dela. Não deveria estar mais perto?

Não respondo.

Estamos entre os últimos a serem acomodados, o que nos poupa da obrigação de interagir com os outros convidados, graças aos deuses. Além do mais, todos estão olhando para os tronos. Ninguém notou nossa presença – o misterioso novo duque e a duquesa que ficou viúva recentemente.

Em um canto da sala, um quarteto começa a tocar uma melodia lenta, romântica. Essa deve ser a deixa do rei, porque uma silhueta sombria aparece através de uma das paredes perto da frente. Ele se posiciona sobre o tablado, diante dos dois tronos enormes.

Kallias Maheras é uma visão impressionante, mesmo sem as sombras o cercando como chamas vivas. Cabelo preto, pele cor de bronze, traços de um deus. Ele está vestido de preto, desde a bainha que guarda sua espada ao lado das botas brilhantes até a gravata de seda.

Mas não o observo por muito tempo. Estou mais interessada em ver a reação de Eryx.

Ele olha para o rei com um foco inabalável, algo que eu ainda não tinha visto nele. Seu rosto não muda, mas os olhos brilham cor de âmbar, antes de se apagarem por uma fração de segundo. Ele avalia o rei como se estudasse algum tipo de concorrente.

Concorrente em quê?

Eryx percebe que o estou observando e desvia o olhar do Rei das Sombras.

Guardo essa informação para estudar mais tarde.

Dois homens se levantam à esquerda do rei: Rhouben Contos, herdeiro de um visconde, e Petros Leva, segundo filho de um conde. Devem ser amigos próximos do rei, se ocupam uma posição de tanta relevância. Estranho que eu não tenha notado essa conexão antes. Passei um bom tempo no palácio ano passado, tentando conquistar o rei. Não o vi passar muito tempo com ninguém.

Também em pé do outro lado dos dois homens está Rhoda Nikolaides, uma marquesa viúva, e Hestia Lazos, filha de um visconde. Elas usam sobressaias vermelhas idênticas sobre uma calça preta. Amigas de minha irmã. Um círculo próximo bem pequeno quando o comparo com toda a minha criadagem doméstica, tão querida por mim.

Atrás do rei há um oficiante de casamentos. Ele e o homem trocam cumprimentos, o oficiante meio encurvado pela idade, enquanto o rei permanece ereto e forte. As sombras tremulam e giram em torno dele, como se revelassem sua empolgação.

Parecem as sombras que brotaram da boca de Eryx na noite em que o envenenei.

Ele não é filho do falecido Rei das Sombras. Isso já foi confirmado duas vezes, mas não há como negar alguma coisa familiar nas habilidades de Eryx.

– Pare com isso – ele sussurra.

– Não estou fazendo nada.

– Está olhando para mim e para o rei.

– E daí?

– Não sei em que está pensando, mas está errada.

– Estou pensando que você é ainda menos parecido com Kallias Maheras do que com seu suposto avô. Vocês não têm os mesmos traços.

Eryx comprime os lábios de um jeito que sugere que está farto de mim.

A sala fica em silêncio quando as sombras do rei desaparecem de repente. Kallias se vira para a porta no fundo da sala e fica paralisado, como se um poder sobrenatural o tivesse dominado.

Todos se ajeitam na cadeira para tentar ver o que chamou sua atenção.

E então ficamos em pé.

Porque minha irmã está entrando na sala.

E ela não veste branco.

Não, Alessandra usa um traje mais negro que um céu sem estrelas. Sua saia é ampla, as mangas são longas e justas, e há tantas camadas de chiffon em torno dela que o material muda de posição quando ela se mexe.

Como sombras.

Ela deixou o cabelo solto como um véu sobre as costas. Um colar de rubi enfeita o pescoço, e brincos da mesma pedra quase tocam seus ombros. Os lábios são tão vermelhos quanto os meus.

Alessandra caminha sozinha. Vejo que meu pai não foi convidado a entrar com ela na cerimônia, nem parece estar sentado em nenhum lugar na nossa frente. Mas ela fica melhor assim. Andando como se não precisasse de nada, de ninguém. Ela não pertence a ninguém. Está escolhendo viver com o rei. Não registra minha presença quando passa por mim. Não, ela não vê nada além do homem que a espera no fim do corredor.

E, pela primeira vez, percebo que ela está apaixonada pelo rei.

Minha irmã não é uma atriz. Não tem talento para isso, pelo menos. Não como eu. Aquela devoção nos olhos dela, aquele propósito inabalável com o qual caminha para o rei não pode ser confundido com nada.

Sinto pena dela.

Por amar o rei, ela está renunciando a seu poder. Se ele sabe o quanto ela se importa, vai usar esse sentimento para controlá-la.

Ela deveria ter sido mais cuidadosa.

A cerimônia é entediante, e a coroação é ainda pior.

Sem mudar de expressão, vejo a coroa ser posta sobre a cabeça de minha irmã. As pessoas aplaudem como se estivessem sinceramente felizes por terem uma rainha, mas é só uma demonstração para o rei.

Pelo menos... as mulheres aplaudem. Muitos homens não parecem satisfeitos. Que terrível minha irmã estar criando leis que os impedem de explorar as mulheres de tantas maneiras.

Alessandra parece radiante perante o seu povo. Ela se mostra verdadeiramente feliz, como se tivesse tudo o que sempre desejou.

E, então, em meio ao clamor de aplausos, assobios e gritos, os olhos dela me encontram.

Sei o que a Chrysantha do passado faria. Torceria o nariz e desviaria o olhar. Parecendo superior, garanti que Alessandra nunca prestasse muita atenção a mim. Ela era quem eu menos queria que conhecesse minha verdadeira natureza. Uma parte de mim ainda deseja tratá-la do mesmo jeito. O lado mesquinho que ainda não consegue entender como ela conseguiu fisgar um rei, enquanto eu trabalhei noite e dia para promover um casamento com um duque pegajoso, de mãos bobas.

No entanto, quando olho para ela de verdade pela primeira vez em anos, percebo que não preciso mais ser aquela garota. Fazer o papel de simplória não me favorece mais. Sendo uma viúva, estou no controle de minha vida pela primeira vez, e estou a apenas uma pessoa de ter o que sempre quis. Agora estou prestes a usar minha irmã e o marido dela para isso.

Por isso, inclino a cabeça para Alessandra. Em sinal de respeito, e até como um gesto de felicitação.

Ela arregala os olhos por um instante, então se recupera e olha para o marido. Os dois saem da sala do trono e vão para o salão de baile, onde vamos todos beber e dançar.

Fileira após fileira, somos convidados a seguir a rainha e o rei para o baile de celebração. Vejo duques, marqueses, condes, viscondes e seus acompanhantes seguirem em uma procissão vaidosa. Ninguém perde tempo olhando para os barões e outros nobres menores no fim da fila, que saem do salão antes de nós.

Quando finalmente chega nossa vez, Eryx volta a segurar meu braço. Ouço uma orquestra tocando além das portas do salão. Um arauto anuncia os convidados um a um antes de autorizar sua entrada. Eryx e eu esperamos nossa vez.

– Cerimônia adorável – ele diz.

Faço um ruído que não significa aprovação ou desaprovação.

– Não achou? – ele pergunta.

– Foi boa.

– Se não foi a cerimônia, o que foi, então? Não gosta da escolha que sua irmã fez? Acha que ela deveria ter esperado alguém melhor que *o rei*?

– Na verdade, as escolhas dela não me interessam. – Já interessaram. A escolha dela me levou a cometer um assassinato. Mas estar aqui e vê-la novamente me faz enxergar as coisas com um pouco mais de clareza. Pensei que fôssemos competidoras, que, jogando o mesmo jogo, só uma de nós poderia vencer.

Mas a verdade talvez seja mais complicada. Sempre quisemos coisas diferentes. Não tem que ser ela ou eu. Embora seja doloroso vê-la nessa posição de poder e respeito enquanto eu ainda me esforço muito pelo final feliz, isso não significa que devo culpá-la. Não, a culpa é toda dos homens que nos levaram a fazer as escolhas que fizemos.

Quando finalmente chegamos à frente da fila, informamos nossos nomes ao arauto.

– Vossas Graças, Eryx, o Duque de Pholios, e Chrysantha Demos, a duquesa viúva.

Cabeças se viram, até as dos casais que já estão dançando. Dou uma olhada rápida para os convidados quando entramos no salão. Muitos rostos se destacam, os de meus pretensos admiradores que enviaram cartas, e olho por cima da cabeça de todos eles antes que possa haver contato visual. Não quero incentivá-los inadvertidamente. Os homens da nobreza já são audaciosos o suficiente sem minha colaboração.

Quando consigo ignorar todos os homens que olham para mim, percebo algo que não havia considerado antes.

Eryx é jovem, rico e solteiro. Só isso causaria comoção em um evento público. Junte à mistura o fato de ele ser perigosamente atraente, e a situação vira um pesadelo.

Agora que Kallias Maheras se casou, Eryx Demos é o solteiro mais cobiçado do mundo.

Damas e suas mães praticamente espumam pela boca diante da imagem de Eryx. Quando enfim se controlam o suficiente para fechar a boca, elas se atropelam na ânsia de ser a primeira a se aproximar.

– Vossa Graça, não vai nos apresentar o duque?

– É claro, Lady Petrakis – respondo. – Esse é o Duque de Pholios. Vossa Graça, essas são a Marquesa Petrakis e suas filhas, Lady Violetta e Lady Evadne.

As duas jovens se curvam com exagero, depois olham para o duque ainda de cabeça baixa, flertando abertamente. Eryx responde à reverência. Quase me orgulho do gesto, porque o fiz praticar esse movimento cem vezes pelo menos.

– É um prazer conhecê-las. Sinto muito, mas tenho que pedir licença. O rei e a rainha esperam por nós.

Não esperam, não, mas não vou estragar a mentira dele. Sinto um gosto amargo na boca ao ver as moças pisando nas saias umas das outras para chegar mais perto de Eryx. Não tenho a menor vontade de ficar ali para ver isso.

– É claro – diz a marquesa –, mas espero que venha nos procurar antes do fim da noite.

Eryx parece querer ranger os dentes, mas continua sorrindo.

– Faremos o possível, mas receio que já tenhamos feito promessas demais para esta noite. Como um cavalheiro, eu não sonharia em fazer mais uma a menos que estivesse absolutamente certo de que poderia cumpri-la.

Uma das filhas suspira ao ouvir a resposta. Fecho os olhos para conter a vontade de revirá-los.

Eryx me puxa para o centro da sala antes que mais uma palavra possa ser dita sobre o assunto.

– Isso foi tremendamente diplomático – reconheço. – Nunca vi você agir com tanta paciência em todos esses meses desde que o conheci.

– Só me viu interagir com você – ele retruca.

– Então consegue ser paciente com desconhecidos, mas não com a mulher com quem mora?

– Exatamente.

Um homem contorna as saias com grande elegância para ser o próximo a nos abordar. Não sei como ele consegue essa proeza sem derrubar ninguém.

Antes de o sujeito nos interceptar, sussurro para Eryx:

– Observe e aprenda.

– Vossa Graça – diz o Duque de Simos, me olhando de cima a baixo. – Temi o pior quando não recebi resposta para minhas cartas.

Encaro a gravata nova do homem.

– Perdoe-me, Vossa Graça. Eu pretendia responder, mas, cada vez que imaginava sua figura impressionante ao tentar compor uma resposta, ficava perturbada demais para escrever.

Eryx mal consegue disfarçar uma risadinha. Só percebi porque estava atenta à reação dele às minhas palavras.

Simos não sabe o que dizer. Por fim, murmura:

– Obrigado pelo elogio, Vossa Graça. Posso ter o prazer de uma dança?

– Ah. – Dou um passinho para trás. – Se não consigo escrever uma carta, certamente não serei capaz de dançar sem desfalecer. Como um cavalheiro, sei que não desejaria me constranger diante de tanta gente, não é?

A voz de Simos fica mais grave e mais baixa. Se estivesse observando o rosto dele, sei que veria decepção.

– É claro que não, Vossa Graça. Espero que se recupere do nervosismo. Por favor, escreva para mim se... conseguir.

O homem se afasta com menos confiança do que exibia quando nos abordou.

Quando olho para Eryx, descubro-o perplexo.

– O que acabou de acontecer? – ele pergunta.

– O nome disso é atuação.

– *Como* isso funciona?

– É uma técnica de interpretação simples e muito eficiente que aperfeiçoei ao longo dos anos. Você dá uma informação que vai causar decepção, mas apela para a vaidade do ouvinte enquanto faz isso. A pessoa não tem como discutir comigo ou insistir no pedido sem refutar o elogio que acabou de ouvir. Muitos homens são vaidosos demais para negar a própria beleza.

– Como eles podem acreditar em suas palavras? Desmaiar, você? Por causa daquele homem de mãos macias.

– Não sabia que teve tempo de segurar as mãos dele.

Eryx resmunga:

– Não preciso tocá-lo para saber que ele nunca enfrentou um dia de trabalho físico na vida.

– E isso é ruim?

– Eu disse que não é motivo para desmaiar.

– E quem seria? Você?

Ele hesita ao ouvir a pergunta. Como se não soubesse se deveria incentivar a ideia ou negá-la veementemente.

Antes que ele produza uma resposta, mais cortesãos se aproximam e pedem para serem apresentados ao duque. Ouço Eryx recusar com todo o cuidado as indiretas nada sutis das mães que salivam ao pensar nele dançando com suas filhas. Assim que um grupo se afasta, outro chega. Homens imploram para dançar comigo, e eu declino com palavras sutis que agradam ao ego.

Depois que várias mulheres se afastam de nós, derrotadas, alguns homens na sala começam a abordar Eryx, pensando que talvez ele não esteja dançando por ter outras preferências

– Gostaria de dançar? – pergunta, sem rodeios, Petros Leva, amigo do rei. Ele não se apresenta, apesar de Eryx não ter ideia de quem seja. Petros examina o duque de cima a baixo antes de encará-lo.

Eryx parece ter perdido a voz ao ouvir o pedido.

Petros olha para mim.

– Ele está bem?

– Talvez seja uma vertigem.

– Não seria a primeira vez que isso acontece comigo. De fato, ninguém está preparado para mim antes de me ver.

– São essas sardas encantadoras no seu nariz. – Sorrio. – Por que não me convida para dançar? – Todos sabem que Petros gosta de homens e mulheres. Eu não havia nem cogitado competir com Eryx por esse tipo de coisa, mas, agora que eu era a segunda opção, não consegui me controlar.

– Você é mais bonita que ele, mas sou leal à sua irmã.

A resposta é a última coisa que eu esperava ouvir. Ele deve ser próximo de Alessandra se conhece a natureza do nosso relacionamento.

– Obrigado pelo convite – Eryx se manifesta antes que eu possa mudar de assunto –, mas meus interesses são outros.

– Uma pena – diz Petros. – Mas ouso dizer que está alimentando esperanças de todos na sala, depois de se recusar a dançar com as mulheres.

– Não tenho nenhum interesse em dançar, seja com quem for. Vamos falar com o rei e a rainha.

– É mesmo? – Petros olha em volta.

Kallias e Alessandra estão sentados em cadeiras encostadas na parede do outro lado. No ritmo em que avançamos, vamos demorar meia hora para chegar lá.

– Bem, essa eu tenho que ver. Venham comigo.

Petros começa a caminhar na direção dos monarcas, e Eryx e eu o seguimos. Quando alguém tenta se aproximar, Petros impede.

– A presença deles foi requisitada pelo rei e pela rainha. Você pode assediá-los mais tarde! Não olhe para mim com essa cara, Leta Trakas. Você já atacou os rapazes na sala por tempo suficiente. Vá dançar com seu marido!

Antes que consiga me preparar mentalmente, estou diante de minha irmã. Ela olha para o marido como se não soubesse se deve ficar para a festa que planejou ou levá-lo para um local mais reservado. Ninguém pode culpá-la por isso.

– Alessandra.

Minha irmã olha para mim. Depois diz, com a voz altiva:

– É *Vossa Majestade,* Chrysantha.

– Vossa Graça.

– O quê?

– Se vai insistir que eu use seu título, deve usar o meu. Sou uma duquesa, afinal.

– Diabos, há duas de você – Eryx murmura, e sua voz é tão baixa que só eu posso ouvi-la.

Alessandra não diz nada, pega de surpresa por meu comentário ferino. Para aliviar a tensão, acrescento:

– Obrigada pelo convite. É bom vê-la feliz. Parece radiante. Você mesma fez o vestido, não é? Sempre teve um grande talento para a costura.

Ela inclina a cabeça de lado, como se não me entendesse muito bem. Estou sendo franca? Ou tem algum veneno escondido em minhas palavras? Ou a estou adulando porque pretendo pedir alguma coisa?

Quando ela continua em silêncio, insisto:

– E também é bom vê-lo tão bem, meu rei. Não poderia ter encontrado um par melhor que minha irmã.

– Eu sei disso – ele responde, e, quando olha para Alessandra e vê as emoções conflituosas em seu rosto, inclina-se para ela e murmura alguma coisa que não consigo ouvir. Talvez Eryx tenha conseguido decifrar as palavras.

Alessandra balança a cabeça, uma resposta negativa ao que o rei perguntou.

– Quem é seu convidado? – ela me pergunta. – Ouvi dizer que se associou a um homem do Zanita's?

Seu tom deixa claro que ela me considera hipócrita, e suponho que fosse mesmo, porque a censurei por dormir com vários homens e acabei fazendo a mesma coisa. A diferença é que censurá-la foi uma encenação.

– Não – respondo. – Infelizmente, tive que desistir de Sandros. Este é Eryx Demos, neto de meu falecido marido e possível herdeiro do título de Duque de Pholios. Queria apresentá-lo.

Alessandra analisa Eryx com atenção. O rei não diz nada, espera a esposa assumir o comando da situação.

– Seu amante era mais ou menos bonito que esse homem? – pergunta a rainha.

Surpresa com a pergunta, olho para Eryx, que parece igualmente perplexo. Não sei que jogo ela está fazendo, mas estou fazendo tudo que posso para manter a calma e suportar esse encontro.

Por isso dou à pergunta dela a consideração merecida. Imagino Sandros em pé ao lado de Eryx. Um pouco mais baixo e um pouco mais magro, mas com um rosto que seria tema de muitas poesias.

– No mesmo nível – digo.

– Hum.

Alessandra segura a mão do marido. Brinca com os dedos dele enquanto continua me observando.

Finalmente, ela fala:

– O que você quer?

Que Eryx desapareça da minha vida.

– A princípio eu queria pedir que negasse ao homem o ducado, para que o título permanecesse em meu poder.

Eryx respira fundo, mas continuo:

– No entanto, depois de conhecê-lo, devo admitir que ele seria um bom duque. Meu desejo é que ele seja reconhecido formalmente por Vossas Majestades como o novo Duque de Pholios.

O choque está estampado no rosto de minha irmã. Ela ainda não sabe como me interpretar. Alessandra olha para Eryx.

– Deixe-nos a sós.

Eu me pergunto se ele vai ousar desobedecer à ordem, quando sei que me deixar sozinha com o rei e a rainha é a última coisa que quer fazer.

Ele me avisa:

– Não estarei longe.

É mais uma ameaça que uma promessa.

– Você também – Alessandra diz a Petros, que esteve ouvindo a conversa durante todo esse tempo.

– Desmancha-prazeres – ele retruca de bom humor, mas acata a ordem.

E, então, fico sozinha com minha irmã e o marido dela.

CAPÍTULO 16

ASSIM QUE ERYX SE AFASTA, ALESSANDRA SE INCLINA PARA A FRENTE EM SUA cadeira.

– Que jogo é esse? – pergunta.

– Jogo?

– Sim, não está se comportando como de costume.

– Pela primeira vez na vida, posso ser quem realmente sou.

– E o que isso significa? Um homem finalmente a levou para a cama, e agora vai deixar de ser arrogante?

Não consigo evitar um sorriso. Essa é a primeira conversa de verdade que temos em anos.

– Não, não dependo mais de nosso pai nem de outra pessoa para sobreviver, portanto não preciso ser a mulher que os homens querem que eu seja.

Alessandra aperta os olhos.

– E que mulher é essa?

– A bonita cabeça-oca que só quer agradar o pai, porque é burra demais para querer alguma coisa para si mesma.

Alessandra endireita as costas. Ela me estuda da cabeça aos pés, como se me visse pela primeira vez. De certa forma, suponho que seja isso mesmo.

– Tive nosso pai na palma da mão por vários anos, e você nunca desconfiou das minhas artimanhas. Enganei o mundo inteiro, e agora tenho tudo que sempre quis. – Quase. – Portanto, não preciso manter a farsa. Não com você, pelo menos.

Continuo olhando dentro dos olhos dela. Não abaixo a cabeça nem recuo. Essa sou eu.

Kallias olha para a esposa como se esperasse que ela fizesse alguma coisa. Por fim, a rainha controla sua expressão e pergunta:

– E o que você queria?

– Liberdade. Como duquesa viúva, nenhum homem pode me dizer o que fazer. Minha vida é só minha. – A única coisa de que preciso agora são os fundos ilimitados para acompanhar tudo isso.

– Está tentando dizer que quis se casar com Pholios?

– Quem você acha que plantou a ideia na cabeça de nosso pai?

Mais uma pausa.

– Vamos ver se entendi direito. Você fingiu ser uma idiota durante... *sete anos* para poder controlar a própria vida, e *deu certo*? – As últimas palavras soam mais agudas que as outras.

– Sim – confirmo. – E lhe devo um pedido de desculpas. Ou uma centena deles, provavelmente. É que eu sabia que se alguém poderia descobrir meu plano, esse alguém era você. E a mantive afastada para me proteger. Fui arrogante porque sabia que isso a enfureceria e a faria desejar ficar longe de mim. Fui grosseira, condescendente e crítica para poder fazer esse jogo. Você não merecia nada disso. Eu escolhi minha sobrevivência à sua presença. Achava que não tinha alternativa, na verdade. Mas me arrependo de tê-la magoado durante esse tempo.

Alessandra se levanta.

– Kallias?

– Sim, minha querida?

– Eu gostaria de dançar.

– Vamos dançar, então. – Ele segura a mão dela e a leva ao centro do salão. Alessandra não me diz mais nada, mas me encara até outro casal que também dançava bloquear sua visão.

Alessandra não é de guardar o que pensa. Eu devo tê-la assustado muito para deixá-la sem fala. Ou então ela só precisa de tempo para processar todas essas informações.

Pelo menos não me jogou na prisão, nem fez outra coisa mais drástica. Eu não esperava que nossa conversa seguisse por esse caminho, mas, assim que começamos a falar, não consegui deixar de ser franca. E nem imagino o porquê.

Porque, se eu puder ter uma aliada em Alessandra, ela vai me ajudar a me livrar de Eryx? Talvez.

Mas não tem importância. Preciso procurar Eryx. Espero que ele não tenha encontrado um jeito de me constranger nesse pouco tempo em que estivemos separados. Olho em volta em busca da cabeça cheia de pomada. Ele está atravessando o salão, não muito longe do tablado.

Estava ouvindo a conversa?

Mas é claro. De que outra maneira poderia ter certeza de que não revelei seus segredos? Espero que esse tenha sido o primeiro passo para conquistar sua confiança. Mas o céu teria despencado se o rei e a rainha o tivessem surpreendido ali.

Ele não olha para mim quando se aproxima de um grupinho de homens. Porque realmente quer conversar com eles ou porque não quer me encarar depois de ter sido pego espionando? Eu o observo por um momento. Ele bate no ombro de um dos homens, e eles trocam um aperto de mãos antes de o círculo se abrir para admiti-lo. Ou está fazendo amigos com uma rapidez surpreendente ou ele conhece esses homens.

Surpresa, percebo que não reconheço a maioria deles. E acreditava conhecer todos os membros da corte.

Para me inserir na conversa de maneira sutil, eu me aproximo devagar e seguro o braço de Eryx depois de me certificar de que ele me viu. Seria difícil esconder a pistola e a faca na roupa justa, mas ele é capaz de tudo. Assustá-lo no meio de toda essa gente seria um pesadelo.

Eryx põe a mão sobre a minha e me puxa para a frente, incluindo-me sem esforço na conversa.

– Cavalheiros, permitam-me apresentar Sua Graça, Lady Chrysantha Demos, Duquesa viúva de Pholios.

Cada um dos quatro homens no grupo se curva.

– Você deve ser o homem mais afortunado de Naxos – diz um deles. É mais velho que os outros, com têmporas grisalhas e rugas sobre a boca. – Herdou um ducado onde já havia uma adorável senhora da casa.

Acho que ele quis fazer um elogio, mas não gosto de ser relegada ao papel de "senhora da casa". Sou proprietária da casa por direito.

– Vossa Graça – Eryx me diz –, permita-me apresentar o General Kaiser e dois de seus subordinados, o Capitão Rodis e o Capitão Zogafros. E este é...

– Lorde Barlas – termino por ele. Mais um homem que me enviou cartas logo depois da morte de meu marido. Ele já tem uma amante, uma mulher que sustenta há anos. Ou pretende trocá-la por mim, ou só quer um caso breve. Seja como for, não estou interessada. Ele não é um homem de aparência ruim, mas nunca gostei de seu caráter. Faço uma reverência para o grupo.

– Receio que tenha chegado no meio de uma conversa muito tediosa – diz um dos capitães. Já me esqueci do nome dele.

– Sim – concorda o outro. – Estávamos falando sobre os esforços de guerra em Estetia, um assunto que deve ser terrivelmente aborrecido para alguém como a senhora, Vossa Graça.

Eu me sinto dividida entre corrigir o homem e declarar que a única coisa que considero tediosa nessa situação é a companhia deles.

Mas Lorde Barlas é mais rápido.

– Por que não dança comigo, Vossa Graça, e deixamos nossos combatentes com seus assuntos?

Abro a boca para recitar uma recusa acanhada, mas Eryx aperta minha mão.

– Lorde Barlas, que oferta gentil. A duquesa adoraria. – Ele me entrega ao outro homem como se eu fosse dinheiro.

O movimento me surpreende de tal maneira que não consigo pensar em uma só palavra de protesto. Até o momento, Eryx e eu mantivemos um jogo em que recusávamos nossos admiradores. Agora ele está me empurrando para cima de um deles?

Como ele se atreve?

Vou matar esse sujeito. E dessa vez vai ser de verdade.

A última coisa que vejo é Eryx desaparecendo atrás de um grupo de pessoas, ainda envolvido na conversa com os homens do exército.

E então não tenho mais nada para olhar além do conde na minha frente.

– Vossa Graça, preciso dizer que está divina esta noite. Todas as outras mulheres da sala devem se sentir diminuídas.

– Não precisa ofender as outras mulheres no salão para me elogiar – eu o reprovo.

Ele ri como se eu tivesse dito algo engraçado.

– Onde está sua amante? – pergunto, tentando adotar um tom agradável.

– Em minha casa, esperando por mim. Ela não gosta de festas. Não gosta de sair.

Ela não gosta? Ou ele não permite?

– Diga-me, Vossa Graça, recebeu minhas cartas? – ele pergunta.

– Não. Devem ter se perdido no caminho.

– Que pena. Vou precisar escrever outras.

– Talvez deva se concentrar na mulher que já mantém.

– Não precisa ser ciumenta. Neste momento, você tem toda a minha atenção. Aproveite enquanto durar.

Quem ele pensa que é? Um presente dos deuses para este mundo? Não mesmo.

Juro que esta é a dança mais longa que já tive que suportar, e ver minha irmã e o rei dançando não contribui para melhorar meu humor.

Eles estão tão juntos que é quase indecente, sobretudo com a mão dele na parte inferior das costas dela. E eles se olham como se nada fosse suficiente.

Sinto aquela fúria conhecida tentando me dominar outra vez. Lá está minha irmã com o homem que ela ama. Que a trata bem. Como Alessandra consegue? Que segredo aprendeu que eu desconheço? Por que ela consegue o que quer enquanto eu estou aqui, de novo, submissa a alguém que dá mais importância a suas botas engraxadas do que a mim?

Demoro um momento, mas direciono a raiva ao lugar dela e olho para o homem que me conduz como se lançasse adagas pelos olhos.

Quando a dança de cinco minutos chega ao fim, o conde me segura com mais força.

– Vamos dançar mais uma.

– Milorde, na condição de irmã da rainha, tenho meus deveres esta noite. Com licença, vou ver se ela precisa de alguma coisa.

– A rainha está se preparando para mais uma dança com o rei.

– Estou muito cansada. Gostaria de beber alguma coisa.

– Depois da dança.

Ele me rodopia acompanhando a canção. Quanto mais tento escapar, mais ele me aperta, e sua mão esquerda desce mais do que deve.

Aproveito a volta seguinte e piso no pé dele. Com força.

Ele grunhe, e, apesar de surpreso, não me solta.

Piso novamente.

– Vossa Graça, é claro que conhece os passos da dança – ele diz.

– E é claro que o senhor sabe quando uma dama está tentando dizer não.

Ele me ignora, e tudo diante dos meus olhos se tinge de vermelho enquanto planejo como vou me vingar desse homem que se atreve a me tocar sem que eu queira.

Essa dança é mais longa que a primeira, e sinto um hematoma se formar em meu braço, por onde ele me segura, em vez da mão, para ter mais controle.

Quando a terceira música começa, estou pensando em chutá-lo entre as pernas, e que se dane tudo e todo mundo, mas uma sombra se projeta sobre nós.

Levanto a cabeça e me assusto ao ver os olhos cor de âmbar de Eryx.

– Posso interromper – ele diz, e as palavras não são menos que uma exigência.

Enquanto o conde tenta gaguejar uma desculpa para impedir a interrupção, Eryx estende a mão, segura o pulso do conde e aperta.

Ouço um *crac.*

Lorde Barlas grita e se dobra ao meio, segurando o braço ferido. Finalmente ele me solta. Por sorte, o som é abafado pela música, cujo ritmo acelera. No entanto, Eryx não parece estar satisfeito. Ele apoia uma das mãos no ombro do homem, e tenho a intenção de ver o que ele vai fazer com o conde, mas me lembro de que estamos em um local público e não devemos provocar uma cena.

Eu me atiro entre os dois homens e bato no braço estendido de Eryx. Ele transfere aquele olhar assassino para mim.

– Dance comigo – digo.

Ele parece não me ouvir, mas me atrevo a segurar seu braço e o coloco em minha cintura. Depois pego o outro e o aperto entre os dedos. Na batida seguinte, eu o giro para longe do homem machucado, que ninguém mais parece ter notado.

Quando os olhos de Eryx me encontram, não perdem o brilho. Seu corpo está rígido, embora se mova de acordo com minha condução. É evidente que ele não conhece os passos da dança. E por que conheceria? Eu não ensinei.

Inclino o corpo para a frente.

– Seus olhos, Eryx. Controle-se.

Ele fecha os olhos imediatamente.

– Minha conversa com ele não acabou.

– Você está em um local público.

– Não quero saber. Ele estava *machucando* você.

– Eu cuido disso mais tarde.

– E como pretende resolver esse problema?

– Vou pensar em alguma coisa. Talvez pague a amante para abandoná-lo.

Eryx abre os olhos. Agora estão um pouco menos âmbar e um pouco mais castanhos.

– Esse castigo não é suficiente.

– É o único tipo de castigo que posso infligir.

– Por isso pretendo cuidar dele. Homens assim não merecem viver.

Tropeço.

– Está dizendo que mataria aquele homem por mim?

Ele arregala os olhos, como se só agora percebesse a verdade do que disse. E não foram palavras vazias.

O frio na barriga volta.

Desvio o olhar de seu rosto, de nossas mãos unidas. A camisa branca escapa dos limites do paletó. A manga está manchada de vermelho.

– Isso no seu punho é sangue?

Ele olha para o próprio pulso.

– Não.

– O que é, então?

Eryx não consegue inventar uma mentira sequer, e é bobagem tentar. O que poderia ser confundido com sangue?

– Você se machucou? – insisto.

– Não é meu.

Não sei se isso é melhor ou pior.

– Onde você estava?

– Na sala masculina.

– Essa é uma mentira melhor, pelo menos.

Todo o seu corpo fica tenso.

– Pare com isso – digo. – Concentre-se em recuperar o controle. Depois disso vamos poder ir embora.

– Não consigo – ele protesta por entre os dentes. – Ainda quero matar o sujeito.

– Não pense nisso. Pense em mim. Concentre-se na dança.

Alguns casais finalmente notam Barlas e o ajudam a sair da pista de dança. Se alguém suspeita do que realmente aconteceu, ninguém se aproxima de nós. Pelo menos o conde tem o bom senso de não acusar um duque.

– Isto... não é horrível, na verdade – Eryx comenta.

– E por que dançar seria horrível?

– Muita gente não aprecia as coisas que não sabem fazer bem.

– Acho que podemos concordar sobre você não ser como *muita gente*. Nem perto disso.

Eryx inspira profundamente pelo nariz.

– Você é muito boa em me distrair.

– Melhor que Argus e Dyson?

– Muito melhor.

– O que eles costumam fazer quando você se transforma?

Ele começa a dizer alguma coisa, mas para, como se lembrasse que estava falando comigo.

– Eryx, seus olhos ainda estão pegando fogo. Você precisa se acalmar.

– Como posso me acalmar se entreguei você a um homem que...

– Pense no quanto vou fazer você sofrer por isso. Quando chegarmos em casa, vou fazer você desejar nunca ter me conhecido.

Ele sorri.

– Não duvido. – Depois fica sério. – Você deve saber que eu nem imaginava. Não pensei que algo de ruim pudesse acontecer em um lugar público como este.

– Isso é porque não conhece todos os truques que os homens adotam em lugares públicos, sem nunca sofrer as consequências. Como saberia? Eles não tentam esse tipo de coisa com quem tem força para resistir.

Os olhos de Eryx brilham ainda mais, e olho em volta para descobrir se alguém percebeu. Estamos seguros por enquanto, mas ele tem de parar.

– Ninguém – ele diz –, *ninguém* vai tocar em você daquele jeito de novo. Eu vou garantir que isso nunca mais aconteça.

Quero rir, mas não rio. Percebo que sua declaração não tem a ver com sentimento de posse. Não, Eryx fez o que pôde para se livrar de mim desde o primeiro dia. Ele só falou isso porque tem senso de justiça. Defenderia qualquer mulher que visse naquela situação, sendo tratada daquela maneira.

Por isso não o corrijo, nem digo para ele parar de falar essas bobagens. Em vez disso, apelo para o humor.

– E como vai fazer isso? Vai me seguir por todos os lugares? Vai matar todo homem que me tocar com ousadia? Quer uma lista de todos que já se comportaram mal comigo no passado? Não vai sobrar muita gente na corte de Naxos.

Ele me puxa para perto.

– *Quem?*

– Deuses, eu estava brincando. Relaxa.

– Quem? – ele repete. – Alguém que esteja neste salão?

– Por favor, você precisa se acalmar, ou não vamos conseguir sair daqui sem chamar a atenção. Eu estava tentando amenizar a tensão com uma piada, não era para inflamar ainda mais seu temperamento.

– De repente se importa com meu bem-estar?

– Depois de ter acabado de demonstrar que se importa com o meu, sim.

Finalmente, seus músculos relaxam. A música agora é mais rápida, e Eryx tem que se concentrar muito para me seguir. Seus dedos estão abertos sobre minhas costas, e me pergunto se ele percebe o que está fazendo. É como se tentasse segurar mais de mim.

Para não pisar no meu pé, é claro.

– Olhe para mim – digo. – Não para os seus pés.

– Se eu não olhar para os meus pés, vou te machucar.

Sorrio.

– Não vai. Você vai sentir melhor meus movimentos se olhar para mim. Acredite.

Ele levanta a cabeça, e uma sensação de aperto se contorce em meu peito.

Eu a ignoro, presto atenção na ruga que se forma em sua testa, resultado do esforço que faz para se concentrar. Seus olhos encontram minha boca.

– Está rindo de mim? – ele pergunta.

– Não, só acho que você fica adorável quando se concentra.

– Adorável? – A palavra soa ridícula pronunciada com sua voz profunda.

– Sim.

– Agora sei que está debochando de mim.

Reviro os olhos.

– Relaxe. Está quase acabando.

E, por um momento, ele relaxa. Seu corpo se solta, e os membros me acompanham com mais fluidez. O brilho âmbar desaparece de seus olhos.

– Ótimo.

A música fica mais lenta, e ele continua olhando para mim. Porque eu disse que era para olhar para mim.

Eryx me puxa para mais perto sem pensar. Seu polegar se move em círculos em minhas costas, o olhar ganha intensidade. Um brilho âmbar volta às pupilas.

Aperto a mão dele como se tentasse tirá-lo do transe, mas Eryx aperta a minha de volta, interpretando o gesto de maneira errada.

– Seus olhos – sussurro.

Ele pisca como se recobrasse os sentidos, e os olhos voltam ao castanho normal. Olho em volta mais uma vez, só para ter certeza de que ninguém viu nada. Vejo minha irmã e o rei dançando perto de nós, a dois casais de distância. Kallias está encarando Eryx, e minha irmã está olhando para mim.

Sinto um arrepio, mas sorrio para Alessandra. Por que ela estava me observando? Por que o rei olhava para Eryx? Ele viu? E, se viu, por que não fez nada?

Quando a música chega ao fim, levo Eryx para fora do salão antes que mais alguma coisa aconteça.

CAPÍTULO 17

NA CARRUAGEM, PERCEBO PELA PRIMEIRA VEZ QUE ESTÁ FALTANDO ALGUMA COISA.

– Onde estão Argus e Dyson?

Eles nos acompanharam até o casamento. Esperaram com a criadagem durante as cerimônias, e me lembro deles nos seguindo no salão de baile. Para onde foram depois disso?

– Eles quiseram ficar e aproveitar a noite na cidade.

– Hum. Essa é a melhor de todas.

– O quê?

– A melhor de todas as mentiras que você contou hoje. Foi quase convincente.

Eryx massageia as têmporas quando a carruagem parte.

– E por que tem tanta certeza de que é mentira?

– Quer que eu acredite que eles deixaram você sozinho no meio de um evento público onde poderia ter se exposto, e devo acrescentar que quase *se expôs*, para aproveitar a cidade? Depois de andarem atrás de você o tempo todo, inclusive dentro de casa, de terem protestado nas poucas vezes em que você pediu para ficar a sós comigo? Não, vocês estão tramando alguma coisa. Alguma coisa ilegal, aposto, considerando que você desapareceu do salão por dez minutos e voltou com a manga suja de sangue. E Argus e Dyson nem voltaram. – Adoto um tom debochado. – Eles foram desovar um corpo para você?

O corpo de Eryx parece congelar, e arregalo os olhos ao ver sua reação.

– Eu estava brincando!

Mas é tarde demais. Ele se entregou, e sabe disso.

Eryx olha para mim com uma expressão furiosa.

– Você tem que ir embora.

– Sair da carruagem?

– Sair da minha vida. Vai estragar tudo.

Fico sem chão. Por um instante, todos os planos desaparecem dos meus pensamentos, e não consigo fazer nada que não seja dar a essa acusação a resposta que ela merece.

– Ah, *eu vou estragar tudo*? Esqueceu a parte em que você entrou na minha vida, roubou minha casa, meu dinheiro e minha paz de espírito? Passei meses te ensinando etiqueta! Ajudei você a comprar roupas decentes! Acabei de recomendá-lo ao rei! O que mais quer de mim? Não precisa confiar em mim, mas o que mais tenho que fazer para você finalmente me respeitar?

Ele não se abala com a explosão.

Vira o rosto para a janela, deixando claro que a conversa acabou.

Só quando a carruagem para na mansão eu me lembro de que não mencionei o fato de ele ser um monstro e de também ter mantido isso em segredo.

Curioso que isso nem tenha passado pela minha cabeça.

Eu não havia previsto as consequências de ir ao casamento da minha irmã. Aparentemente, as pessoas evitavam me visitar porque pensavam que eu ainda poderia estar de luto por meu marido. Mas aparecer em um evento social e dançar com dois jovens diferentes foi o incentivo de que meus supostos pretendentes precisavam.

Todo mundo neste maldito lugar parece acreditar que o misterioso Duque e a Duquesa viúva de Pholios estão recebendo visitantes.

No dia seguinte ao casamento, Damasus me encontra lendo no jardim.

– Vossa Graça, alguém de nome Lorde Varela está aqui pedindo para vê-la.

Ele me entrega o cartão do conde, e nem olho para ele. Recuso-me a receber cavalheiros. Melhor desestimular esses hábitos logo no início. Esta é minha casa, e não vou permitir que ela seja contaminada pela presença de almofadinhas ávidos demais.

– Não estou em casa hoje, Damasus.

– Certamente. Vou agora mesmo informar ao visitante que milady saiu.

– Obrigada.

Meu mordomo se retira com uma reverência.

Vinte minutos depois, Damasus retorna.

– Agora é o Lorde Regas quem a espera à porta.

– Ainda não voltei.

– É claro, Vossa Graça.

Mais uma hora, e Damasus aparece de novo.

– Você está brincando – digo.

– Sei bem que não deseja receber visitantes hoje, ou nunca, mas receio que o duque tenha permitido a entrada de Lorde Moros na mansão antes que eu pudesse informar que a senhora não estava em casa. O duque solicita sua presença na sala principal.

É claro que sim. Depois da conversa de ontem à noite, tenho certeza de que o falso duque pretende convidar todo tipo de cavalheiro para me visitar, certo de que vai me induzir a aceitar um novo casamento.

O cabeça de vento imprestável.

Marco a página onde interrompi a leitura do adorável romance sobre dois cavalheiros que precisam anular a distância entre suas classes sociais para ficarem juntos, depois me dirijo à sala.

Eryx ri de alguma coisa que o barão acabou de dizer, e essa é uma imagem rara. A cena me faz parar de repente, me enfurece. Como ele se atreve a sentir alguma alegria com meu sofrimento? Mas temos companhia, então forço um sorriso amarelo.

Moros nota minha presença antes de Eryx e se levanta assim que entro na sala. Eryx se lembra das aulas de etiqueta e o imita um segundo depois.

– Aí está ela – diz o falso duque. – Eu sabia que a duquesa estaria ansiosa para conversar com você hoje. Chrysantha, Moros tem histórias muito divertidas sobre problemas em pescarias.

– Tenho certeza de que a duquesa não deseja falar sobre problemas em pescarias, mas é claro que vamos encontrar algum interesse em comum – responde o belo cavalheiro. Ele deve ter pouco menos de quarenta anos, mas envelheceu bem. Um bigode grosso descansa sob seu nariz, e ele tem cabelos abundantes, dentes alinhados e olhos sedutores.

– Talvez eu deva deixá-los à vontade, então – diz Eryx, e contorna a mesinha de chá diante do sofá no qual os dois homens estavam sentados.

– De jeito nenhum – declaro.

– Duquesa – Eryx responde constrangido, tentando me esconder do barão. Como se todo o meu ser fosse ofensivo, não só minhas palavras e o tom de voz. – Ele parece ser muito agradável. Dê uma chance ao homem – sussurra.

– Este é o Barão de Moros – respondo no mesmo tom.

– Sim, estou ciente.

– Eryx, ele é *casado*.

Isso o faz se virar e olhar para o homem.

– Não – sussurra para si mesmo. – Moros, você é casado?

– Há dez anos – o homem confirma. – Tem sido muito solitário. Estou procurando uma nova amante. Pensei que a duquesa e eu pudéssemos chegar a um acordo.

Eryx se vira para mim com os olhos arregalados.

– A menos que pretenda começar a me prostituir – informo –, vou voltar ao meu jardim. Da próxima vez, converse comigo antes de convidar cavalheiros para virem à mansão me visitar.

Saio da sala levando o livro embaixo do braço.

Tento de verdade voltar à leitura do romance, mas estou furiosa demais. Fui interrompida na primeira cena de beijo e agora não consigo apreciar a história, porque estou distraída com a ideia de arrancar os olhos de Eryx.

Não sei bem há quanto tempo estou ali sentada, sentindo pena de mim mesma, quando sou interrompida novamente. Juro, se Damasus veio me avisar que há outro cavalheiro...

– Desculpe-me, Chrysantha. – É claro que é Eryx.

– Você arruinou meu tempo de leitura.

– Eu não sabia que o sujeito era casado. Não estava tentando vender você, nada disso, juro. Não sou esse tipo de homem.

Dou risada, porque ele não percebe quanto suas palavras são ridículas.

– Eryx, é exatamente isso que está tentando fazer. Você ofereceu vinte mil necos para que eu me case. Não interessa a quem você vai ter que pagar para se livrar de mim. Só está aborrecido porque foi enganado e não encontrou ninguém que queira me assumir para sempre.

Eu me levanto, porque de repente sinto o impulso de me movimentar, e sigo para a trilha que atravessa a propriedade e entra no bosque vizinho.

Ele me segue.

– Não é nada disso, e você sabe – argumenta. – Não sou como seu pai. Não estou vendendo você pela oferta mais alta. Estou tentando lhe dar uma vida confortável com alguém que ame e dinheiro suficiente para ter todas as coisas que quer. Depois de tudo que soube sobre mim... pensei que estivesse ansiosa para sair desta propriedade. Só estou pensando em você. Por que não consegue entender?

– Você não está considerando o que eu quero. Isso é tudo o que importa, e é por isso que é exatamente igual ao meu pai.

– O que você quer, então? – ele se irrita, e pássaros alçam voo dos galhos mais altos à nossa volta.

– Quero minha mansão de volta. Quero minha terra de volta. Quero meu dinheiro de volta. Quero descobrir quem e o que você é de verdade. Quero ficar segura e confortável. Quero que você vá embora!

Mas ele não pode me dar nada disso. Por que desejaria me atender? Ele não se importa. E, de alguma forma, tem direito a todas essas coisas.

– Você nem sequer está tentando! – ele berra. – Poderia ter todas essas coisas. Só não aqui, nesta propriedade. Poderia encontrar amor e felicidade com um homem jovem que a respeite e proteja.

– Não quero amor e felicidade! Quero liberdade! Quero que me deixem em paz. Não quero *tentar*. Passei a vida inteira tentando ser outra pessoa para dar ao meu pai o que ele queria. Para ter o que eu queria. Estou cansada. Aguentei Pholios por *dois meses*, até que a morte finalmente o levou. Eu deveria ser dona da minha vida agora, mas estou presa a *você*. Hoje você *exigiu minha presença*. Só atendi ao chamado para proteger Damasus de sua ira. Você tem muito poder sobre as pessoas de quem eu gosto!

O bosque mergulha no mais absoluto silêncio depois de minha explosão.

– O que... o que você teve que aguentar? – ele pergunta em voz baixa.

– Não vai querer ouvir nada disso.

– Estou perguntando. Quero entender.

– Por quê? O que isso podc mudar? Vai me deixar em paz depois de saber que Pholios me criticava e gritava comigo o dia inteiro? Vai aumentar o valor da minha pensão se eu disser que ele me apalpava sempre que tinha chance? Vai me devolver o ducado se eu falar dos hematomas que ele deixava? Se eu me tornar digna da sua piedade, vai se comportar como uma pessoa decente?

Quanto mais eu falo, mais a transformação acontece. Primeiro os olhos. Depois as orelhas. Finalmente, os chifres e os caninos surgem quando menciono a palavra *apalpava*.

Tenho um impulso urgente de dar um passo para trás, dar espaço à forma gigantesca na minha frente, mas me contenho, determinada a me agarrar à fúria indignada que me domina.

Sua voz é mais profunda que antes quando ele diz:

– Se ele já não estivesse morto, eu mesmo o mataria.

– Não pode ficar falando essas coisas!

– Por que não?

– Porque elas dão a impressão de que você se importa, e é evidente que não é o caso!

Ele rosna para mim, um som que sai de algum lugar entre humano e animal, como se me contradissesse só com o ruído.

Estendo a mão, seguro um chifre e puxo seu rosto para o nível dos meus olhos.

– Não me interessa que aparência você tem, Eryx Demos. Não vai ganhar uma discussão se transformando na minha frente.

Os olhos dele estão cravados na minha boca, e é exatamente ali que preciso deles, mas meu corpo traidor reage àquele olhar. Minha respiração acelera, meu coração galopa como se tentasse fugir do peito. Sinto que começo a me aproximar, como se ele tivesse uma força de gravidade própria me atraindo.

Eu me lembro muito bem da sensação desses caninos longos em meu pescoço. Agora os imagino mordendo minha boca.

A razão é uma coisa distante, mas parece abrir caminho entre meus pensamentos traiçoeiros para tomar a frente na minha cabeça.

É cedo demais para dar o que ele quer. Ele precisa implorar por isso. Só assim você vai descobrir seus segredos.

No último segundo, empurro seu rosto para longe do meu.

– Controle-se, antes que um dos empregados o veja.

Eryx pisca, depois fecha os olhos e se concentra. Os chifres encolhem até desaparecerem sob a pele, como espadas embainhadas. As orelhas voltam a ser arredondadas. Os caninos se retraem. Quando ele abre os olhos, eu os vejo ainda cor de âmbar, mas sem o brilho intenso de antes.

– Então é isso? – pergunto, retomando nossa conversa. – Nenhum progresso hoje? Estamos exatamente onde estávamos há vinte minutos?

Eryx responde em um tom suave:

– Sinto muito pela maneira como foi tratada pelo meu avô. Isso não foi certo. Foi abuso de poder, e espero que ele queime em um dos infernos do diabo por isso. Mas só porque um homem se comportou desse jeito não significa que todos os homens...

– Não termine essa frase.

Ele aperta os olhos ao ouvir meu tom.

Uma risada amarga escapa de mim.

– Quer que eu deposite minha confiança em outro homem? Que espere que o próximo não abuse de seu poder? Eu quero ter o poder! O poder para me afastar de quem me trata mal, o poder para me proteger, o poder para sempre tomar as decisões sobre meu corpo e minha vida. Nem você nem qualquer outra pessoa pode pôr um preço nessa liberdade. Portanto você e seus vinte mil necos podem me deixar em paz.

O silêncio que segue minhas palavras é tenso.

Eryx parece ter perdido a fala. Nós nos encaramos, e minha respiração fica irregular por causa da força consumida para esse pequeno discurso.

Eryx abaixa a cabeça.

– Você merece esse poder. É claro que sim. Lamento não poder me desfazer do meu por você. Preciso dele agora.

– Odeio você – sussurro.

Ele ouve, mas não espero por sua resposta. Eu me afasto, e dessa vez ele não me segue.

Tiro o resto do dia para me acalmar. Alguma coisa acontece comigo quando estou perto dele. Perco a razão, me transformo em uma confusão caótica de fúria.

Fiz besteira. Deveria estar tentando seduzi-lo aos poucos, mas explodi. Disse que o odiava, o que é verdade, mas não me ajuda a enfeitiçá-lo.

Deve haver um jeito de conquistar sua confiança. Preciso pegá-lo desprevenido, no mínimo. Eryx não vai ter a última palavra de novo. Estou cansada de vê-lo desfilando no meu espaço pessoal sempre que quer. Preciso ir ao único lugar onde estaremos em pé de igualdade.

Ou, melhor ainda, onde eu posso ter alguma vantagem.

Para testar uma teoria, levo um cobertor à biblioteca naquela noite. Da última vez que cochilei ali, sonhei com Eryx. Mais do que isso, ele *visitou* meu sonho, de algum jeito. Ou eu entrei no dele. De qualquer maneira, isso o incomodou. Deve ser horrível ver outra pessoa invadindo seu espaço seguro.

Eu me encolho no sofá e tento dormir.

Leva horas, é claro, porque até mesmo meu corpo está conspirando contra mim.

No entanto, quando finalmente mergulho na escuridão gloriosa, acontece. Abro os olhos em um cômodo revestido por nuvens brancas e fofas.

Eu me abaixo para pegá-las, mas não encontro nada no chão. Dou de ombros e vou para a cama.

Penso na melhor maneira de fazer essa parte. Fico muito tentada a puxar os lençóis de cima dele para poder ver aquela cauda, mas sinto que esse é um limite que não deve ser ultrapassado. Suspirando, me contento em chutar o colchão.

Eryx acorda assustado, tão completamente transformado quanto na última vez que nos encontramos desse jeito.

– De novo não – ele geme.

– Receio que sim – retruco, e cruzo os braços. – Precisamos ter uma conversa.

– Tivemos uma há poucas horas.

– Bom, eu quero ter outra.

Eryx olha para fora da cama, como se esperasse ver suas roupas se materializando. Não acontece. Deve estar fora do alcance do sonho.

Que pena, aquele peito musculoso vai ter que ficar à mostra.

– Pode puxar o cobertor até o queixo, se quiser preservar sua modéstia – sugiro.

Ele me encara.

– Fale. Depois saia daqui.

– Primeiro, quero pedir desculpas – digo, tentando não engasgar com a mentira. – Perdi a cabeça com você mais cedo. Disse coisas que não queria dizer.

– A parte sobre me odiar?

– Não vamos nos ater a detalhes. Acho que nós dois dizemos coisas que não queremos dizer quando estamos com raiva. O ponto é que acredito que você e eu podemos chegar a um acordo agora que temos uma ideia de onde cada um de nós está.

– Como assim?

Enrolo uma mecha de cabelo entre dois dedos.

– Você sabe que não vou sair desta propriedade. Sabe que o que mais quero é ter controle sobre minha vida. Escapar das restrições que os homens sempre impuseram a mim. Eu sei o seu segredo.

Ele respira fundo, mas eu continuo:

– Partes dele, pelo menos. Isso nos dá uma oportunidade.

– Está muito tarde para esse tipo de discussão. Pode desembuchar de uma vez?

Isso me faz parar.

– Você sempre tem olheiras. É por que não está dormindo de verdade quando isso acontece? E acontece com frequência?

– Foco, Chrysantha. Você tem uma proposta para me fazer.

– Certo. Se me deixar viver a vida como eu quiser... controlar os criados, a mansão, meu dinheiro... eu te ajudo. Só que não quero mais ouvir falar em casamento ou qualquer coisa assim.

Ele massageia a testa.

– Para que acha que preciso de ajuda *agora*?

– Para guardar seu segredo. Isso não é uma ameaça. Só estou oferecendo ajuda para você se controlar. Já te ajudei a esconder os olhos brilhantes várias vezes. Parece que domo a fera de algum jeito, e acho que posso te ajudar a aprender a não escorregar no futuro. Se continuar com isso por muito mais tempo, a criadagem vai acabar percebendo que tem alguma coisa errada.

– Você *provoca* a fera. Agora diz que sabe *domá-la*?

– Faço isso de propósito. Tirar você do sério me diverte. Acho que, com um pouco de prática, você pode ter tudo isso sob controle.

– Você nem sabe com o que está lidando! Como pode querer se colocar em perigo desse jeito?

Eu minto. De novo.

– Você me protegeu de Lorde Barlas. Nunca me machucou, e não sei por que começaria agora. E... bem, você poderia me dizer com o que estou lidando. E me ajudar a te ajudar.

– Para ter mais munição contra mim?

– Como assim?

– Se soubesse de tudo, você teria uma vantagem real sobre mim. Sinto que mal estamos em pé de igualdade sem isso.

– Como isso pode ser verdade? Por que acha que sou uma ameaça tão grande? Ninguém vai acreditar em mim se eu contar o que vi.

– Porque você tem uma conexão com o Rei das Sombras, e, embora ninguém vá acreditar em você, talvez ele acredite. E o rei pode me considerar uma ameaça ao reino. Você viu como ele me encarou no casamento.

Ah, como se eu pudesse conseguir uma audiência com ele. Talvez a ignorância de todos sobre o relacionamento que tenho com minha irmã seja a única coisa poupando minha vida agora.

– Por que o Rei das Sombras veria você como uma ameaça? – Tenho minhas teorias, mas quero ouvir as dele.

Eryx olha para o cobertor.

– A linhagem Maheras alega que suas sombras são um direito divino ao poder, apesar de elas terem sido uma maldição infligida por um demônio, na verdade. Os demônios adoram criar confusão na vida dos humanos, embora poucos sejam fortes o bastante para se manifestar fisicamente neste plano. Mesmo assim, eles só conseguem depois de séculos construindo sua força. A linhagem Maheras foi amaldiçoada pelo mais poderoso de todos, e eles não querem nenhuma ameaça à coroa. Se alguém com habilidades tornar essa história pública, eles serão executados imediatamente, em particular. Como podem as sombras ser um sinal de direito divino a governar se outras pessoas têm poderes?

– Então é isso? – sussurro. – Você é amaldiçoado por um demônio?

– Não, Chrysantha. É muito, muito pior.

Sinto um arrepio.

– Por que está me contando isso?

– Para você entender com o que está lidando! Não vai querer ficar nesta propriedade comigo. Não vai querer me ajudar. Devia estar cuidando de si.

Não preciso me esforçar muito para assumir uma atitude desafiadora.

– E se eu disser que isso é o oposto do que eu quero? Quero ficar na propriedade. Estou cuidando de mim. Quero te ajudar, e não tenho medo de você nem de quaisquer habilidades demoníacas que tenha.

Eryx agarra os dois chifres, frustrado.

– Você não está me ouvindo. Não sei de que outra maneira dizer tudo isso. Meu controle sobre o monstro é tênue, na melhor das hipóteses. Talvez eu não consiga impedir que ele se aproxime de você.

Olho para sua testa.

– Está dizendo que existem dois de você dentro dessa sua cabeça?

– Não. Sou só eu, mas é assim que diferencio entre estar no controle e perder o controle. Quando me perco, a transformação acontece. Não estou no meu juízo perfeito.

– E agora?

– Estou dormindo. Sempre me transformo quando durmo, porque não estou consciente para manter a forma humana.

Sorrio.

– O que é? – ele pergunta, na defensiva.

– É bom entender. Ter algumas respostas.

Eryx fecha os olhos.

– Estou dormindo. Não estou sendo tão cuidadoso com as palavras quanto deveria estar. Por isso você não deveria estar aqui.

– Isso significa que, se eu te cutucar o suficiente, vou conseguir descobrir toda a verdade?

– Não. Não estou *tão* cansado assim.

– Tudo bem, mas podemos chegar a um acordo?

Ele parece perplexo.

– Como pode ainda querer insistir nisso? O que preciso dizer para fazer você sair correndo?

Cruzo os braços.

– O que preciso dizer para fazer você perceber que não tenho medo? Você tem que acreditar que estou falando sério.

Ele levanta a cabeça.

– Essa ideia é terrível. A pior que você já teve.

– Vamos tentar. O que pode acontecer de pior?

– Eu posso te matar!

– Já teve muitas oportunidades para isso. É evidente que não é o que quer, nem o monstro.

Ele resmunga alguma coisa que parece ser:

– Você ficaria apavorada se soubesse o que o monstro quer. – Eryx estremece.

– E o que o monstro quer? – pergunto, atrevida.

Eryx engole em seco, mas sua expressão ainda é determinada.

– Nada que eu não possa controlar.

Por alguma razão, a lembrança dos dentes dele em minha pele volta. E dessa vez sou eu quem estremece.

– Então está combinado – digo. – Vamos começar amanhã. Isso significa que é melhor deixar você dormir seu sono da beleza.

– Eu não combinei nada!

– Não, mas não recusou, então vou me agarrar ao que tenho. Até amanhã. Sem valetes. Tomara que eles ainda estejam na cidade, desovando aquele corpo.

Eryx mostra os dentes e rosna, e eu fecho os olhos com força, me obrigando a acordar.

CAPÍTULO 18

Estou agitada demais para dormir, mesmo depois de voltar aos meus aposentos. Tenho certeza de que é só a possibilidade de Eryx finalmente me contar seus segredos. Não tem nada a ver com ter presenciado mais de sua forma de monstro. Nem com estar bem perto daquele cabelo bagunçado, dos traços arrogantes ou do corpo esculpido.

Sou pragmática demais para isso.

Ainda de camisola, saio do quarto e vou até a sala, incapaz de continuar na cama. Eu me sento diante da minha escrivaninha, acendo a luminária e pego uma folha em branco.

Não sei bem como vai terminar essa carta, só sei que tenho esse desejo de escrever para minha irmã. Provavelmente porque preciso conquistar sua simpatia para quando enfim tiver a informação de que preciso para expor Eryx.

> *Querida Alessandra (ou devo chamá-la de Vossa Majestade em comunicações privadas também?),*
>
> *Só quando comecei a escrever percebi que passamos boa parte de nossas vidas conversando por cartas. Sempre escrevemos uma para a outra em aniversários e ocasiões especiais. Ou quando tínhamos algo de que nos vangloriar.*
>
> *Gostaria de mudar isso.*
>
> *Não escrevo para você hoje para me exibir nem para enviar desejos falsos de felicidades. Não sei bem por que estou escrevendo. Mas gostei de vê-la em seu casamento. Embora as*

palavras que trocamos tenham sido breves, senti que foram verdadeiras, e gostaria de que houvesse mais disso entre nós.

Então estou aqui tentando compartilhar mais palavras verdadeiras.

Adoro ler. É minha atividade favorita. Prefiro romances e histórias de ação, tudo que minha vida não é, imagino.

Adoro morar no campo. Meu jardim é um dos lugares de que mais gosto. Gosto de cheirar as flores e ver as borboletas.

Um dos meus empregados tem um filho de quatro anos, e ele é um encanto. Estou ensinando o menino a tocar piano. Ele gosta de me ajudar a colher flores silvestres, ou me acompanha em caminhadas pela propriedade.

Sentir-me segura e no controle são duas coisas que aprendi a valorizar.

Isso tudo deve parecer muito simples para você. Está governando um país, e admiro que tenha estômago para isso. Eu sempre quis uma vida livre de olhares atentos. Estou contente por finalmente viver assim.

Se tiver tempo, gostaria muito de ter notícias suas.

Sinceramente,
Chrysantha

Leio a carta várias vezes, tentando decidir se devo mesmo enviá-la. Ela vai rir da minha cara? Vai ler, pelo menos? Só vou saber se tentar.

Quando Doran acordar, vou mandá-lo levar a correspondência.

Passo o resto da madrugada lendo. Não sei bem qual será a primeira aula de treinamento do monstro. Com certeza vai ser muito diferente das outras aulas que tivemos. Como vou fazer Eryx se abrir para mim enquanto pensa que o estou ajudando?

Espero ter alguma ideia quando chegar a hora.

No entanto, quando desço a escada para tomar o café da manhã, olho pelas janelas largas do lado leste da mansão e o vejo caminhando em direção ao bosque.

Solto um gemido e reviro os olhos. Ele vai demorar eras para voltar, tenho certeza. Provavelmente foi ver o que aconteceu com Argus e Dyson. Eles ainda não retornaram, e é possível que alguma coisa tenha dado errado.

A criadagem não parece notar que engulo a refeição de qualquer jeito. Eu me levanto da cadeira enquanto ainda estou pondo a última porção na boca. Tempo é essencial. Seguro as saias com uma das mãos e corro para a biblioteca. Paro diante da porta e olho para os dois lados do corredor.

Nas duas vezes que sonhei com Eryx, estava na biblioteca. Os aposentos da criadagem ficam além dela. Portanto ele não pode ter se instalado em nenhum lugar nessa direção. À esquerda fica minha sala, a entrada, a sala de jantar, a sala de recepção e o salão de baile.

Ele não pode estar dormindo em nenhum deles. Eu ou os empregados teríamos notado.

Se subir um andar, chego aos quartos de hóspedes, que já verifiquei.

O que sobra?

Decido que preciso pensar fora da caixa e saio da casa a fim de olhar para as janelas da biblioteca. Enquanto examino o exterior da mansão, espero uma onda de inspiração.

Nada acontece.

O homem construiu um esconderijo no bosque? Isso o manteria longe da biblioteca, sem dúvida, e da casa de maneira geral.

Começo a andar, observando as lindas flores e as árvores bem conservadas. Desde que recontratei um dos jardineiros, a área externa tem uma aparência muito melhor.

Paro de repente ao ver as portas de madeira quase no nível do solo.

O porão.

Não pode ser.

Com nervosismo crescente, eu me aproximo da tranca fechada sobre a porta dupla. Ele não poderia. É anti-higiênico e deve estar cheio de aranhas, e *por que ele está me fazendo ir ao porão?*

Minha chave-mestra se encaixa na fechadura e eu a giro quase sem nenhum barulho. Lá embaixo, onde o sol não alcança, a escuridão reina. Esta é a única parte da mansão que não foi modernizada com eletricidade. Não havia motivo para isso.

Mas vejo uma lamparina pendurada em um gancho logo depois da entrada. Está cheia de óleo, e não há um único grão de poeira no exterior.

Alguém está usando este espaço.

Acendo a lamparina e começo minha trilha cuidadosa pela área fria. Fileiras e fileiras de prateleiras acomodam os vinhos e os alimentos estocados para a casa. A maior parte das embalagens está coberta de poeira, mas tem um caminho limpo no chão. Evidência de tráfego a pé.

O lugar é muito amplo. Nunca tive motivo para vir aqui antes, e, ao ver uma quinta teia de aranha, torço para que esta seja minha última visita.

Tento me orientar imaginando a disposição de tudo no andar de cima. Os aposentos dos criados devem ficar sobre a parte dos fundos. Depois vem a cozinha. Sim, consigo ouvir uma ligeira comoção lá em cima enquanto os empregados limpam a mesa do café e começam a preparar o almoço.

Isso significa que a biblioteca está...

Viro uma esquina e paro.

Alguém colocou tábuas no chão para cobrir a terra. Sobre elas, um colchão simples com um edredom branco. Quando me aproximo mais do espaço, sinto um cheiro.

O aroma da terra depois de uma tempestade.

Ele está morando aqui, entre duas prateleiras de frutas em conserva. Sou tomada pelo horror. Eu não pensaria em deixar um dos empregados dormir em um lugar como este, mas ele se esconde aqui para tentar me impedir de descobrir seu segredo. Suas acomodações em Dimyros eram melhores ou piores que essa? Por que me importo com isso?

Tem uma vassoura ao lado das tábuas. É para mantê-las limpas. Uma pequena arca perto do colchão contém outra calça e um punhado de camisas. Ao lado dela, há um balde com água, um espelho de mão, uma navalha e sabão.

Bons deuses.

Olho para o outro lado do espaço e encontro um pedaço de papel preso à parede por uma adaga parecida com a que Eryx carrega em uma bainha presa ao corpo.

Quando me aproximo, consigo ler as anotações.

~~BEMUS ANDRIS~~
~~TARASIOS KAZAN~~
~~URIAN STRATOS~~
~~TYPHUS VALIS~~
~~CALLISTUS LIAKOS~~
~~KYMUS PANOS~~

Os primeiros dois nomes são dos lordes que desapareceram, os que foram mencionados no jornal, segundo relataram Karla e Tekla. O rei conseguiu encobrir os outros desaparecimentos? Tento lembrar se vi um desses homens no baile. Acho que não, mas é difícil ter certeza. Continuo lendo.

ORESTES SARKIS
~~GENERAL KAISER~~

Os dois nomes seguintes aparecem destacados. Eu os conheço. Sarkis é quem Eryx presumiu que o houvesse envenenado. O homem que o tem chantageado. E conheci o general na última noite, no baile.

O nome dele foi riscado, e a linha de tinta preta é mais escura que as outras nos nomes anteriores.

Porque foi feita ontem à noite.

É uma lista de eliminação.

Também com tinta mais escura, um novo nome foi acrescentado à lista, escrito de lado nas margens da folha, porque não tem mais espaço nela.

ZOSIMO BARLAS

Sinto meu corpo esquentar.

Eryx acrescentou o nome dele ontem à noite. Depois que o conde me desrespeitou. Mesmo já tendo quebrado o pulso do homem. Ele disse que não era suficiente.

E estava falando sério, é evidente.

Sinto-me leve, como se pudesse flutuar. Meu coração se projeta como se estivesse crescendo. O frio na barriga se espalha quando penso no homem que quer me proteger, mesmo estando desesperado para se livrar de mim.

E então chego ao fim da lista e leio o último nome.

KALLIAS MAHERAS

Começo a rir descontroladamente.

Muita coisa começa a fazer sentido, enfim. O motivo para Eryx se opor com tanta veemência à minha presença na casa, com ele. A razão para ele não estar dormindo nos aposentos do duque. O jeito como aceitou prontamente ir comigo ao casamento.

Ele precisava do título de duque para se aproximar desses homens. Para poder acabar com eles. Desapareceu no casamento para poder eliminar o general. Argus e Dyson estão enterrando o corpo dele em algum lugar, torcendo para que não seja encontrado.

E Eryx só tem mais dois nomes na lista, se eu excluir Barlas. Sarkis, que por alguma razão escapou de Eryx durante todo esse tempo, apesar de suas habilidades, e *o rei*.

Como ele espera se livrar do último? E quem vai governar o país depois disso?

Bem, Alessandra governaria, mas ela e o rei não têm herdeiros. Não haveria ninguém para quem passar o reino. Sem mencionar o enorme alvo nas costas de Alessandra sem Kallias por perto para protegê-la.

Não estou preocupada com minha irmã. Ela sabe se cuidar, é evidente. Nem estou tão aborrecida com a perspectiva da morte do rei.

É a arrogância de Eryx. Que diabos ele pensa que está fazendo? Não pode ir até o fim com isso. É estúpido e ridículo. E por quê? O que todos esses homens fizeram para ele? Eryx está na cidade há poucos meses!

Deve ter alguma coisa a ver com o tempo que ele passou no exército. Que outra conexão o general poderia ter com Eryx? E Kallias controla o exército, portanto essa deve ser a relação entre todos os homens.

Mesmo assim, decoro o nome de Orestes Sarkis. Vou pedir para Kyros levar esse nome ao sr. Tomaras para ser investigado. Talvez ele consiga encontrar a ligação exata com Eryx.

Seguro as saias e volto para casa pelo caminho por onde vim. Não quero ser pega, e tenho muito em que pensar.

Sento-me com todo conforto no jardim das flores, de onde tenho uma visão nítida do bosque, e espero. Pela primeira vez, eles não me desapontam.

Aproximadamente três horas depois, o trio mais burro do mundo aparece.

Estão sujos de terra e sangue e sabe-se lá o que mais. Eryx arrasta um volume bem grande com uma das mãos, uma criatura de olhos fechados. Morta.

– Vamos comer cervo no jantar! – Eryx avisa quando eles se aproximam, e segue direto para a cozinha.

– É um bom álibi – elogio. – Finalmente está ficando bom nessa coisa da "enganação". Quando terminar de limpar o sangue do general de suas roupas, não se esqueça de que temos a primeira sessão de treinamento do monstro.

Argus resmunga um palavrão horroroso, e Dyson exclama:

– Como! Como ela ficou sabendo?

Eryx bate no peito de Dyson, alertando-o para ficar calado.

– Quando é que os idiotas vão perceber que posso ser útil? É mais inteligente me manter por perto em vez de tentar me deixar fora dos seus planos. E, antes que sugira me matar de novo, Argus, avisei minha irmã que, caso alguma coisa aconteça comigo, você é a primeira pessoa que ela deve interrogar.

É uma mentira descarada, mas serve para silenciar o homem.

– O que quer agora, Chrysantha? – pergunta Eryx, com a expressão calma.

– Não estou ameaçando vocês. Acredite ou não, nem tudo que faço é um estratagema. Só queria dar uma sugestão.

– Que sugestão?

– Plantar evidências da morte do general em Lorde Barlas. Ele foi visto conversando com o general no baile, e o homem levou a pior.

Depois disso, entro na mansão enquanto os três homens vão se limpar.

Quando Eryx finalmente vai me encontrar, está vestido com uma das calças novas. É uma calça preta simples, mas de corte moderno. Ele usa uma camisa branca de mangas compridas e enroladas até os cotovelos.

– Hum. Mais um motivo para ter mais que duas calças – comento.

– Para substituir as que são arruinadas em um assassinato?

– Exatamente – sorrio.

Eryx está atônito.

– Como consegue brincar com isso? É evidente que sabe que acabei de matar alguém. Isso não a deixa nem um pouco abalada?

– Deve ter tido seus motivos.

– Acho que você devia procurar um médico.

Arqueio uma sobrancelha.

– Tem alguma coisa errada com você. Não reage amedrontada quando sabe que tem um monstro na sua frente. Não se abala com a ideia de um assassinato. Estou começando a pensar que *você* não é humana.

Sufoco uma risadinha e olho em volta, examinando minha sala, depois pego a xícara de chá.

– Talvez nunca tenha confiado seu segredo a ninguém. De todas as pessoas que o descobriram por conta própria, quantas o rejeitaram?

– Incluindo você? Duas.

Sarkis deve ter sido a outra.

– Mas é isso que estou dizendo – insisto. – Não o rejeito pelo que é. O que odeio é seu papel na minha vida. É completamente diferente. Além do mais, estamos aqui para mudar isso. Você precisa aprender a confiar em mim.

– Se você quebrasse essa confiança, poderia arruinar tudo.

– Seus planos mesquinhos de vingança estão no fim da minha lista de prioridades.

– É isso que pensa que estou fazendo? Matando homens que feriram meus sentimentos?

– Não é?

Eryx range os dentes.

– O General Kaiser era um cretino egoísta que tratava seus homens pior do que trataria cachorros. Homens morreram sem necessidade porque ele teve poder demais e pouca supervisão.

Poder que Kallias Maheras deu a ele.

– E agora você consertou as coisas.

Ele assente orgulhoso.

– Tinha intenção de matá-lo. Ou deixou o monstro sair? – pergunto, embora já saiba que foi premeditado. Estou cobrindo meus rastros, para o caso de ele suspeitar de que sei onde está dormindo.

– Foi intencional.

– Alguma vez... não foi intencional?

O silêncio é resposta suficiente.

– É por isso que precisa de mim. Eu posso te ajudar.

Espero que ele argumente ou saia da sala sem dizer mais nada. Em vez disso, ele me surpreende. Senta-se na minha frente, no segundo sofá, do outro lado da mesa de chá.

Finalmente está admitindo que precisa de ajuda. Ou está confiando em mim. Seja como for, preciso incentivar essa atitude.

Eryx morde um lado da boca, depois olha para o chão.

– O monstro reúne todos os meus instintos mais básicos. Ele materializa os piores pensamentos que já tive. Ele quer dominar. Pegar tudo o que deseja, tirar qualquer vida que se torne um inconveniente ou ameace o que é dele.

– Acho que consigo entender.

– O problema é quando o monstro e eu queremos a mesma coisa. No caso do general, nós dois o queríamos morto. Manter o monstro afastado é quase impossível quando isso acontece.

– Mas você estava conversando com ele. Seus olhos não estavam brilhando.

– O monstro não é completamente idiota. Ele sabe ganhar tempo, se tiver certeza de que vai ter o que quer. É quando fico furioso, ou... – Ele faz uma pausa. – Quando fico furioso, eu me transformo.

– Já vi você se transformar quando não está bravo.

– Isso é constrangedor, e não quero discutir esse assunto. Podemos nos concentrar no...

– Você também se transforma em momentos passionais. É só falar. Não tem nada de constrangedor nisso.

– Passionais. Que maneira delicada de colocar a situação.

Aperto os olhos.

– É você quem está constrangido, não eu. Só quis proteger suas delicadas sensibilidades.

– Engraçadinha.

– Não é essa a intenção. Os homens são os indivíduos mais sensíveis que já conheci, mas dizem que as mulheres é que estão sempre à beira da histeria. Posso afirmar que o contrário é verdade. Muito bem, vamos ver se entendi direito. Se você experimenta emoções muito fortes ou tem uma intenção alinhada aos seus instintos mais básicos, é difícil não se transformar.

– Isso.

Penso por um momento.

– Qual é a sua forma verdadeira?

– As duas. Nasci com aparência humana. A transformação começou a acontecer depois que fiquei mais velho.

– E isso é resultado de...?

– Boa tentativa. Não vamos falar disso ainda.

Sorrio. *Ainda.* É um bom sinal.

– Tudo bem – respondo. – O que tentou fazer para se controlar no passado?

– Tudo.

– Como o quê?

– Dor. Embriaguez. Distrações. Coisas assim.

– Que tipo de distrações?

– Argus ou Dyson tentam desviar meus pensamentos do que estiver me perturbando.

– E isso funciona?

– Na verdade, não.

Cruzo os braços.

– *Você* precisa ser o que acalma o monstro. Não eles. Só vai adquirir controle sobre ele quando ele o vir como quem está no comando.

– Agora se tornou especialista em monstro?

– Não, mas sei sobre impulsos. Passei anos dominando os meus. Acha que eu gostava de bancar a simplória? Acha que eu não quis agredir verbalmente homens que me diminuíram? Eu tinha que estar no comando. Tinha que manter meu objetivo em mente. Isso não é diferente.

Ele comprime os lábios.

– Se fosse tão simples, eu teria pensado nisso antes.

– O que te traz paz?

– O quê?

– Paz. O oposto de guerra? Tem algum lugar, uma coisa ou uma pessoa que faça você se sentir inteiro? Calmo?

– Uma pessoa? Definitivamente não. Nunca estive em um lugar pacífico. Toda a minha vida tem sido perigosa.

– E um objetivo futuro? Alguma coisa que está tentando alcançar?

Ele pensa por um momento.

– Acho que estou tentando alcançar paz na minha vida.

– Matando?

– Entre outras coisas.

– E qual é o objetivo final? Quando vai terminar e sentir que sua vida é perfeita?

– Quando tiver cuidado dos meus inimigos, então vou poder descansar, finalmente.

Examino as olheiras escuras.

– Pense nisso, então. Imagine que está finalmente em paz porque o trabalho foi feito. E isso só pode acontecer se você permanecer na sua forma humana.

– Isso é ridículo.

– Ridículo é ser incapaz de controlar suas emoções. Você parece uma criança fazendo birra.

– Não sou nenhuma...

– Mata pessoas que o aborreceram porque não conhece outro jeito de lidar com seus problemas.

– Elas mereceram...

– Ninguém pode te culpar pela maneira como foi criado. Primeiro seu avô abandonou sua mãe, depois sua mãe abandonou você. Vai continuar o ciclo. É só isso que conhece.

Os olhos dele mudam de cor, ficam mais brilhantes.

– Sei o que está tentando fazer, e não vai...

– Por que não matou seu avô? Ele era a única coisa entre você e sua riqueza. Por que deixou a natureza seguir seu curso? Sabia que tipo de homem ele era, e o deixou continuar com aquilo. Deixou que ele continuasse comigo...

Os chifres pretos brotam em sua cabeça. Posso me sentir culpada por pressionar Eryx desse jeito, mas não vou ajudá-lo se o mimar.

– Você não tem honra. Não tem senso de justiça a menos que ela o beneficie diretamente. Demitir empregados da propriedade para proteger seus segredos. Roubar este ducado de mim porque acha que o merece mais que eu. Provavelmente não teria nem interferido para me salvar de Lorde Barlas se não fosse você o culpado por ele ter...

Ele rosna e salta por cima da mesa de chá sem derrubar uma xícara sequer. Aterrissa na minha frente e cobre minha boca com a mão.

– Dá para calar a boca uma vez, pelo menos?

Eu o empurro.

– Não enquanto você não se transformar de volta. Encontre sua paz. Pense no objetivo.

Ele fecha os olhos, e eu continuo falando.

– Seu pai não se importou com você nem com sua mãe. Provavelmente foi você quem o afugentou.

Linhas finas surgem no canto de seus olhos, resultado do esforço que ele faz para me bloquear.

– Argus e Dyson só continuam com você porque têm uma dívida de gratidão. Eles não gostam de você de verdade. Eles me disseram que odeiam estar presos a você.

Ele abre um olho.

– Isso é ridículo.

Tudo bem, ele quer que eu jogue mais sujo. Pois eu vou jogar.

– Eu nem quero te ajudar de verdade. Só não quero que me envergonhe, porque meu nome e o seu estão associados. Se você cair, eu também caio.

Ele abre os olhos. Leva a mão às costas e ajusta a parte de trás da calça, o que revela que a cauda também brotou, e agora ele precisa de mais espaço.

– Foco! – grito para ele. – Que grande dificuldade pode haver em fazer uma coisinha só, Eryx? Simplesmente não seja um monstro. Seja o que precisa ser para encontrar sua paz.

Ele ameaça me morder, mas para pouco antes do meu pescoço. Ouço um *clique* dos dentes se encontrando no último segundo.

– Eu disse que seria perigoso – ele resmunga.

– E eu disse que não tenho medo de você. Controle-se. Como espera comandar um ducado se não consegue nem manter seus olhos castanhos? Vai matar todos os arrendatários quando se revelar a eles? Porque vai acontecer, é inevitável. – Faço as acusações sem saber se quero convencer a mim ou a ele de seus defeitos. – A primeira mulher que o pressionar demais, que implorar para dançar na próxima festa... Ela vai ser alvo de sua ira? Quantas vidas inocentes vai eliminar para poder manter seu segredo?

– Pelo jeito, todas menos a sua.

Nos segundos que levo para interpretar essa resposta, Eryx finalmente se controla. Retoma a aparência de homem normal, embora bonito demais para o próprio bem. Deveríamos nos sentir realizados. Ele conseguiu. Mas me sinto tão infeliz quanto ele parece estar.

– Não vamos repetir isso – ele avisa.

E fico olhando para suas costas enquanto ele se afasta.

CAPÍTULO 19

Bem, podia ter sido pior, acho. Eryx podia ter me matado. Podia nem ter se sentado comigo. Eu poderia não ter encontrado a lista de nomes.

Mas estamos chegando a algum lugar, finalmente. E sei um pouco dos planos dele. Só preciso de mais provas.

E preciso convencer o falso duque a enfrentar outra conversa. Ele tem que se abrir. Sentir-se seguro. Falar comigo como fala com Argus e Dyson. Não importa se causar seu sofrimento me faz sofrer. Isso é o melhor para mim.

Mas agora ele não está falando comigo.

– Eryx – chamo quando ele está saindo do escritório no dia seguinte.

– Não – ele responde antes de desaparecer no fim do corredor.

Quando tento segui-lo, Argus para na minha frente.

No jantar, ele acomoda seus "valetes" à mesa, um de cada lado dele, sem se importar mais com encenações. Os três conversam como os melhores amigos que são e me ignoram descaradamente.

Dyson conta uma história sobre um amigo de infância que quebrou o nariz dele.

– Ele só descobriu que tudo tinha sido um mal-entendido no dia seguinte. Na verdade, eu não beijei Calandra Karahalios.

Argus e Eryx gargalham, e Argus bate na mesa. Aperto os olhos para reprovar o gesto, mas nenhum dos dois está prestando atenção em mim.

Apesar de tudo, o saldo da minha conta bancária aumenta muito. Eryx deposita quantias altas regularmente. Não sei se ele pensa que está comprando meu silêncio ou se está pagando para eu ficar longe dele. De qualquer forma, não chegamos a nenhum acordo formal, então não vou fazer nenhuma das duas coisas.

Cerca de uma semana depois, recebo uma carta que me distrai dos meus esforços. Minha irmã enviou uma resposta. Eu a seguro entre os dedos por vários minutos, antes de abri-la.

Querida Chrysantha (não precisamos usar títulos em nossas cartas),

Odeio escrever. Não consigo pensar em nada mais chato, mas fico feliz por você ter alguma coisa para fazer no campo. Imagino que não seja surpresa que a vida na corte não traga mais nenhuma empolgação para você. Pôde passar todos os dias de sua juventude frequentando festas, bailes e outros eventos, enquanto eu era obrigada a ficar em casa e ouvir sobre essas situações depois que já tinham acontecido.

Eu estava farta de ser ignorada por todo mundo só por ser a segunda filha. Há palavras bem verdadeiras para você. Não creio que minha infância e a sua poderiam ter sido de algum outro jeito, já que a sociedade era feita para você e proibida para mim.

Tem um rabisco no papel, como se ela não soubesse bem o que escrever a seguir, mas a carta continua:

Passei muito tempo ressentida de você. Muitas coisas escapavam ao seu controle, mas algumas você podia ter controlado. Você podia ser bem cruel com as palavras. O único jeito de me proteger foi deixar de me importar com você.

Levei um tempo pensando nisso, e decidi acabar com esse ressentimento. Estou feliz com o caminho que minha vida seguiu. Eu me tornei quem sou por causa de você. Você, nosso pai, Hektor — todos vocês tiveram um papel na minha formação. Tornei-me não só uma excelente rainha, mas também uma mulher que vai atrás do que quer e emprega todos os meios necessários.

Você e eu fizemos o que foi possível para sobrevivermos. Eu encontrei felicidade e paz. Parece que você está perto de encontrar isso também.

Então, serei agradável, por ora. Se eu perceber qualquer sinal de falsidade em você, acabou... e dessa vez para sempre.

O amor fez toda a diferença. Ter Kallias mudou tudo, e só posso esperar que você também encontre alguém.

Lamento por seu amante. Ouvi comentários sobre o novo duque ser o motivo para ele ter desaparecido de sua vida. Não sei se ele teme abrigar uma mulher liberada sob seu teto ou qual pode ser o problema, mas não vou permitir que isso continue. Tive um motivo para mudar as leis, e, se ele não as respeitar, pode dizer a ele que vai ter que se ver comigo.

Aliás, como é o Zanita's? Ouvi dizer que é um lugar maravilhoso. Se não estivesse casada e feliz, eu mesma iria investigar.

Tudo de melhor,
Alessandra

Pego uma folha de papel e redijo uma resposta imediatamente.

Alessandra,

Gostaria de ter trocado de lugar com você. Eu teria adorado ficar em casa e não receber nenhuma atenção. Decidi que a única maneira de sobreviver era enfrentando aquilo tudo e encontrando uma situação ideal para mim. Sinto muito. Não pensei em você. Obrigada por compartilhar esse sofrimento comigo para eu poder entender melhor.

Há outra verdade. Eu sentia inveja de você. O jeito como era livre e ignorada, como tinha permissão para viver sua vida em paz. Você tinha relacionamentos de verdade, e eu fui convencida de que seria mercadoria estragada se não fizesse exatamente o que nosso pai queria. Queria poder ter sido como você. Com seus decretos, você está mudando realmente a vida das mulheres para melhor. Teve uma boa noção do que poderia fazer com seu poder; e eu me orgulho de você por isso.

O Zanita's é maravilhoso. Eu recomendo. Obrigada pela ameaça que vou poder usar contra o duque, caso ele se torne muito incômodo. E lembre-se: se algum dia o rei fizer alguma coisa para aborrecê-la, você pode ameaçá-lo com uma visita ao Zanita's.

Espero que ela entenda o comentário como a piada que é.

Tudo bem. Escrever não é para todo mundo. O que faz para se divertir além de costurar? Espero que consiga ter um tempo para você, apesar de tantas ocupações.

Sinceramente,

Chrysantha

Mando a carta por Doran no mesmo dia.

– Esse foi meu favorito até agora – Karla comenta na reunião seguinte do clube do livro.

– Concordo – diz Tekla, e as duas suspiram satisfeitas.

Admito, esse deve ter sido o título mais romântico que lemos para o clube do livro, e isso não é pouco, considerando que lemos romances praticamente o tempo todo. Até Damasus escolhe livros de romance, mesmo que a trama principal seja uma aventura com muita ação.

– Acho que não entendi o romance neste livro – digo. As cenas picantes eram excelentes, mas não senti que havia uma boa preparação para elas.

– O que tem para entender? – pergunta Damasus. – Os dois homens estavam encantados um com o outro desde o início.

Levanto uma sobrancelha.

– Eles se *odiavam* no começo.

– Exatamente – Karla e Tekla respondem juntas. Elas se olham e riem da coincidência.

– Ódio não é amor.

– É claro que não – diz Tekla –, mas é impressionante a frequência com que os dois coincidem.

Paro de repente. Lemos todos o mesmo livro? Não podemos estar falando sobre a mesma coisa.

– As duas emoções são muito fortes – Karla opina.

– Isso não quer dizer que sejam a mesma emoção. Estão em extremos opostos do espectro! – Minha voz soa mais aguda do que eu pretendia. Por isso, peço desculpas pelo destempero.

– Não quero dizer que elas se confundem por serem fortes – diz Karla.

– O que quer dizer, então? – pergunto.

– Quando você odeia alguém muito intensamente, a pessoa tem que ser digna desse ódio. Você não odiaria com ardor alguém que não vale sua atenção, ou que não se compara à sua inteligência e seu carisma. É preciso estar no mesmo nível, em condições de igualdade, para odiar tanto uma pessoa. E esse grau de ódio traz com ele algum respeito. Você reconhece que a pessoa é uma ameaça real. Que se compara a você.

Tekla assente com veemência.

– E, quando esse nível de ódio é acompanhado pelo mesmo nível de respeito, é muito fácil essa paixão se transformar em outra coisa.

Os pelos da minha nuca se eriçam, e sinto um arrepio nos braços. Olho em volta e examino a biblioteca rapidamente. Se não estivesse vendo que não tem ninguém ali, diria que alguém estava nos observando.

– Nunca pensei nisso dessa maneira – diz Damasus. – Gostei desse raciocínio.

– Por isso as histórias de amor sobre inimigos que se tornam amantes são tão populares – diz Tekla. – É o nível de sentimento. Uma intensidade. É muito dinâmico.

– É claro que nem todos os relacionamentos intensos precisam começar desse jeito – Karla propõe. E olha acanhada para Tekla. – A amizade também é um ponto de partida bom e poderoso.

– Definitivamente – Tekla concorda. As duas se olham, e Damasus e eu desviamos o olhar.

Vejo duas órbitas cor de âmbar flutuando sobre a fenda escura de uma fileira de livros, mas pisco, e elas desaparecem.

Mantenho a voz firme ao dizer:

– Achei que os dois homens da história eram horríveis um com o outro. As palavras trocadas, os socos... como se pode recuperar desse tipo de situação?

– Irmãos não se tratam terrivelmente mal, mesmo se amando? Dois amantes não podem fazer a mesma coisa? – Karla pergunta.

– Não – respondo. – Não, o amor tem que ser manso e carinhoso. Deve ser ofertado sem insultos e sem antagonismo.

– Em que mundo você vive? – Damasus pergunta, bem-humorado.

Karla dá risada.

– Um mundo onde a duquesa paga pelos favores dos homens. Para ela, o amor só está presente quando ela está no controle.

Tekla belisca seu braço.

– Que foi? – Karla pergunta.

E então ela vê minha expressão.

– Desculpe, Vossa Graça. Eu estava brincando. Não queria...

– O que você sabe sobre o amor? Vocês duas ficam se olhando e suspirando, mas têm medo de começar alguma coisa. Eu vou atrás do que quero, pelo menos!

O rosto da jovem fica vermelho, e Damasus olha para mim.

– Vossa Graça, não creio que tenha sido apropr...

– E você! Está sozinho desde que consigo me lembrar, Damasus. O que sabe sobre o assunto?

Os olhos do mordomo escurecem.

– Não sinto atração como as outras pessoas sentem, mas isso não significa que não gosto de ler esses livros e discuti-los. Quando foi que essa reunião azedou?

Olho em volta, procurando aqueles olhos, me perguntando se os vejo por estarem mesmo ali ou porque me livrar de Eryx tornou-se uma obsessão. O duque não pode estar ouvindo a conversa, pode?

Não encontro os olhos brilhantes em lugar nenhum e relaxo. Não, é claro que ele não está aqui. Tem coisas muito melhores para fazer em vez de ouvir uma discussão boba sobre a leitura de um romance. Estou afetada demais por tudo que aconteceu no último mês, é isso.

E meus amigos não são o motivo dessa raiva. Estou com raiva de mim por passar tanto tempo pensando em um falso duque.

– Peço desculpas pelas palavras ríspidas – digo, olhando diretamente para cada uma das garotas, depois para o mordomo. – Não estou bem hoje, mas isso não é justificativa. Vocês são meus amigos, merecem um tratamento melhor. Não vai acontecer de novo.

– Eu não queria falar daquele jeito – Karla responde, e não olha para Tekla nem uma vez. – A senhora foi muito maltratada pelo falecido duque. Ninguém condena suas escolhas. Todos nós fazemos o que é necessário para sobreviver. Para encontrar a felicidade. Acho que ela é diferente para cada um.

Mesmo com as mãos trêmulas, Tekla segura a de Karla. A garota não se esquiva do contato.

– Damasus, eu gostaria de conversar com você no corredor – falo de repente.

– É claro, Vossa Graça.

Saímos da biblioteca, e Damasus nem perde tempo perguntando se eu realmente preciso de alguma coisa. Quando fechamos a porta, ele vai para um lado e eu sigo apressada para o outro.

Estou me sentindo péssima pela maneira como me comportei. O ódio que sinto por Eryx não é desculpa para descarregar a irritação nos criados. Preciso melhorar. Vou dar o resto do dia de folga para as garotas terem um tempo juntas e a sós, para descobrirem o que querem uma da outra. E Damasus merece outro aumento de salário.

Então me lembro de que tenho que falar com Eryx antes de dar aumentos, a menos que queira tirar o dinheiro da minha pensão mensal.

Meu temperamento ameaça explodir de novo, e me tranco no quarto para que ninguém tenha que testemunhar isso.

Não deixo Eryx esperar mais que uns poucos dias antes de ir visitá-lo no único lugar onde ele não consegue fugir de mim.

– Mas que inferno! – ele grita depois que chuto o colchão. Ao ver que entrei em seu sonho novamente, Eryx geme aborrecido.

– Como consegue vir aqui? Não, *por que* continua vindo aqui?

– Você está me evitando.

– Porque não quero te ver.

Olho para minhas unhas.

– Agradeço pelos depósitos em minha conta, mas não posso cumprir minha parte do acordo se você não me deixa ajudá-lo a treinar um pouco mais.

– Você e seus acordos. Não os quero mais. Pegue o dinheiro e faça o que quiser com ele. Não me importo. Só me deixe em paz.

– Por quê? Fizemos progressos importantes quando treinamos juntos. Eu provoquei o monstro, e você o conteve.

Eryx alonga os pulsos.

– Senti vontade de rasgar sua garganta pelas coisas que disse.

– É por isso que se nega a tentar de novo? Feri seus sentimentos? Você sabe que não falei sério. Só estava tentando despertar suas emoções.

– Eu sei.

– Então qual é o problema?

– Não tem nenhum problema.

– Ótimo, encontro você amanhã depois do café para a próxima aula.

– Chrysantha!

– Que é?

Ele se levanta e enrola o edredom na cintura. Não é fácil. Finalmente, ele se contenta em segurar a coberta de um lado do corpo enquanto caminha em minha direção pelo chão empoeirado.

– Não posso continuar com as aulas.

– Por quê?

– Porque... você...

– Sim?

– Você me faz lembrar da minha mãe.

As palavras quase me acordam do sonho.

– Eu *o quê*?

Não é possível. Ele tem que me desejar, não posso parecer a mãe dele. Ele não vai me querer se eu provocar lembranças de sua mãe. Mães não são sexy.

– Não é uma semelhança física, é claro. Mas ela tentaria me dar aulas para falar da minha aparência, tentaria me convencer a me transformar, e não gosto disso.

– Ela também tentou te ajudar a controlar o monstro? – Por isso morreu? Ele perdeu o controle e a matou?

– Não foi isso que eu disse.

– Se ela não estava te ensinando a controlar a fera, então por que...? – Ela queria *despertar* o monstro?

– Sim, ela fazia de tudo para tentar promover a transformação. Como você fez. Não quero lidar com isso de novo.

– Por quê?

Receio que ele não responda, ou que minha pergunta tenha sido vaga demais.

Mas ele levanta a cabeça e olha para mim.

– Minha mãe me criou para um único propósito. Ela me *concebeu* para um único propósito, e tudo em minha vida foi predeterminado por ela, até que nos separamos, quando me alistei no exército. Até o alistamento foi resultado da insistência dela.

– O que ela queria de você?

Depois de uma pausa, ele responde:

– Vingança. Eu seria sua ferramenta para se vingar.

Depois dessa declaração, Eryx se vira e volta para a cama.

Meus olhos descem até sua bunda.

Ou logo acima dela, onde um pequeno triângulo preto e violeta espia por cima do edredom.

A ponta da cauda.

Meu queixo cai.

– Por que é roxa?

Ele para e olha para trás. Assim que seus olhos a encontram, a cauda desaparece. Ele me ignora e volta para a cama.

– Não vou mais recorrer à agressão verbal para fazer você se transformar – digo. – Consigo trabalhar sem isso.

– Como?

– Você mesmo já disse. A raiva não é a única coisa que te transforma.

Os olhos cor de âmbar se enchem de surpresa, e me obrigo a acordar.

Ele que fique cozinhando essa ideia. Ele que fique virando de um lado para o outro no colchão enquanto pensa em como planejo despertar suas paixões e forçá-lo a se transformar.

Um sorriso enorme distende meus lábios quando volto ao meu quarto. Da próxima vez, não vou procurá-lo. Ah, não. Eryx virá atrás de mim. Acabei de garantir que isso aconteça.

Orgulhosa de mim mesma, adormeço em minha cama dessa vez.

Não sei há quanto tempo estou apagada quando um estalo trovejante ecoa em meus sonhos, mas, quando abro os olhos, outro estrondo acontece. Em seguida, minha porta é arrancada das dobradiças e cai no chão. Primeiro, presumo que seja Eryx. Quem mais teria força para isso? E ele ainda está muito fresco em minha cabeça depois de mais uma visita.

Mas não é Eryx que ocupa o espaço onde antes havia uma porta.

CAPÍTULO 20

Dezenas de homens entram no quarto, é como uma onda. Ouço um deles soluçar, e outro ri e bate no braço do primeiro.

– Não vejo monstro nenhum aqui – diz um deles.

Outro gira para inspecionar o quarto todo. Quando o luar ilumina seu rosto, eu me encolho.

Sua aparência é mais hostil que a de Argus. Braços enormes, barba cheia e desgrenhada, expressão austera.

– Sarkis, isso aqui parece ser a suíte master?

Esse é o homem que tem chantageado Eryx?

– Sim – Sarkis confirma. – Mas não tem nenhum senhor da mansão aqui. – Ele arrota alto e se dirige à minha cama.

Pulo dela pelo outro lado, sentindo o estômago revirar enquanto o coração bate como se quisesse fugir do peito. Por que esses homens estão aqui?

Pela primeira vez, eu queria que Eryx não dormisse tão longe de mim. Esses homens vieram atrás dele. Não de mim.

– Por que está na cama do duque? – Sarkis me pergunta. – Ele está te comendo?

– Você não vai invadir meu quarto e fazer perguntas indecentes.

O homem dá mais um passo.

– Vou perguntar o que eu quiser.

– É – diz outro. – É melhor cooperar, ou vamos fazer com você o que fizemos com o mordomo.

Damasus.

– Vocês machucaram meus empregados?

Dou a volta na cama, pensando em passar por eles e ir atrás de Damasus e do resto dos criados, mas um braço enlaça minha cintura.

– O que pensa que está fazendo? – pergunta um dos homens.

Outro diz:

– Já está vestida para ir para a cama. Melhor voltar para lá, e eu te acompanho.

Tento me livrar do braço que me segura, mas ele me aperta como uma prensa. Uma onda de pânico me invade. Arranho o rosto do homem que me segura.

– Aaah – ele grita, e me solta para tocar a pele ferida com dedos cuidadosos. Recuo até a parede, colocando a maior distância possível entre mim e eles.

– Damasus! – grito. – Damasus, está me ouvindo? Você está bem?

– Ela me unhou! – diz o homem que agredi, voltando para Sarkis o rosto ensanguentado.

– Não devia ter tocado na senhora – responde o líder do bando. – Não é para isso que estamos aqui. Precisamos encontrar o monstro e dar um jeito nele.

– Talvez isso ajude. – Outro homem sem nome se destaca do grupo. Colo as costas à parede, mas não consigo escapar. Ele se aproxima de mim. E dá uma bofetada no meu rosto.

Grito e me encolho, levando a mão à pele atingida.

– Vai ter que gritar para nós, moça – ele diz.

– O quê?

– Eu falei para gritar. – Ele segura meu cabelo e puxa, e eu choramingo de dor. Tento chutá-lo, mas o ângulo não me favorece e não consigo fazer contato.

– Acho que ela não gosta dos seus métodos – comenta outro brutalhão. – Vamos experimentar os meus.

Grito antes que a faca encontre minha pele, mas, quando a lâmina me toca, o grito vira um berro agudo. Ele começa no pulso, subindo lentamente e com uma precisão deliberada, enquanto o outro homem me segura.

Resisto e luto com toda a força que tenho, me contorcendo e me debatendo. Quando isso não funciona, tento soltar o peso do corpo, mas eles são muito fortes. Meus gritos de dor são a única constante enquanto a faca segue riscando uma trilha em meu braço, e grito mais alto quando ele começa a empurrar o metal com mais força.

Então uma sombra se move na minha frente. O homem com a faca voa de encontro ao guarda-roupa, e a madeira racha antes de ele cair no chão. O que me segurava se assusta e vira, e finalmente solta meus braços.

Estou apavorada demais para olhar o estrago. A dor parece se espalhar por todo o antebraço, e sinto o sangue escorrer, pingando dos dedos. Os gritos se transformaram em soluços, e vejo por entre as lágrimas outro grandalhão voar para o teto, bater no lustre e amassar o gesso do forro. Outro homem amortece sua queda ao passar por baixo dele deslizando no chão, e uma chuva de cacos de vidro cai sobre os dois.

A sombra continua a se mover com uma velocidade impossível. Voa na direção do homem que me segurava. No instante seguinte ele está voando, estilhaçando minha janela e desaparecendo do lado de fora.

Agora sou a única que continua gritando no quarto.

Tiros são disparados e eu me jogo no chão, ou melhor, caio, depois de escorregar em uma poça do meu próprio sangue. Quero cobrir a cabeça com as mãos, colar o rosto no tapete felpudo, mas não consigo deixar de olhar para a sombra e para o que pode vir a seguir.

Racionalmente, sei que é Eryx se livrando dos homens um a um, mas quando vejo os invasores descarregarem as pistolas nele sem sequer reduzir sua velocidade, é fácil imaginá-lo como uma coisa inteiramente diferente. As balas caem no chão, imprestáveis, depois que suas habilidades de cura as expulsam de sua carne. Não ouço o barulho metálico, mas as vejo rolando pelo chão, amassadas no local onde fizeram contato com o corpo dele. Sei porque uma delas para ao lado do tapete sobre o qual estou. Eu a pego e aperto entre os dedos, dando a mim mesma algo tangível para sentir enquanto testemunho toda a selvageria que me cerca.

Eryx levanta um homem e o quebra ao meio sobre o joelho. Arranca os braços de outro. Acerta um soco no joelho de um, e ouço a patela se esfacelar antes de o sujeito cair no chão. Eryx esmaga seu crânio com o pé, e o invasor não se mexe mais.

Um a um, todos vão caindo, e continuo ali deitada com a cabeça virada de lado, assistindo a tudo como se estivesse sonhando, mas isso é um pesadelo.

Eryx quebra o pescoço do último homem que ainda está em pé, e tudo vira silêncio.

As luzes se acendem, embora mais fracas que antes, agora que o lustre foi parcialmente arruinado. Mesmo assim, a verdadeira extensão do horror da situação se revela diante dos meus olhos, em detalhes pavorosos.

Móveis quebrados, ossos quebrados, vidro quebrado. Sangue jorrando, miolos espalhados, saliva escorrendo. Pelo menos um homem se urinou todo antes de morrer e outro tem o rosto paralisado em um grito de morte.

E, no meio de toda essa carnificina, também há beleza.

Porque posso *vê-lo.*

Olhos cor de âmbar, orelhas pontudas, caninos alongados, chifres salientes. Ele parece enorme de onde estou, deitada no chão. Só conseguiu vestir a calça e calçar as botas antes de subir todas as escadas. Como ele soube que eu estava em perigo? Estava tão longe, lá embaixo, no porão...

Buracos de balas marcam a frente de seu corpo, mas em vez de sangue...

Sombras saem de dentro dele. Sombras negras brotam dos ferimentos, empoçam no chão antes de ele as pisotear. Porque, sim, ele está se movendo.

Caminhando em minha direção.

Ele cai de joelhos, e suas mãos tremem quando olha para mim com aqueles olhos cor de âmbar. Acho que ainda estou choramingando de dor.

Ele pergunta em voz baixa:

– Consegue se levantar?

Balanço a cabeça com veemência.

– Tudo bem. Fique aí, então. – A mão toca meu braço machucado. Chifres e presas desaparecem quando ele volta à forma humana.

Eu me encolho antes mesmo de seus dedos fazerem contato.

– Calma – ele diz. – Não vou te machucar, Chrysantha. Não precisa ter medo de mim.

E, apesar de tudo, dou risada.

– Eu? Com medo de você? Fala sério.

Sua expressão confusa é absolutamente cômica, com os olhos de lobo ainda visíveis.

– Então por que...

– Meu braço está doendo, ora. Não quero que toque nele!

Ele inclina o corpo para trás, como se minha resposta o chocasse. Quando balança a cabeça para mim, como se não conseguisse acreditar no que vê, percebo alguma coisa se movendo atrás dele.

É Sarkis. Ele deve ter se escondido atrás da porta antes de Eryx entrar no quarto, e ficou lá esperando sua chance. Agora se aproxima de Eryx pelas costas, e está armado com a espada mais grossa que já vi.

Mais que isso, Sarkis parece diferente de antes. Estou vendo orelhas pontudas no meio do cabelo despenteado? E uma sutil sugestão de chifres. Não como os de Eryx. Não, eles têm a metade do tamanho e são amarelos.

Não penso antes de gritar:

– Atrás de você!

Eryx gira e agarra o pescoço de Sarkis.

A espada se move e atravessa o peito de Eryx. Mais sombras vertem de seu corpo. Eryx joga Sarkis para longe, e o homem consegue aterrissar em pé, embora tenha perdido a espada.

– Isso acaba aqui – Eryx grita, e se joga sobre o outro homem. Sarkis deveria estar morto. Como ele consegue enfrentar toda a força sobrenatural de Eryx? Mas o homem bloqueia os golpes e até retribui alguns.

Ao primeiro ferimento que deveria ter arrancado sangue de Sarkis, sombras se derramam dele.

– Você fez isso comigo – Sarkis grita, tentando dissipar a escuridão nebulosa.

– Salvei sua vida!

– Não, você me transformou em um monstro.

– Não, eu te dei minhas habilidades acidentalmente. Você se tornou um monstro por conta própria.

Sarkis ataca e joga Eryx no chão. Ele cai não muito longe da espada, mas não consegue alcançá-la.

Esqueço a dor, corro e chuto a espada para perto dele. Quando os dedos de Eryx seguram a arma, ele a levanta e a atravessa o pescoço do adversário com a lâmina, cortando sua cabeça.

Não tem sombras saindo do ferimento.

Não tem nada, só carne morta em cima de Eryx. Porque esse é um ferimento que nem as sombras podem curar.

Decapitação é a única maneira de matá-lo.

Não consigo.

Nem quer, retruca uma voz mais baixa. *Você acabou de ajudá-lo a escapar da morte.*

Sim, porque havia um monstro desconhecido no meu quarto, e ele teria me matado em seguida.

Eryx empurra o peso morto de cima dele e se levanta.

– Obrigado – diz, antes de examinar meu braço.

Eu me atrevo a olhar. A faca percorreu metade do antebraço; minha pele está aberta, e ainda tem sangue escorrendo do corte. Vejo alguma coisa branca em meio a um pedaço de músculo vermelho.

Quase desmaio quando percebo que é osso.

Mordo a boca por dentro, para continuar acordada, e não me atrevo a mexer o braço.

– Damasus – murmuro. – Eles o machucaram. Você precisa...

– Cuide de você – ele disse. – Já volto com o material.

– Não, por favor. Veja se ele está bem. E o resto da criadagem. Não, espere, eu faço isso. – Balanço antes de dar o primeiro passo. Eryx me segura pelos ombros, e estou tão perto dele que as sombras que transbordam de seus ferimentos me tocam.

Não são frias nem quentes ao toque. São só movimentos, como se uma brisa muito leve roçasse minha pele antes de seguir para o chão.

– Calma – ele diz. Quando examina meu braço, suas presas reaparecem, dando a ele uma aparência feroz. – Eles cortaram você.

– Eu sei.

– Na minha casa.

– Não é uma casa. Nem é sua. – As palavras não têm força.

Ele fecha os olhos, contrai os músculos do rosto, mas, pela primeira vez, não acredito que tenha sido alguma coisa que eu disse.

– Foi culpa minha – sussurra.

– Está certo. Fique aí se acabando em autopiedade. Tenho que cuidar dos meus empregados.

– Eu cuido, se prometer que vai ficar sentada e quieta até eu poder chamar um médico.

– Não pode fazer isso.

– Por que não?

Aponto para as poças de sombras a seus pés.

– Isso vai parar em um momento.

Olho para o espetáculo, para a impossibilidade do que estou vendo. As sombras são muito parecidas com as do Rei das Sombras, mas funcionam de outro jeito, é evidente.

Ainda estou segurando a bala.

Passos rápidos se aproximam pelo corredor. Eu me jogo na frente de Eryx, como se pudesse protegê-lo e esconder suas habilidades da equipe, mas são só Argus e Dyson.

– De que precisa? – Argus pergunta.

– Mande buscar um médico. Chrysantha está muito machucada.

Argus reage como se essa fosse a última coisa que gostaria de fazer, mas Dyson responde:

– Estou indo.

Quando olho novamente para Eryx, os ferimentos fecharam e as sombras se dissiparam. Seus olhos são novamente castanhos.

– Damasus – insisto quando começo a ver tudo meio embaçado.

– Certo – diz Eryx. – Argus, vá verificar como estão os empregados, todos eles. Veja quem precisa de ajuda. Depois vá...

Eu não escuto o restante.

Quando abro os olhos, sinto uma agulhada ardida no braço que está latejando.

A ferida está doendo mais do que quando foi feita. Tem cheiro de álcool, e, quando me viro, sinto uma agulha na pele, o começo de um ponto. Não estou mais no meu quarto, mas na suíte da duquesa novamente, talvez por haver menos homens mortos ali.

Quando olho para cima, eu me deparo com um médico idoso e tranquilo me observando.

– Está acordada, que bom – ele diz, e puxa a agulha para fora da minha pele. – Lamento pela dor, Vossa Graça, mas não podia beber isto aqui antes de recuperar a consciência. – Ele me oferece um copo.

– O que é isso? – pergunto.

– Láudano. É para diminuir a dor.

– Não posso. Tenho uma reação terrível a isso. – Sou assim desde criança.

– Nesse caso, receio que vá sentir muita dor. Pelo menos estava desacordada quando cuidei da limpeza da região.

Quanto mais tempo passo acordada, mais as lembranças voltam.

– Damasus – falo. – Já viu meu mordomo?

– Ainda não, Vossa Graça. O duque deixou claro que seu atendimento era a prioridade.

Puxo o braço da mão dele e faço careta ao sentir a dor provocada pelo movimento.

– Vá cuidar dele – ordeno.

– Vossa Graça, o ferimento está aberto.

– E você acabou de dizer que o limpou. Eu consigo esperar. Vá ver como estão meus empregados primeiro.

– Mas o duque...

– Vai ficar aborrecido com a demora. Agora vá. Garanto que não vou permitir que trabalhe em meu ferimento enquanto não examinar todos os empregados.

Ele fica tenso, mas responde:

– Sim, Vossa Graça, mas vou ter que informar ao duque que está recusando atendimento.

– Faça isso. Agora vá.

Tento não olhar para o meu braço quando o apoio com todo o cuidado sobre a mesa ao meu lado. Sinto um latejar profundo que acompanha cada batida do meu coração. Deixo escapar um gemido, mas mantenho minha decisão. Damasus não pode morrer. Ninguém pode morrer. Eles não podem...

A porta se abre com um estrondo, e eu me assusto; o movimento me faz sufocar um grito de dor.

– Está recusando atendimento? – Eryx grita.

– Eu disse que queria que Damasus fosse examinado primeiro. Você não me ouviu.

– Os ferimentos de Damasus não são tão graves quanto os seus!

– Não importa.

Não consigo me mexer muito, mas viro a cabeça para o outro lado, encerrando a conversa.

– Muito bem – ele diz, e espero que saia do quarto. Em vez disso, ouço barulho de água. O que ele está fazendo? Eu me viro e o vejo no lavatório, ensaboando as mãos com vigor.

– O que acha que está fazendo?

– Não sou médico, mas precisei fazer isso dezenas de vezes no exército. Se não deixa o profissional cuidar de você, eu cuido.

Ele enxuga as mãos antes de se sentar ao meu lado. Pega a agulha e a linha que o médico deixou.

Quando o encaro, vejo os olhos cor de âmbar me desafiando a protestar.

Não tenho como fugir. E tenho a sensação de que, dessa vez, Eryx vai simplesmente me nocautear se eu não colaborar.

– Certo. – Dou as costas para ele, deixando o braço exposto.

Quando sinto a cadeira ao meu lado se mover de novo, eu me preparo para a dor. Mas o suspense é demais, e olho para aquele homem detestável.

– O que aconteceu, afinal? – pergunto. – Você lutou contra aqueles homens, depois conversamos. E aí Argus e Dyson apareceram. Não me lembro de nada depois disso.

A agulha paira sobre minha pele, e uma expressão de culpa surge no rosto de Eryx.

– Você desmaiou – ele diz.

– Desmaiei?

– Sim, chegou muito perto de mim, acho.

Franzo a testa, e a agulha penetra minha pele. Eu me encolho, tremo ao sentir a dor que me impede de reagir a essa condição ridícula.

– Está doendo!

– Eu sei, mas faltam uns dez pontos, pelo menos.

Sinto o tremor se intensificar e tento continuar falando.

– Damasus está muito machucado?

– Ele apanhou muito. Tem vários hematomas, mas nada quebrado a não ser o nariz, que o médico vai precisar endireitar. O mordomo estava com boa disposição quando o vi, e tenho certeza de que está lidando com o tratamento bem melhor que você.

Ele puxa a linha cirúrgica por minha pele e aperta o ponto. Ranjo os dentes e quase mordo a língua.

– Você sangrou muito mais do que eu tinha percebido – Eryx comenta em tom tranquilo. – É impressionante que tenha demorado tanto para perder a consciência. Até que eu levantei o seu braço, e isso ajudou a diminuir bem o sangramento. Toda a criadagem queria ficar aqui ao seu lado, especialmente aquele lacaio, Kyros. Mas ordenei que se retirassem. – Ele perfura a pele com a agulha de novo, e por pouco não grito.

Olho para ele com ar ameaçador. Eryx vestiu uma camisa limpa depois do ataque e não tem nenhum arranhão.

A leveza com que ele fala... não sei por que sinto que não posso confiar nisso.

– Como soube que eu estava em perigo? – pergunto.

– Ouvi seu grito.

– Lá do porão?

É a vez de Eryx hesitar.

– Sim, do porão. Desde quando você sabe?

– Faz pouco tempo. Deduzi a partir da proximidade com a biblioteca.

– Inteligente demais para o próprio bem, como sempre.

– Eu tive que investigar. Você é um mistério, e não gosto de mistérios. Gosto de saber tudo.

– Consigo entender por que sou tão irritante para você, então.

– Você não pode imaginar o tamanho da lista de suas características irritantes, Eryx. Quer que recite para você? Eu... Ai!

Ele prende outro ponto e fecha os olhos ao ouvir meu grito de dor. Seu rosto se contrai como se ele tentasse conter um ataque de alguma coisa. Raiva? Fúria?

Por mim?

– Me diga por quê – exijo, porque preciso de outra distração.

– Por quê?

– É, *por que* você veio?

Ele não fala nada, e eu continuo.

– Eles teriam me matado. E você estaria livre de mim, finalmente. Não haveria mais pressão para revelar seus segredos. Você não teria que se preocupar com a possibilidade de eu espalhar o que sei. Estaria livre de mim, teria o ducado inteiro só para você. Pensei que tivesse trazido esses homens aqui para fazerem o trabalho por você.

Ele olha nos meus olhos, detendo a agulha antes do próximo ponto.

– Eles vieram por minha causa, mas não foi um convite para te fazer mal.

– Nesse caso, teria sido um acaso feliz para você. Então vou perguntar de novo: por que os deteve? Por que expôs suas habilidades de novo? Você podia ter conseguido tudo o que queria.

Vejo os olhos dele se tingirem de âmbar mais uma vez.

– Nem tudo.

Não digo nada quando ele dá o ponto seguinte, esperando que continue. Eryx fica em silêncio até que deixo escapar outro gemido de dor, apesar de todo o esforço para me controlar.

– Se quer saber, não é tão inteligente quanto pensa que é – ele acrescenta.

Ele precisa de mim para alguma coisa? Algo que só pode ter se a duquesa viúva estiver viva? O que não estou enxergando aqui?

Eryx se inclina sobre meu braço e sopra minha pele cortada, a carne viva.

– Quero saber por que você deu o alerta, Chrysantha.

– O quê?

– Você me avisou sobre o homem que se aproximava de mim pelas costas. Eu já estava ferido, sangrando sombras por todos os lados. Pensou em me poupar de mais dor? Ou achou que ele seria capaz de me matar e quis me salvar? Ele poderia ter me matado. Não sou completamente imune. Ele podia ter tirado minha vida, e você teria tudo. A mansão, o patrimônio, os empregados, o dinheiro. – Uma pausa. – Seu amante de volta. Tudo seria seu outra vez. Deve ter pensado nisso. Por que me avisou, então?

– Você tinha acabado de me salvar. Eu te devia essa.

– E agora estamos quites? Da próxima vez que eu estiver em perigo, você vai me deixar morrer?

– Sim.

Ele sorri, exibindo aqueles caninos afiados, e meu coração para durante um segundo quando os vejo. Mas em seguida ele recupera a seriedade e o foco, e continua a me costurar.

– Sinto muito por você ter acabado machucada, Chrysantha. – A voz dele treme, e nós dois ficamos surpresos. – Eu não devia ter deixado as coisas chegarem a esse ponto. Nunca pensei que Sarkis fosse capaz disso. Se eu tivesse pensado por um segundo que você estava em perigo, garanto que teria feito algo mais. Nunca tive a intenção de permitir que meu passado a prejudicasse.

– Quem eram aqueles homens? Por que eles o queriam morto?

– Sarkis era do meu regimento no exército. Houve um incidente com o inimigo. Nós dois fomos feridos. Eu o joguei sobre as costas e o levei para uma área segura, mas ele sofreu uma exposição prolongada às minhas sombras enquanto meus ferimentos cicatrizavam. Elas fluíram para as feridas abertas dele.

Minha boca aberta forma um O.

– Sarkis adquiriu algumas das minhas habilidades. A força sobrenatural e o poder de cura. No começo, ficou contente. Gostou do fato de que nos tornamos invencíveis no exército, mas não era cauteloso sobre se mostrar. O rei emitiu um mandado de prisão para ele. Tive receio de que Sarkis me revelasse. Tentei acabar com ele e não consegui. Naturalmente, ele se voltou contra mim depois disso. E tem me perseguido desde então.

Ranjo os dentes para aguentar mais um ponto.

– E não pensou que eu precisava saber sobre ele.

– Eu contei. Só não pensei que ele representasse um perigo para você.

– Precisa começar a confiar em mim em relação a essas coisas. Podíamos ter contratado seguranças para guardar a propriedade. Podíamos ter impedido isso.

– Eu... não estou acostumado a confiar nos outros.

Olho diretamente para o meu braço.

– Quando as consequências afetam mais gente além de você, talvez deva confiar.

Ele se retrai.

– Anotado.

Eryx volta a trabalhar no meu braço e aperta um pouco mais o próximo ponto.

– Correndo o risco de parecer patética, isso dói *de verdade.* Pode tentar ser um pouco mais delicado? Nem todo mundo tem essa cura sobrenatural.

– Você não é patética. Esse corte é muito profundo. Vai deixar uma cicatriz impressionante.

Uma cicatriz?

– Nunca tive uma cicatriz.

– Não faça essa cara. Cicatrizes são coisas boas. Significam que você sobreviveu.

– Só sobrevivi por sua causa. – Estava indefesa. Totalmente vulnerável, contando apenas com a camisola para me proteger. Não consigo me lembrar de outra ocasião em que tenha sentido tanto terror.

– Nenhum ser humano teria conseguido vencer tantos sem uma arma.

– Nesse caso, hoje me sinto grata por você não ser inteiramente humano.

Engulo um soluço ao sentir mais uma picada da agulha, e Eryx contrai os músculos do rosto.

– É o último. – Ele prende o ponto, espalha um tipo de pomada analgésica sobre a pele costurada e começa a cobrir o ferimento.

Eryx volta ao lavatório para se lavar. A caminho da porta do quarto, ele diz:

– Descanse, duquesa. Seu corpo precisa se curar.

Já estou jogando as cobertas longe.

– Nada disso. Preciso ir ver Damasus. Meu quarto foi destruído. Vai precisar de uma faxina. Alguém vai ter que falar com o chefe de polícia quando ele chegar. Tenho que encomendar móveis novos.

– Para você, o problema é sempre a maldita mobília.

– Se cada coisinha minha te irrita, pode ir embora.

– Cada coisinha sua não me irrita.

– Todas as evidências apontam o contrário. – Tento passar por ele, mas ele dá um passo para o lado e fecha a passagem.

– Você me respeita? – Eryx pergunta de repente.

– O quê?

– Você me odeia tanto porque, em algum nível, reconhece que somos iguais?

As palavras atingem meu estômago. Ele *estava* ouvindo a discussão do clube do livro!

– Nunca poderíamos ser iguais. Não enquanto você detém todo o poder – digo.

– E se eu não tivesse poder?

– Então eu não teria motivo para te odiar, teria?

Os olhos dele cintilam com um tom profundo de âmbar, e tento rever o que eu disse para aborrecê-lo. Não consigo pensar em nada, por isso devolvo a pergunta.

– Você me vê como uma igual?

– Eu te respeito.

– Mas não me vê como uma igual?

– Vejo você como... – A voz some, mas os olhos não se desviam dos meus.

– Alguma coisa para ferir? Matar? E daí? Você disse que era capaz de controlar a fera.

– E sou.

– Então por que está olhando para mim com olhos de brasa? Está ficando estranho. Eu...

Eryx dá um passo em minha direção, e eu recuo tanto quanto posso ao ver seus caninos crescendo. Quando encontro a parede, seguro o braço machucado e o mantenho longe de lá para impedir novos ferimentos. Eryx desliza um dedo por meu pescoço, repetindo a linha que a fera desenhou com os dentes.

– Você nunca teve medo do que eu sou. Gosto disso. A fera vibra com isso. Vejo você como mais que uma igual, Chrysantha. Você é muito melhor que eu.

– Eu já sabia disso.

E, como se o comentário sarcástico fosse mais do que ele pode suportar, seus olhos descem até minha boca antes de seus lábios encontrarem os meus.

CAPÍTULO 21

A PRESSÃO SÚBITA ME ASSUSTA, MAS AO MESMO TEMPO EU DEVIA SABER QUE AS coisas nos levariam a isso. Porque é sempre a isso que elas levam. É o que os homens querem de mim. Sou uma beleza rara. Algo de que os homens querem se apoderar. Eles sempre querem tomar, tomar, tomar.

Depois do encontro inicial de nossos lábios fechados, ele recua um pouco, o suficiente para caber um fio de cabelo entre nós. Depois respira fundo, como se me absorvesse. Ou se equilibrasse. Fica parado por um segundo, tão quieto que penso que pode estar travando uma luta consigo mesmo.

Nossas testas se tocam. Ele roça o nariz no meu. Depois os lábios me procuram. Não só minha boca.

Ele desliza os lábios pela linha do meu queixo. Mal tenho consciência do motivo de estar permitindo isso. Curiosidade mórbida, talvez?

Quando a boca toca minha orelha, ele sussurra com um rosnado profundo:

– Diga onde gosta de ser beijada.

Essas palavras... elas fazem alguma coisa comigo. Algo desperta dentro de mim. Alguma coisa que esteve adormecida durante muito tempo. Uma energia inquieta vibra sob a pele, e eu jogo o bom senso pela janela.

Levanto a manga longa da camisola e exponho o pulso do braço ferido, desenho um círculo lento sobre as veias logo abaixo da mão.

– Aqui.

Com os olhos cor de âmbar nos meus, ele segura meu braço e o leva à boca, olhando para mim enquanto beija a pele. Acho que gosta do que encontra, porque levanta mais a manga e expõe a parte interna do meu cotovelo. Dentes e lábios deslizam para cima até encontrarem o ponto de pulso ali. A língua se projeta e acaricia minha pele, me queima com uma lambida rápida.

Controlo a respiração, mas agora estou excitada demais.

– Aqui – murmuro, tocando a base do meu pescoço com dois dedos.

Ele dá um passo à frente, tira minha mão do lugar, entrelaça os dedos nos meus e encosta nossas mãos unidas na parede sobre minha cabeça, inclinando o corpo para o meu. Sinto primeiro seu hálito quente provocando minha pele sensível. Seus lábios trabalham em meu pescoço com uma paciência infinita. E são infinitamente obedientes quando exijo "mais forte" ou "mais embaixo".

Ele desce bem abaixo da linha do decote, atendendo ao meu comando. Dando, dando, dando.

Além do ponto de contato entre a mão dele e a minha, entre os lábios dele e os meus, não nos tocamos. Ele não me agarra, não me apalpa, só entrega exatamente o que peço.

E, pela primeira vez na vida, não consigo suportar isso.

Solto a mão dele e Eryx endireita o corpo, pensando, talvez, que quero fazê-lo parar. Parar com isso. Mas agarro seu rosto e o puxo para o meu para beijá-lo de verdade. Mas ele se mantém imóvel. Não se envolve. Não corresponde ao beijo.

Eu o seguro com o braço esticado para poder olhar para ele. Seus olhos são líquidos, as presas espiam por entre os lábios, e ele me encara com uma emoção que só posso descrever como fascínio.

– Que foi? – pergunto.

– Nada. Eu... nunca fiz isso antes, e não quero te machucar, ou correr o risco de deixar a fera sair, ou...

– Nunca fez o quê?

Ele olha acanhado para minha boca.

Beijar. Ele nunca beijou antes. Como isso é possível? Esses lábios dele são perfeitos para beijar.

– Você não vai me machucar – digo, quase maluca com o desejo de um beijo de verdade. Não quero ser só beijada. Quero ser devorada. Quero perder o juízo. – Sente que está perdendo o controle?

– Agora não.

Isso me surpreende.

– O que é, então?

Ele segura uma mecha do meu cabelo preto. Começa a enrolar a mecha em um dedo.

– Você foi ferida por todos os homens de sua vida. Não quero ser mais um. Você precisa me dizer o que é aceitável. Não sei onde te tocar, nem onde te beijar. Não sei o que é muito ou pouco, com minha força adicional. Não quero te machucar – ele repete.

Não tenho resposta. Nenhuma. Estou surpresa e emocionada. Isso nunca aconteceu antes. Ninguém jamais me disse nada parecido.

Nem Sandros, que me dava prazer, perguntou o que eu queria. Ele dava e tomava, e eu concordava com quase tudo porque queria experimentar tudo. Mas isso? Ter uma escolha de fato... isso é real? Ou é só uma coisa que ele pensa que quero ouvir?

– Você nunca fez isso antes, de verdade? – pergunto, porque não sei o que mais posso dizer.

– Nenhuma mulher nunca soube o meu segredo. Eu não podia correr o risco de estar tão perto de alguém. Não consigo manter tudo isso escondido quando sinto essa... paixão.

– É isso que sente por mim? Paixão?

– Você. Você me faz esquecer todas as regras e todos os motivos para tudo. Você me faz querer acreditar que é possível não ser sozinho para sempre. Você me faz querer tomar posse do mundo todo e entregá-lo a você em uma bandeja de prata. É diferente de todo mundo que já conheci. E, deuses, eu amo sua boca. O jeito como ela sorri. As palavras que saem dela. A sensação dela na minha. Olhar para os seus lábios me faz salivar.

Mordo o lábio inferior, tentando pensar em uma resposta. Qualquer coisa. No entanto, como se não pudesse mais se conter, ele me beija de novo. No começo os movimentos são desajeitados, enquanto ele tenta entender como nossas bocas trabalham juntas. Mas isso dura apenas alguns segundos, antes de eu estar me afogando em seus beijos. E é bom demais ser beijada de novo. Quando os movimentos ficam mais lentos, penso que ele vai parar. Mas percebo que está apenas me entregando o controle de novo, deixando que eu dite o ritmo.

Deuses, isso é incrível. No controle, mas descontrolada. Sentindo como se pudesse fazer qualquer coisa. Quando vou enlaçar seu pescoço, sufoco um gemido e recolho o braço ferido, que está latejando.

– Você está machucada – Eryx diz em voz alta, como se o lembrete fosse para ele também. – Merda, o que estou fazendo? Me desculpa. Eu devia te colocar na cama.

Arqueio uma sobrancelha.

– Sozinha. Você precisa descansar e se curar. Eu cuido de todo o resto.

Ele não sai imediatamente, fica ali parado olhando para mim como se esperasse alguma coisa.

– Que foi? – pergunto.

– Concorda com isso?

Concordar? Ele está falando sério?

– Você sente meu gosto uma vez, e de repente vai se comportar como se desse importância ao que eu penso? Por que se incomodar, se vai voltar a me dar ordens como sempre faz?

Ele reage com uma risadinha incrédula.

– É isso que você quer? Que as coisas continuem como eram antes?

– E você não? Deve ter cometido um deslize, um erro de julgamento, não é?

– Eu cometi um erro de julgamento?

– Bem, não posso ser responsabilizada por meus atos. Estou sob o efeito do láudano. – A mentira sai fácil. Fácil demais, e a uso para me proteger.

Eryx reage com uma expressão horrorizada. Ele olha em volta e encontra o copo que o médico deixou para mim. O que contém o analgésico que não tomei, mas ele vai concluir que a dose extra é para ser consumida depois, se eu sentir necessidade.

Ele passa as mãos no cabelo, até arranca alguns fios.

– Desculpe. Eu não sabia. Jamais teria...

Eryx para de falar e sai da suíte da duquesa sem olhar para trás, mas não bate a porta.

Estou exausta, com o braço latejando, mas minha mente não permite que eu encontre alívio no sono, nem depois que vou para a cama. Está fixada naquele homem horrível, em seus beijos e em suas palavras gentis. Em como o magoei ao permitir que pensasse que tirou proveito de mim. A culpa me consome, mas não posso deixar que ela vença.

Eryx... disse as palavras certas, fez as coisas certas, mas não posso confiar em nada disso. Os homens dizem e fazem tudo o que podem para conseguir o que querem. Ele sentiu meu gosto. Ou vai superar a obsessão ou vai querer mais. Seja como for, posso lidar com isso.

Durante a quinzena seguinte, vejo policiais entrando e saindo. Homens do necrotério chegam para recolher os corpos. Uma equipe especial de limpeza é recebida na mansão para fazer uma faxina completa na suíte master.

Não sei se vou conseguir dormir lá de novo, depois do que aconteceu. Muitas coisas pavorosas aconteceram naquele quarto. Talvez eu deva emparedá-lo e deixar que desmorone com o tempo.

Não tenho ideia do que Eryx diz ao chefe de polícia, mas tenho certeza de que envolveu Argus e Dyson em seu depoimento, porque é mais fácil acreditar que três homens derrotaram mais de uma dezena de invasores.

Visito Damasus, que finalmente se recuperou o suficiente para receber visitantes.

– Não abri a porta para eles – ele diz em um de seus primeiros momentos de lucidez, quando a dose do analgésico é reduzida. – Nunca teria deixado alguém entrar na casa àquela hora da noite. Eles arrebentaram a porta, perguntaram onde meu senhor dormia, mas eu não disse nada.

Não, quem disse foi a pobre Tekla, que revelou onde ficava a suíte master para que eles libertassem Karla. Os invasores ameaçaram as garotas com todo tipo de coisa antes de trancarem as duas em um armário no primeiro andar.

– Não pensei que pudesse causar algum mal – Tekla disse quando me viu machucada. – Eu sabia que o duque não estava dormindo lá. Pensei que eles encontrariam só um quarto vazio. Nunca imaginei que a estava pondo em perigo, Vossa Graça. Sinto muito. – Eu a abraço enquanto ela chora, garanto que estou bem e que tudo passou.

Não consigo evitar a amargura ao pensar no sofrimento que Eryx causou aos meus criados. O nariz quebrado de Damasus, o terror de Tekla e Karla, o rosto pálido da sra. Lagos quando viu a destruição dentro da casa, o pânico de Kyros quando não conseguiu encontrar Nico imediatamente durante o ataque dos invasores.

Eryx tem que parar de pensar que pode resolver tudo sozinho.

Medora troca os curativos do meu braço todos os dias. A porta da frente da mansão é substituída. A suíte master está cheirando a produtos de limpeza. Minha pele está cicatrizando.

Podemos refazer o gesso. Substituir a madeira quebrada, reparar o bronze amassado. Mas feridas na alma não podem ser curadas tão prontamente.

Não vi Eryx depois do ataque. Não sei nem se ele ainda está na propriedade.

Continuamos agindo assim um com o outro, trocando ofensas e depois nos evitando. Isso tem que parar. Devíamos estar conversando, só isso. Ou berrando. Não posso mais deixar que ele me atinja.

O médico volta à mansão para examinar todo mundo. Ele remove meus pontos antes de ir ver Damasus. Eu acompanho a consulta, quero ter certeza de que todos estão em suas melhores condições. Quando termina seu trabalho, o médico vai ao escritório, provavelmente para receber o pagamento de Eryx.

Eles conversam por algum tempo, e o homem vai embora. Eu fico olhando para a porta fechada.

É hora de me aproximar de Eryx de novo. Não posso deixar que isso continue. Devo estar muito perto da verdade. Se puder descobrir o que falta, terminamos de uma vez com toda essa farsa. O segredo dele me consome. Tenho a sensação de que, se puder pôr as mãos na verdade completa, vou poder determinar meu próximo movimento. Tudo vai fazer sentido.

Quando entro, Eryx está sentado atrás da mesa, com a cabeça entre as mãos, enquanto Dyson está esparramado sobre os braços de uma grande poltrona no canto, e Argus está em pé com os braços cruzados.

Os três olham para mim.

– Posso ter um momento a sós com você? – pergunto, olhando para o pretenso duque.

Ele parece... desapontado, de algum jeito, mas diz:

– Sim, é claro.

Ando até o centro do aposento e olho para os dois outros ocupantes.

Argus revira os olhos, puxa Dyson da poltrona e o leva para fora da sala.

– Não façam nada que eu não faria – Dyson sugere antes de a porta ser fechada.

Olho para Eryx.

– Contou para eles?

Ele massageia a testa.

– Dyson é sempre um modelo de tato.

– Esteve se vangloriando de sua conquista? – pergunto, em tom amargo.

Ele engole em seco.

– Não. Eu precisava de conselhos. Eu...

– Você o quê?

Ele estreita os olhos.

– Não sei nada quando o assunto é você.

Ah, mas quer saber. Consigo ver. Só preciso convencê-lo a se abrir. Vou direto na jugular. Olhando diretamente para meu braço exposto e em fase de cicatrização, digo:

– Você trouxe medo e sofrimento às pessoas desta casa, e é hora de parar.

Ele engole a saliva antes de responder.

– E como sugere que eu faça isso?

– Pode começar me contando tudo. Chega de segredos. Chega de mentiras. Chega de surpresas. É só me deixar te ajudar.

– Não sei como. Guardei isso comigo durante muito tempo.

– Bom, para tudo tem um limite. Pense em tudo que precisa compartilhar comigo e em como vai compartilhar essas coisas. Enquanto isso, vou tomar as providências para sua próxima aula.

– Já falei, não quero mais ouvir você me ofendendo. Não consigo...

– Não vou te ofender. Vamos adotar uma nova abordagem. Você tem... – olho para o relógio na parede – quatro horas para organizar tudo o que quiser. Depois, vamos sair juntos.

– Sair?

– Sim, vamos a um bordel.

CAPÍTULO 22

— ESSA IDEIA É PÉSSIMA — ERYX ANUNCIA QUANDO NÓS QUATRO PARAMOS NA porta do Zanita's.

– É, ele vai matar alguém – Argus concorda, e não ajuda em nada.

– Ele não vai matar ninguém – digo. – É para isso que vocês dois estão aqui. Para impedir que isso aconteça. Se não têm essa capacidade, não vejo motivo para ficarem.

Vejo o pânico passar pelo rosto de Dyson.

– Somos capazes, é claro. Somos os melhores para isso! Precisamos ficar.

– Então vamos logo.

– Espere – diz Eryx, me contendo com a mão estendida. – Como isso vai funcionar? O que pretende fazer, exatamente?

– É só relaxar e fazer o que eu disser. Já criei um disfarce perfeito.

– É – Dyson concorda. – Chrysantha pensou em tudo isso. Você deveria ter mais confiança.

– E você deveria parar de pensar com a cabeça de baixo – Eryx responde.

– Se Chrysantha puder te ajudar a controlar isso, você vai poder começar a pensar com a sua!

– Dyson! – Argus berra antes que Eryx tenha a oportunidade.

– O que é? A companhia dele vai ser muito mais divertida depois que ele extravasar um pouco dessa energia retida.

Eryx parece pronto para sair distribuindo socos, por isso me aproximo e seguro seu braço.

– Se as coisas começarem a ficar complicadas, vamos embora imediatamente – garanto.

– E se eu for exposto?

– Esse é o ponto! – grita Dyson.

– Não é esse tipo de exposição.

– Não tem ninguém aqui que não possamos comprar – argumento. – E a maioria vai explicar qualquer coisa incomum em termos que sejam compreensíveis para eles. Os empregados da mansão já fizeram isso por você. Agora venha, Vossa Graça. Temos um herdeiro para fazer.

– Um... o quê? – ele gagueja quando abro a porta e entro.

Tudo é como me lembro, desde a luz de velas sensual ao perfume doce de rosas. Vários dos meus antigos amantes estão acomodados em assentos estofados ou andam pela sala. Parece que Zanita até trouxe novos funcionários.

– Bem-vindos – Zanita nos recebe. – Eu sou Zanita. O que posso fazer por vocês?

Sou grata por ela fingir que não sabe quem sou, embora não seja necessário, nesse caso.

– Oi, Zanita. Há quanto tempo. Eu me casei depois da última vez que nos vimos.

– Esse é o felizardo? – ela pergunta, e olha para Eryx. Não demonstra a menor surpresa ao ouvir meu anúncio.

– Sim, e acho que precisamos de ajuda.

– É claro. Estão procurando uma terceira pessoa? Essa é uma das poucas exceções que fazemos com relação a atender clientes do sexo masculino.

Deixando o orgulho de lado, recito a mentira.

– Na verdade, o problema é que meu marido não me considera atraente o bastante para ter um bom desempenho. Precisamos de um herdeiro. Espero que tenha uma mulher que possa ajudá-lo a entrar no clima, e depois eu assumo o comando.

A madame examina meu rosto e meu corpo antes de se voltar para o duque.

– Gosta de loiras, então?

Eryx está sem fala, provavelmente abalado com minha explicação.

– Exatamente – respondo por ele.

– Acho que tenho a garota certa para você. Vou explicar a situação a ela e a mando em seguida. Aqui está. – A madame entrega uma chave que tira de seu chaveiro. – Vocês ficam com o quarto trinta e sete. Seus homens vão ter que esperar no corredor. – Ela olha para os “valetes” com desconfiança. – Minha equipe vai ficar de sobreaviso, para o caso de alguma coisa não correr bem.

– Não é necessário – garanto. – Os homens vão esperar do lado de fora.

– O quê? – Dyson reage, desviando o olhar de uma mulher que estava apreciando.

Pego a chave.

– Vamos.

Seguro as saias e começo a subir a escada seguida por três homens.

– Em nome de todos... Esse seu plano é idiota – diz Eryx. – Vamos pagar uma mulher para...

– Despertar sua paixão. Depois podemos treinar. É um estratagema bem inteligente, não é? Ela pode entrar e sair do quarto quantas vezes forem necessárias. E podemos voltar, se for preciso. Pode demorar um pouco para produzir um herdeiro, sabe?

– Não quero despertar paixão nenhuma.

– Quer ter controle sobre o monstro? Quer continuar sua vida desse jeito?

Chegamos à porta do quarto trinta e sete.

– Não o perca de vista – falo para Argus, obviamente me referindo a Dyson. – Vocês dois têm trabalho a fazer.

– Entendido.

Destranco a porta, entro, e Eryx me segue, relutante. Tento não rir do papel de parede cor-de-rosa, dos cobertores e travesseiros brancos ou da fragrância doce. Eryx deve odiar tudo isso, mas não fala nada. Acho que ele não está nem vendo o cenário.

– Podia tentar parecer menos inacessível. Vai assustar a mulher antes que a gente possa começar.

– Talvez eu não queira ser acessado.

– É o único jeito. Você disse que não quer que eu desperte o monstro com palavras, só nos resta a opção B. Assim que tiver tudo isso sob controle, você vai poder visitar um bordel de verdade. Além do mais, já faz muito tempo para mim. Pretendo usar este lugar depois que terminarmos nosso trabalho da noite.

– O quê? – O corpo dele enrijece.

– Deve se lembrar de que tive que parar de visitar a casa porque você cortou meus rendimentos. Agora que tenho uma pensão, não pretendo passar a noite sozinha, depois de já termos vindo até aqui.

– Não. – Uma palavra baixa, feroz e veemente.

Olho para ele.

– Hum?

– Não vai passar a noite aqui. Eu não vou fazer isso. Nós não vamos fazer isso. É ultrajante.

– Eryx, o que você...

Ele se aproxima da porta e a abre, só uma fresta.

– Mudança de planos. Quando a garota chegar, mande-a embora. Mas vamos usar o quarto. Sem perguntas. Vocês dois podem passar a noite onde acharem melhor.

– Não precisa falar duas vezes – Dyson responde.

Ao mesmo tempo, Argus diz apenas:

– Mas...

Eryx bate a porta e a tranca antes de olhar para mim. Seus olhos já mudaram para âmbar.

– Por que precisamos de outra mulher no quarto se você e eu podemos resolver tudo sozinhos?

Meu coração dispara, e tenho que engolir em seco antes de falar.

– Porque você não poderia me dar dinheiro suficiente para fazer esse serviço. – As palavras saem com facilidade, mas falta força por trás delas.

– É mesmo? – Eryx retruca. Ele se aproxima de mim como uma pantera.

Recuo lentamente, mas não tenho muito para onde ir.

– Sim, detesto você. Só estou fazendo isso por egoísmo. Não tenho motivos para dar mais do que já dei. Você já tirou muito de mim.

Minhas costas encontram a parede, e os braços de Eryx me encurralam dos dois lados. Ele se inclina para a frente quando os chifres aparecem em sua cabeça. Seus lábios deslizam por meu pescoço, antes de alcançarem minha orelha. Minhas mãos seguram os braços dele numa resposta instintiva. Pensei que fosse para empurrá-lo, mas elas simplesmente o seguram.

– Não preciso de outra mulher neste quarto para consumar nosso casamento. Não quero mais ninguém neste quarto conosco. – Ele aproxima a boca da minha, mas não me toca de novo.

– Isso foi só uma história.

– Péssima, aliás. A madame quase não acreditou nela. Como se alguém fosse precisar de ajuda com isso e com você. Já se olhou? – Os lábios tocam o topo da minha cabeça. – Cabelo preto e sedoso. – Eles passam por minha testa. – Pele dourada. – Ele beija um olho fechado. – Olhos castanhos que cintilam quando você tem alguma coisa maliciosa a dizer. – Ele aproxima a boca da minha outra vez. – Lábios de rubi.

Mas não me beija.

Abro os olhos, pensando que ele se afastou, talvez, mas ainda está ali.

– Sei que meu segredo está seguro com você, e quero que saiba que seu segredo está seguro comigo – sussurra.

– Que segredo?

Ele lambe os lábios.

– Você gosta de mim.

– Não gosto.

– O médico e eu tivemos uma conversa interessante hoje, antes de ele ir embora. Você me contou uma mentira terrível.

– Eu...

Então ele me beija, e nem tento empurrá-lo. Porque ele sabe. Ele sabe, e isso significa que não posso mais fingir. Nem para ele nem para mim.

Não posso negar: eu o quero.

Só agora. Só por esta noite. Que eu possa tê-lo antes de me livrar dele de uma vez por todas.

E, depois de tomar a decisão, deixo acontecer.

Esqueço o dinheiro, a mansão ou qualquer outra coisa. Neste quarto, não existe nada além desse homem e eu. Esse homem que também é um monstro. Meus dedos deslizam por seu cabelo, esbarram na raiz de um chifre, e, por alguma razão, isso torna tudo ainda mais excitante. Porque estou domesticando essa fera. Essa fera me quer.

E, *deuses,* eu o quero.

Eu o beijo com tudo o que tenho, mas não parece ser o suficiente. Seus beijos não me acalmam. Eles me inflamam. Posso entrar em combustão aqui se ele não fizer alguma coisa.

Mas ele não tenta tirar minhas roupas. Mal me toca com as mãos, é como se tivesse medo de me quebrar. Quanto está se esforçando para manter o monstro controlado? E o que pode acontecer se ele finalmente o deixar livre?

O pensamento é excitante, e dou um passo para trás, preparada para lhe mandar jogar a cautela pela janela.

Ao vê-lo, porém, percebo que ainda preciso de alguma coisa dele. A última peça do quebra-cabeça para me livrar dele, e meu corpo é o único incentivo que tenho, a esta altura, para conseguir isso. Depois que me tiver, ele não vai abrir mão de mais nada.

– Está se segurando – aponto.

Ele pisca em meio a uma névoa sensual, como se freasse seus instintos.

– Você também. Eu tenho um monstro para controlar. E você, qual é sua desculpa?

Recorro às minhas habilidades de atriz.

– Me perdoe por ter mentido sobre o láudano.

– Não estava pronta para saber que me queria.

– Não.

– E agora?

– Quero você.

Suas pálpebras tremem quando faço a confissão, como se ele quisesse fechar os olhos e saborear as palavras.

– Mas? – ele pergunta.

Nada, quero dizer. Meu corpo anseia pelo dele.

Ignoro sua vontade.

– Mas ainda há muitos segredos entre nós. Não vou me entregar sem conhecer você completamente. Quero você inteiro. Não só as partes que acha que consigo aceitar. – As palavras chegam sem esforço, como se eu nem estivesse pensando nelas conscientemente.

– Vamos consertar isso, então – ele sugere.

– Como assim?

– Vamos revelar tudo. Todos os nossos segredos.

– Agora?

– Não. – Ele ri. – Agora eu não consigo pensar direito. Preciso me controlar primeiro. Mas em breve.

– Amanhã? – pergunto, em tom esperançoso.

– Muito bem. Amanhã. Vamos a um lugar. Só você e eu.

Sinto o doce sabor da vitória.

– Vou gostar disso.

– Eu também.

Uno as mãos diante do corpo, sem saber o que fazer com elas agora. Dentro de mim, desejo e triunfo ainda lutam pela supremacia.

– Volte para a mansão com a carruagem – Eryx sugere. – Preciso de um momento para mim.

– Como vai para casa?

– Eu dou um jeito.

– Certo.

Eu me viro, mas, antes de chegar à porta, sinto os dedos em meu pulso. Eryx me puxa de volta e me beija.

– Vou esperar ansiosamente por amanhã – ele diz.

– Eu também.

E nem é mentira.

O duque não está presente à mesa do café, mas isso não é incomum. Ele prometeu que conversaríamos hoje, e um dia tem muitas horas. Não precisa acontecer logo cedo. Engulo o que consigo em meio ao nervosismo e à excitação.

E então me sento na sala, pensando que Eryx pode aparecer. Nada.

Depois de passar quinze minutos me mexendo na cadeira, começo a andar. Penso em ir lá fora, mas isso vai me deixar sozinha com meus pensamentos. Acho que seria muito melhor ter uma distração.

Então vou para a biblioteca, onde encontro Kyros e Nico.

Kyros está sentado em uma das poltronas, com Nico no colo e um livro aberto entre eles. Quando me vê, Kyros se levanta e coloca Nico no chão.

– Isso não é necessário – digo. – Lamento interromper.

– Duquesa, encontrei um sapo novo no riacho hoje. Papai estava me ajudando a idenificar.

– Iden*ti*ficar – Kyros corrige.

– Identificar – Nico repete. – Significa descobrir o nome dele.

– E já descobriu?

– Sim! – Nico pega o livro em cima da mesinha lateral, onde Kyros o deixou, e corre para mim.

Dobro os joelhos para ficar na altura dele.

– Olha, duquesa. Ele tem listras na cabeça, como neste desenho. É um sapo de árvore. Sabia que alguns sapos gostam de brincar em árvores, e não só em lagos?

– Não sabia.

– São os menores sapos encontrados na nossa região. O maior só tem cinco centímetros. Eles podem ter cores diferentes, mas o que eu vi era verde! Duquesa, posso ficar com este livro? Quero identificar mais sapos.

– Acho que não é uma boa ideia – diz Kyros. – Você ainda não é muito cuidadoso com livros, e pode acabar derrubando esse no riacho.

– Eu nunca derrubaria o livro! Como poderia identificar os sapos?

– Ele pode ficar com o livro – digo. – Prefiro ficção, então é bom que alguém tire proveito desse tipo de leitura. – Além do mais, o volume era parte da coleção de Pholios, e é um prazer me desfazer das coisas daquele sapo velho.

– Obrigado, duquesa! – Nico me abraça e sai correndo com o livro antes que o pai possa dizer alguma coisa.

– Espero que não se importe – acrescento.

– Você mima o garoto – diz Kyros, mas seu tom é bem-humorado.

– E como você consegue não mimar? Ele é o menino mais adorável do mundo.

– E sabe disso.

Dou risada.

– Como posso ser útil, Chrysantha? – Kyros pergunta.

– Vim à biblioteca em busca de distração. – É uma declaração inocente, mas Kyros interpreta minhas palavras de outra maneira.

– Eu adoraria ser uma distração para você.

Fecho os olhos e espero sentir alguma coisa, qualquer coisa. Algum calor. Frio na barriga. Formigamento.

Mas esse homem, bondoso e sincero como é, não provoca nada em mim. O homem que quero é perverso.

– Agradeço a oferta, não só essa como as outras que já fez. Mas acho...
– Ah, por que isso é tão difícil? – Acho que gostaria de manter as coisas como estão entre nós. Você é um amigo querido, Kyros. O mais próximo, talvez, mas não acredito que haja mais que isso entre nós.

Mesmo quando Eryx estiver fora do caminho, essa ausência de sentimentos não vai mudar. Talvez... com o passar do tempo, mas é cruel manter Kyros esperando.

Ele sorri com tristeza.

– Eu entendo. E fui sincero quando disse que sou e serei sempre seu amigo. Nada vai mudar isso.

– Você é bom demais para mim – respondo, e estou dizendo a verdade.

Duas horas mais tarde, Doran me encontra na biblioteca. Abaixo o novo romance que comecei a ler, a história sobre um rei e uma rainha cujo casamento foi arranjado, mas eles começam a se apaixonar.

– Vossa Graça, o duque solicita sua presença lá fora. Acredito que ele planejou um passeio ao lago. Um passeio de barco, possivelmente.

– Está bem. Pode pegar meu xale, por favor?

– É claro.

Uma vez lá fora, encontro Eryx perto da saída principal. E mais, ele não está usando um daqueles trajes velhos. Vestiu casaco preto sobre colete azul. Calça social preta e botas perfeitamente polidas. O cabelo foi penteado para trás, o que realça os olhos castanhos. Ele não está de luvas nem gravata, mas todo o resto ficou incrível. O mais encantador nisso tudo é que ele está inquieto, como se não controlasse o nervosismo.

– Você... se arrumou – comento.

Ele se assusta ao ouvir minha voz, mas pelo menos não saca o revólver.

– Tive a impressão de que gostou, na última vez.

– Gostei. Eu gosto. Você fica muito bem.

– Você está muito bonita. – O rosto dele fica vermelho, e o meu também. Por que tudo isso é tão estranho?

– Vamos? – ele pergunta, e oferece um braço. Eu o aceito com o braço que não foi ferido.

Partimos em silêncio para o lago natural da propriedade. Não é incômodo, exatamente, mas também não é confortável.

Passamos por Nico pendurado de cabeça para baixo, pelos joelhos, em uma árvore. Ele acena para mim com uma das mãos, enquanto a outra tenta proteger a camisa do efeito da gravidade.

Sorrio e aceno de volta.

– Ele é uma criança bonita – Eryx comenta. – Mas é curioso, às vezes. Ouvi nitidamente o garoto murmurar a palavra *impostor* na última vez que passei por ele.

Transformo minha risada em uma tosse.

– Ele está aprendendo palavras novas rapidamente. Gosta de testá-las sempre que pode. Nico também tem uma curiosidade inesgotável sobre o mundo e sobre como as coisas funcionam, ou que nome têm. Ele gosta de palavras e respostas para perguntas difíceis.

– Ele gosta?

– É claro que sim. Como poderia não gostar?

– Talvez devamos contratar um tutor para ele, então. Ajudá-lo a construir um futuro melhor.

Paro onde estou, e Eryx é forçado a parar também.

– Está falando sério?

– É claro.

Duas palavras, e me sinto formigar, como se ele tivesse me enfeitiçado. Como é possível que ele continue me conquistando? Não gosto disso.

O lago aparece cercado de árvores. Acredito que o falecido duque tenha enchido a água de peixes para praticar pesca esportiva alguns anos atrás, mas ninguém usa o lugar há muito tempo. Taboas, vários tipos de junco e vegetação variada dominam a margem. Ondas se formam na superfície, como se os peixes subissem à tona para pegar insetos.

Quando chegamos ao píer, pergunto:

– Vai me isolar em um barco para me impedir de fugir?

– Talvez você queira fugir depois de ouvir tudo que tenho a dizer, mas, não. Só pensei que seria um passeio agradável. Você passa muito tempo ao ar livre, e eu ainda não tive uma oportunidade de aproveitar o lago.

Que observação mais... atenciosa. Maldito seja.

Há um barco a remo amarrado no fim do píer. Algumas folhas e ramos caíram dentro dele, e Eryx solta meu braço para remover os detritos.

– Você primeiro – ele diz ao terminar a limpeza.

O falso duque me ajuda a entrar no barco, que balança um pouco quando me sento na parte de trás, olhando para a frente. Eryx se acomoda no outro banco, onde os remos estão apoiados.

– Ah, hum, quer que eu chame um lacaio para nos conduzir? – pergunto. – Não pensei...

– Eu posso remar, Chrysantha. Não tenho medo desse tipo de esforço.

– Não tenho medo de trabalho.

– Ah, já trabalhou duro, então? Por favor, me conte. – Ele usa um remo para manobrar o barco, e, quando fica de costas para o lago, começa a remar para longe do píer.

Tento me lembrar de algum trabalho duro que já tenha feito, mas não consigo. Faço um biquinho.

– Eu disse que não tenho medo, não que já vivi a experiência.

Ele sorri e olha para mim enquanto rema.

Noto os braços sob as mangas justas do casaco. O jeito como o abdome se contrai a cada impulso na água. Ninguém jamais imaginaria que ele é mais novo que eu. Só me lembro disso quando preciso de alguma coisa para irritá-lo.

– Espere, já trabalhei na cozinha com a cozinheira – anuncio triunfante ao me lembrar de que sovar a massa deve se encaixar nessa categoria. No dia seguinte, sempre sinto os braços doloridos.

– Não sabia que você cozinhava.

– Confeitaria. Eu... gosto de doces.

– Quem diz que não gosta é mentiroso.

– É verdade.

Depois de uns minutos remando, chegamos ao centro do lago. Eryx recolhe os remos e se inclina para trás sobre as mãos.

– Bem, você me trouxe aqui – digo. – Estamos sozinhos. Sem chance de fuga. E agora?

– Acho que vamos conversar.

– O barco dificultaria qualquer outra coisa.

Ele sorri ao ouvir a piada. É gratificante ver seus lábios curvados. Tão raro!

– Nesse caso, acho que fiz uma boa escolha. Não vamos nos distrair.

– Como se eu fosse indefesa diante de seu charme.

Ele levanta uma sobrancelha, como se me contestasse.

– É claro que não é, senhorita Láudano.

– Não vai deixar isso cair no esquecimento, vai?

– Fiquei magoado, Chrysantha. É difícil esquecer.

– Eu não estava preparada para admitir que gosto de você.

– E agora?

– Ainda não admito nada.

O sorriso dele fica maior.

– Vai ser muito difícil termos certeza de que estamos na mesma frequência se você não compartilhar nada.

– Muito bem. – Por que ficar constrangida se estou mentindo sem parar para conseguir o que quero? – Eu gostei. Pronto, falei.

– Gostou do quê?

– Do primeiro beijo. Foi uma surpresa, é claro. Pensei que me odiasse. Foi ainda mais surpreendente eu ter gostado, porque pensava odiar você ainda mais.

– Eu nunca a odiei. Bem, talvez um pouco. Odiava principalmente a maneira como você conseguia me perturbar. Quanto eu tinha que me esforçar para controlar o monstro quando você estava por perto.

– Porque eu não deixava você à vontade com sua vilania.

– É mais que isso.

– Como assim?

– Tudo em você o liberta. Desde suas palavras ferinas até os olhares cheios de ódio. Na primeira vez que te vi, quase não consegui segurá-lo. Além de ser linda, você apontou uma faca para mim.

– Era uma escova de dente. *Você* apontou uma faca para *mim*!

– Semântica.

– É claro que não.

– Acho que formamos um belo par.

– Se você acha que fogo e óleo combinam...

– Exatamente. Juntos, podemos pôr fogo no mundo se quisermos.

Deixo meus dedos tocarem a superfície da água. Eryx está me encarando intensamente. Preciso de alguma distração.

– E se eu não quiser pôr fogo no mundo? E se tudo que eu quiser for minha vida tranquila no campo?

– Nesse caso, eu vou pôr fogo em qualquer um que tente tirar isso de você.

Arqueio uma sobrancelha.

– E ficaria satisfeito com uma vida tranquila no campo?

– Os últimos meses foram os mais felizes que já tive.

– Porque esteve matando nobres e generais?

– Isso te incomoda? O fato de eu ter cometido assassinatos?

– Não.

– Por que não?

– Não sou nenhuma santa. Mas é mais que isso. Quando te conheci, vi algo que reconheci. Entendo a disposição para fazer o que for preciso para garantir o que é necessário para sua sobrevivência. Tem alguma coisa em você que me atrai. Não me importo com o que já fez.

CAPÍTULO 23

Não me importo com o que já fez.

Observo Eryx enquanto ele processa essas palavras. Elas o envolvem como um casaco de caimento perfeito.

– Está preparada para ouvir tudo, então?

– Estou pronta para isso desde que percebi que você não era inteiramente humano.

Apoio as mãos no colo e espero. Mas Eryx hesita.

– Se quisesse te denunciar para alguém, eu já teria feito isso.

– Não é esse o problema. Acho que você pode me ver de outro jeito depois disso.

– Impossível. Confie em mim. – As palavras têm gosto de veneno em meus lábios.

Ele me encara até seus olhos mudarem de cor, de castanho para âmbar. Depois diz:

– Eu confio.

Maldição, hoje a culpa está me incomodando. Queria que fosse alguma coisa que eu pudesse espantar com a mão, como um inseto. Mas tenho que me contentar em sufocá-la mentalmente.

Eryx respira fundo.

– Minha mãe era apaixonada pelo falecido Rei das Sombras.

Faço cara de surpresa, embora já tivesse essa informação. O investigador me contou.

– Ela achava que poderia incentivá-lo a desistir das sombras. O poder do rei se baseia na ausência de contato físico. Enquanto ele não se permitir tocar outra pessoa, é imortal e invulnerável, mas, no momento em que tiver contato com outro indivíduo, pele com pele, suas sombras não o manterão incorpóreo perto dessa pessoa. Ele é mortal para aqueles que toca. Vai começar a envelhecer como nós envelhecemos. Os Reis das Sombras do passado só desistiram de seus poderes pelo maior e mais ardente dos amores.

Minha pele começa a esquentar. É isso que minha irmã vive com o Rei das Sombras atual? Um amor que transcende o poder? Não acredito que algo assim possa existir.

– Mas ele não a escolheu – Eryx continua. – Não, ele escolheu a falecida rainha, e minha mãe não reagiu bem. Não, não é bem isso. Ela foi *destruída* pela rejeição. Ela o amava muito, e, quando ele a mandou embora, esse amor se transformou em um ódio ainda mais forte. Minha mãe queria vingança para seu coração partido. E foi assim que ela me teve.

Sei que tem mais nessa história, então espero paciente e com o coração disparado por respostas de verdade.

– O ódio dela se tornou tão profundo que ela atraiu a atenção de um demônio, um ser diferente daquele que concedeu poderes à linhagem Maheras.

Arregalo os olhos.

– Um demônio apareceu para ela?

– Mais que isso. Ele prometeu que a vingaria se ela se deitasse com ele. E eu fui concebido.

Tenho que me esforçar muito para não deixar o queixo cair.

– Seu pai era um demônio, literalmente?

– Sim. Eu seria o instrumento para ela se vingar do falecido Rei das Sombras, e por muito tempo acreditei que só servia para isso. Aqueles primeiros anos foram... terríveis.

– Conte. – Eu o incentivo.

– Eu não conseguia controlar a transformação. Estava sempre com fome. Era um predador para os animais de criação em Dimyros, uma cidadezinha em Estetia, e, quando os fazendeiros ou cidadãos me viam em minha forma verdadeira, eu tinha que eliminá-los.

Eryx faz uma pausa, como se esperasse minha reação. É claro que não reagi.

– Por que se alistou no exército? – pergunto.

– Foi ideia da minha mãe. Ela acreditava que isso desenvolveria minhas habilidades mortais, e eu queria muito agradá-la. Quando realmente crescesse, eu deveria enfrentar dezenas de soldados, invadir o palácio de Naxos e matar o Rei das Sombras.

– Mas o rei morreu – concluo.

Rebeldes foram levados ao palácio pelo filho do falecido rei, Xanthos Maheras, depois que o rei o espancou quase até a morte por não ter o poder das sombras.

– Eu sei – responde Eryx. – Quando minha mãe soube da morte do rei, ela parou tudo. Parou de comer, de tomar banho e de se importar com qualquer coisa. Perdeu o propósito para continuar viva. Eu deixei de ter um propósito para ela. Quando sentiu que não tinha mais nada para fazer nessa vida, ela se deixou morrer.

"Às vezes, me pergunto se aquele demônio sabia o que aconteceria. Se sabia que o rei morreria antes de minha mãe ter uma chance de me mandar ao encontro dele. Se ele alimentou seu desejo de vingança primeiro, e depois seu sofrimento, quando o rei morreu por outros meios."

– Ele já apareceu para você? O demônio de quem é filho?

– Não. Provavelmente tem que esperar outros mil anos até construir a força para aparecer de novo no nosso mundo. Não penso nele, nem me importo com isso, exceto por ter custado a vida de minha mãe. Ele alimentou as chamas da raiva que ela sentia, e a conduziu para a morte.

Uma brisa sopra no lago, e uma mecha se solta do gel no cabelo de Eryx. Ele a devolve ao lugar.

– Sinto muito – falo em voz baixa.

– Minha mãe fez as escolhas dela.

– Isso não significa que elas não machucaram você. Você amava sua mãe, independentemente de como ela era. – Seguro a mão dele. Ele afaga a minha.

– Às vezes, penso se teria feito o que ela queria. Eu teria me curvado à vontade dela e matado o falecido Rei das Sombras? Teria sido preso ou morto durante a tentativa ou depois dela? Os planos dela não eram sutis. Ela sabia disso. E não se importava. Eu não era um filho. Era o presente de um demônio, alguém que ela controlava. Eu me conformei com isso.

"Fiz amigos no exército. Tinha uma vida além da que ela queria para mim. Fiquei aliviado quando ela morreu. Encontrei meu propósito."

– Que propósito?

Ele hesita antes de responder:

– Minha própria vingança.

– Contra o general?

– E outros homens que me fizeram mal.

– Eu vi sua lista. Ainda tem um nome nela, presumindo que tenha eliminado Barlas.

– Eu cuidei dele. Argus deu uma boa dica ao chefe de polícia. Eles vão encontrar o corpo do general enterrado na propriedade dele, e a arma do crime está no escritório de Barlas.

– Ótimo – consigo responder. Ele merece passar o resto da vida na prisão, se o rei não gostar dele. – E o último nome?

Eryx olha para a água.

– O Rei das Sombras é o motivo de homens bons terem morrido. Ele persiste em sua busca por poder, arriscando vidas sem se pôr em perigo. Perdi mais amigos do que salvei.

Penso com cuidado antes de responder:

– Foi um trabalho, Eryx. Eles eram pagos pelos serviços que prestavam.

– Está defendendo o rei? Por quê? Porque agora são da mesma família?

– Talvez porque não quero ver você morto ou atrás das grades, ao contrário de sua mãe.

– Não sou inconsequente como ela. Nunca invadiria o local como ela queria. Não preciso ser visto. Posso fazer tudo sem que ninguém jamais me pegue.

– Talvez sim, talvez não. Você arriscaria minha felicidade nessa tentativa.

Ele olha nos meus olhos e demora um momento para interpretar o que eu disse.

– Depois de tudo, não faria isso comigo, faria, Eryx?

– Quer que eu desista de anos de ódio por você?

– Quero.

Ele olha para a água. Se não estivéssemos presos em um barco, acho que ele andaria de um lado para o outro. Os dedos deslizam pelo cabelo, e demora um minuto até ele me encarar de novo.

Eryx engole em seco.

– Pode contar com isso, então.

Fico chocada com a rendição rápida. Tinha certeza de que ele diria que é impossível. Que não faria isso. Isso teria facilitado muito o que vem a seguir.

Mas ele concordou.

E um pensamento me ocorre. Algo em que nunca pensei antes.

E se eu não me livrasse de Eryx Demos?

Ele está entre mim e tudo que eu sempre quis, mas isso foi antes de conhecê-lo. De contar com a presença dele com seu cabelo ridículo, a atitude arrogante e a natureza antagônica.

Pela primeira vez, tento imaginar como a vida vai ser depois que ele desaparecer. Só eu e os empregados da mansão. É o suficiente. Sempre foi suficiente.

Não haverá mais conversas provocativas.

Não vai mais ter monstro para irritar.

Não vou mais ouvir a risada dele.

Deuses, e seus beijos. Não vai ter mais aquela curiosidade sensual nem o olhar cor de âmbar.

Não vai mais ter um olhar como esse, de agora, cravado em mim.

E se eu pudesse ser feliz com ele aqui?

E se Eryx não me limitasse com restrições e eu fosse uma cúmplice de seus planos? E se formássemos uma dupla? E se ele realmente me tratasse como uma igual. E aí?

O pensamento é quase tão aterrorizante quanto empolgante.

Além do mais, argumenta a voz racional dentro de mim, eu sempre poderia mudar de ideia se ele abusasse de mim de algum jeito. Agora tenho munição para recorrer ao rei, se as coisas mudarem.

– Vamos voltar à margem – digo em voz baixa.

Eryx não desvia os olhos dos meus enquanto volta a remar.

Tem alguma coisa inebriante em um homem que conhece a verdade sobre mim e me quer do mesmo jeito. Nunca conversei com meus amantes sobre nada relevante. Não como converso com Eryx.

Ele rema devagar, e o suspense me deixa tensa, com todos os músculos contraídos esperando pelo momento da ação.

Eryx deixa os remos dentro do barco e sai sem causar o menor desequilíbrio. Depois estende a mão para mim, e eu a pego, aceitando sua ajuda para voltar à terra firme.

Seguro seu rosto entre as mãos e o puxo para perto do meu. Seus lábios permanecem imóveis como pedra quando os beijo. Continuo segurando seu rosto, esperando ele abrir os olhos e olhar para mim.

– Não me interessa se você é meio demônio. Podia ter me contado que *era* um demônio que não vive neste plano, e eu não teria me importado. Essa forma monstruosa é só parte de quem você é, e gosto dela também. Gosto de tudo em você. Eryx Demos, mentiroso, assassino, ladrão, demônio. Não importa. Isso – digo, e toco a pele de seu pulso com os dedos. Um calor elétrico percorre meu corpo a partir do ponto de contato, como eu sabia que aconteceria. – Isso é o que me interessa. Essa conexão. Essa compreensão. Você foi feito para mim.

Eryx me pega no colo e me carrega uns cinco metros para longe da margem, onde a grama é espessa e verde. Ele se senta no chão, cruza as pernas e me segura no colo. Ajeita meu braço machucado, garantindo que ele não seja esmagado entre nós.

Só então beija minha boca.

Não é um beijo suave ou hesitante. Não, agora Eryx sabe o que está fazendo. Ele brinca com meus lábios, prende-os entre os dentes e puxa. Quando sinto um canino afiado pressionar a pele macia, sufoco um gemido. Eryx tenta se afastar, mas seguro sua cabeça e o puxo para mais perto.

Um rosnado baixo brota do fundo de seu peito, algo que não é inteiramente humano, e eu adoro esse som. Traço o contorno de seu lábio superior com a ponta da língua. Quando a surpresa o faz abrir a boca, exploro dentro dela também.

De repente, não estou mais em seu colo. Não, estou deitada na grama com o corpo dele sobre o meu. Apoiando o peso com uma das mãos, ele se inclina para me saborear. Meus dedos encontram seu cabelo, e, quando sinto a saliência de um chifre, eu o seguro. Minha mão livre busca o outro chifre.

E inverto as posições.

Agora estou montada nele e posso sentir sua excitação. Olho para seu rosto e vejo claramente os olhos cor de âmbar, os caninos alongados, os chifres escuros.

Trago à tona sua porção demônio.

Ah, e ele desperta o demônio em mim, sem dúvida.

Olho em volta para ter certeza de que ninguém está vendo essa transformação. Quando olho para Eryx de novo, ele engole em seco.

– Você não tem juízo, mulher. Tem certeza de que sou o que você quer? Ainda devia ter medo de mim.

– Estou tentando dizer isso todo esse tempo. É você quem deveria ter medo de mim.

Minhas mãos seguram seu colete e trabalham depressa nos botões. Ele congela sob meu corpo. Meus olhos encontram os dele, e Eryx não pronuncia uma palavra sequer de protesto. Então continuo, passo para a camisa. Eu a puxo para fora da calça, e a abro. Meus olhos gananciosos se banqueteiam com o peito musculoso. É a primeira vez que o vejo de verdade, não em um sonho.

Quando deslizo a mão para tocá-lo, seus olhos se fecham. A testa se contrai e cada músculo de seu corpo fica tenso.

– Que foi?

– A fera. Estou tentando contê-la.

Essas palavras me fazem sorrir. Eu me abaixo para murmurar no ouvido dele.

– Por quê? Deixe-a sair. Ela não me assusta.

– Não sabe o que está dizendo. Fique parada por um momento enquanto a acalmo.

Em vez de parar, mordo seu pescoço.

Ele abre os olhos, e agora estão mais brilhantes do que jamais vi.

– Chrysantha – ele rosna, e antes que eu perceba, estou deitada de costas novamente. Eryx não sustenta seu peso como antes, e adoro sentir cada centímetro de seu corpo pressionando o meu.

– Sim? – retruco, inocente, mas ele não diz nada.

Não, as mãos agarram a frente do meu vestido, prontas para rasgá-lo ao meio.

Um deslocamento de ar acontece em algum lugar atrás de Eryx, e ele se vira, chifres, olhos e dentes ainda à mostra.

Kyros encara o duque, horrorizado, e não consigo fazer mais que olhar para os dois homens, esperando o que vai acontecer.

Eryx se levanta e começa a caminhar na direção de Kyros. Como a fera não recua, corro atrás dele e me jogo na frente de Eryx.

– Controle-se – digo.

Os olhos se voltam para mim, e não confundo esse olhar com o que ele dirigiu ao lacaio. Necessidade de me proteger. De me reivindicar. De remover qualquer outro homem de seu caminho.

As narinas de Eryx se dilatam quando ele tenta olhar por cima de minha cabeça. Eu o seguro pelo chifre e puxo para baixo, para o nível dos meus olhos.

– Reaja! – ordeno.

Finalmente, ele fecha os olhos, e chifres e dentes se retraem. Quando tenho certeza de que recuperou a lucidez, eu me viro e limpo as mãos na saia, como se assim pudesse apagar o que Kyros viu. Como se o tecido branco não estivesse cheio de manchas deixadas pela grama.

– Kyros – digo, e o homem olha para mim antes encarar o duque de novo.

Eryx segura minha mão, uma demonstração clara de posse.

– Solte-a – diz o lacaio, que finalmente recuperou a fala.

– Não – o duque responde, e a voz é mais da fera que do homem.

– Chrysantha, venha para cá – diz Kyros. – Vamos tirar você de perto dele.

– Não – Eryx repete.

– Ele é um *monstro* – Kyros insiste.

– Ele não é nada disso.

– Vou chamar a polícia.

– Kyros, *não*.

– Vai estar morto antes de dar dois passos – Eryx avisa.

– *Não* – digo para Eryx. – Não vai machucá-lo!

– Ele me viu.

– Ele é um membro da criadagem, é pago para ficar quieto.

Eryx fecha os olhos e respira profundamente pelo nariz, acalmando-se e tentando recuperar a razão.

– Acho que isso não é necessário – declara finalmente. – É a palavra dele contra a de uma duquesa. – Eryx olha por cima da minha cabeça. – Pode ir buscar ajuda se quiser, mas vai acabar trancado em um lugar para malucos e vai deixar Nico sem pai.

– Está ameaçando meu filho? – Kyros dá um passo à frente.

– Não. Só estou explicando o que vai acontecer se começar a espalhar mentiras sobre mim. Chrysantha gosta do menino, isso é o suficiente para eu nunca pensar em fazer mal a ele.

– E ela? – Kyros pergunta, acenando com a cabeça em minha direção.

– Eu *nunca* a machucaria – diz Eryx.

– É um pouco tarde para isso. Tirou tudo dela, esqueceu? – A última parte da frase é dirigida a mim. Ele balança a cabeça, como se não suportasse me ver. – A rainha mandou outra carta para você. Pensei que gostaria de vê-la imediatamente. Se soubesse que estava indisposta, não teria vindo procurá-la.

Kyros joga o envelope no chão e volta para a mansão com passos firmes.

Eu me abaixo para pegar a carta e a guardo no bolso.

Meu coração bate tão forte que não consigo ouvir o que Eryx está tentando me dizer.

Ele me vira para encará-lo.

– Você está bem?

– Eu? Foi você que acabou de ser descoberto!

– Kyros não pode fazer nada contra mim.

– Mas pode fazer contra mim. Ele é meu amigo. Não quero que ele se demita e leve Nico embora daqui!

– O que quer que eu faça? Que o suborne para ficar? Para esquecer o que viu?

– Ah, *agora* está disposto a distribuir suborno?

– Chrysantha, eu vou resolver isso.

– Não, eu vou. Não faça nada enquanto eu não conversar com ele.

E volto à mansão atrás do lacaio.

CAPÍTULO 24

— Kyros! — eu grito. — Kyros, espera!

Ele está uns cinquenta metros na minha frente, e levanto as saias para correr. Só o alcanço quando chegamos à mansão. Então seguro seu braço e o puxo escada acima. Sua expressão é séria, mas ele me segue. Deixa-se levar até a suíte da duquesa. Eu entro e tranco a porta, depois o puxo para longe dela para que ninguém nos ouça do outro lado.

– Só um momento – digo ofegante, tentando controlar a respiração. Eu já estava respirando depressa *antes* de correr atrás do lacaio.

Kyros começa a falar.

– Você sabia. Todo esse tempo, sabia que ele era um monstro. O investigador foi uma farsa? Você já tem toda a informação de que precisa para se livrar do falso duque!

Engulo algumas vezes antes de conseguir falar:

– Não foi durante todo esse tempo. Descobri há pouco!

– Mas estava beijando o homem! E pronta para fazer muito mais, pelo que vi. – Ele olha para meu vestido manchado de grama.

– Ciúme não combina com você, Kyros – respondo, magoada com o que ouvi e querendo machucá-lo também.

– Isso vai muito além de ciúme, Chrysantha. Ele é um monstro. Que diabo foi aquilo lá fora?

– Eu estava tentando descobrir todos os segredos dele. – Não importa que já soubesse os segredos antes de beijá-lo.

– Sério? Esse foi o único jeito em que conseguiu pensar para tirar informação dele?

Endireito as costas.

– Não se atreva a falar comigo nesse tom. Não fui eu que tive um filho fora do casamento.

Kyros morde o lábio para não dizer algo que não vai poder retirar.

– Só para ser bem clara – digo –, eu *não* estava prestes a fazer mais que beijá-lo. Eu o estava manipulando. Queria ver o que fazia a fera despertar. De que outra maneira eu poderia provar ao Rei das Sombras que ele é o monstro que afirma que é?

As linhas no rosto de Kyros suavizam.

– Ah.

O problema é que estou mentindo. Nem tenho tanta certeza de que quero recorrer ao rei. Estou andando na corda bamba, querendo descobrir para que lado vou cair.

Não tenho explicação para o beijo, exceto minha vontade de beijá-lo. Gosto de beijar Eryx Demos. Fiz isso três vezes, e ainda nem comecei a saciar minha vontade.

– Qual é o plano? – pergunta Kyros. – E como posso ajudar?

– Essa é sua versão de um pedido de desculpas?

Ele fecha os olhos.

– Perdoe-me, Vossa Graça. Eu nunca deveria ter me dirigido à senhora nesses termos, ou questionado suas atitudes ou...

– Você é meu empregado, Kyros, mas sabe que é meu amigo mais importante. Sempre tem autorização para falar comigo como amigo, sem sofrer represálias.

– Mesmo assim, ultrapassei os limites. Não devia ter gritado com você ou duvidado do que disse. Um amigo não faria isso.

Preciso disfarçar meu desconforto. Sim, ele deveria ter duvidado de mim. Eu ainda duvido de mim. Não tenho a menor ideia do que estou fazendo. Só quero que as coisas voltem a fazer sentido.

Mas a única coisa que sei com certeza ou quero acima de tudo é Eryx Demos.

– Preciso pensar – respondo finalmente. – Por favor, não vá a lugar nenhum e não diga nada – imploro. – Garanto que, apesar do que viu, ele não é perigoso. Jamais teria feito mal a você ou ao Nico. Não se precipite. Espere eu pensar em um plano. Por favor.

Kyros estende a mão como se pretendesse me tocar, mas a deixa cair junto do corpo.

– Você tem meu apoio. Estarei aqui.

E sai do quarto.

Quando alguém bate na porta mais tarde, eu ignoro. Mesmo quando Eryx pede para entrar.

– Por favor, Chrysantha, não terminamos nossa conversa. Não tive chance de dizer o que eu queria. Meu plano para o nosso futuro.

– Isso vai ter que esperar. Preciso pensar.

O que *ele* queria. *Nosso* futuro.

Quero ouvir tudo isso, mas preciso encontrar um jeito de manter meu amigo em silêncio e preservar sua amizade. São poucas as coisas que ele não faria para me proteger.

Quando os passos de Eryx se afastam, vou para a cama. Não deixo Medora entrar para preparar tudo para a noite. Não quero saber de ser despida, nem de qualquer outra coisa. Estou entorpecida. Dividida ao meio, puxada em duas direções. Não consigo ver um caminho à frente.

Lembro-me da carta de Alessandra no bolso da saia e a pego para ler.

Você, com inveja de mim? Isso é algo de que nunca suspeitei. Talvez queiramos sempre o que não temos, como diz o ditado.

O que faço para me divertir, além de costurar? Gosto de me reunir com meus amigos. Fazemos piqueniques nos jardins do palácio. Kallias e eu levamos Demodocus, o cachorro, para passear ou brincar de pegar coisas que arremessamos. Por mais estranho que pareça, gosto de resolver enigmas. Quando acontece alguma coisa que perturba a paz em Naxos ou em um dos reinos conquistados, adoro encontrar soluções para isso. Ter a confiança e a atenção de Kallias é inebriante. Chamá-lo de meu marido é ainda mais inebriante.

Devia vir ao palácio algum dia. Acho que pode ser divertido conversar outra vez pessoalmente. Talvez possa vir para o chá na semana que vem? Só se quiser. Tenho certeza de que não gosta de sair de sua propriedade no campo mais do que é necessário, e vou entender se não puder vir.

Alessandra

As últimas palavras são tão hesitantes que aquecem meu coração. Talvez haja esperança para nós. Talvez eu consiga reconstruir esse relacionamento. Talvez consiga me livrar desse sentimento inerente de competição que me domina em relação a ela.

Ouço batidas na porta novamente, embora o sol já tenha se posto há muito tempo.

– Vá embora, Eryx – respondo. – Ainda estou pensando.

– É Kyros, Chrysantha. Tem um visitante para você na biblioteca.

Eu me sento na cama.

O investigador.

Voltou para receber o restante de seu pagamento, com certeza. Será que trouxe mais notícias para mim? Isso ainda importa? Estou convencida de que, se conseguir pensar em uma maneira de garantir o silêncio de Kyros, também vou poder ficar com Eryx.

Sem me importar com o vestido cheio de manchas de grama, saio dos meus aposentos e acompanho Kyros até a biblioteca, mas sorrio para ele antes de entrar, tentando mostrar que está tudo bem entre nós. Ele retribui hesitante.

– Espere aqui, por favor – digo.

– É claro.

Alinho os ombros e entro na biblioteca com toda a elegância que se espera de uma duquesa. Se o sr. Tomaras se surpreende com o estado de minhas roupas, não diz nada. Na verdade, olha diretamente para o meu rosto quando me aproximo. Aponto as poltronas diante da lareira, convidando-o a sentar-se, e me acomodo na outra cadeira.

Vou direto ao ponto, Vossa Graça diz o investigador. A senhora está prestes a recuperar o controle do ducado. Finalmente encontrei o que procurava.

Meu coração para de bater por um segundo.

– O que encontrou?

– Um rastro de dinheiro. Examinei a correspondência do sr. Vander. Em uma carta para o duque, ele mencionou seu apreço por uma pintura em particular. Tomei a liberdade de revistar seu sótão.

– Por que isso o levaria ao meu sótão?

– Você removeu toda a antiga decoração da casa e encarregou sua governanta de vender as peças. Ela me informou que o que ainda restava estava guardado no sótão. Parece que seu finado marido apreciava um pintor específico. A sra. Lagos me entregou uma lista de todas as peças catalogadas no sótão, e uma das peças que já haviam sido compradas ou vendidas.

"Fiz uma visita à casa do sr. Vander e encontrei uma das telas que não foram vendidas pendurada em seu escritório particular. O valor estimado da obra é cinquenta mil necos."

Ranjo os dentes e sinto um arrepio de medo.

– Pode ser mais claro, sr. Tomaras?

O homem cruza os tornozelos.

– Eryx Demos é realmente neto do falecido duque, mas a mãe dele foi banida, e ele também, por extensão. Ela foi deserdada, excluída do testamento e da herança do duque. Eryx usou essa tela como forma de pagamento para Vander *devolvê-lo ao testamento* e tirar tudo de você. Ele *era* o herdeiro, mas tudo pertence a você por direito.

Minha visão fica turva, depois se tinge de vermelho. Eryx fez isso. Eryx, que disse que não queria mais segredos entre nós, guardou o segredo mais arrepiante.

Tenho dificuldade para recuperar a voz e perguntar:

– Tem provas disso?

– É claro, Vossa Graça. – Ele se levanta e pega uma pasta que eu não tinha notado antes. – Está tudo aqui – diz, me oferecendo a pasta. – A relação dos bens de seu marido, a posição que a pintura desaparecida ocupava na casa. As cartas entre Vander e Eryx, que agora incriminam os dois, uma vez que se tenha o contexto adequado para examiná-las. Aí estão todas as coisas de que precisa para enterrar Eryx Demos, o pretenso duque.

Seguro a pasta contra o peito.

– Obrigada, sr. Tomaras. Vou buscar o restante de seu pagamento. Fez um excelente trabalho.

– Obrigado, Vossa Graça. – Ele se curva.

Saio da biblioteca, e apesar de levar a evidência da traição de Eryx nas mãos, sinto-me mais leve do que quando entrei, porque agora o caminho à frente ficou muito claro.

Pensei em desistir de todas as coisas pelas quais lutei tanto para estar com ele! Considerei não acabar com sua vida. Pensei em compartilhar tudo com ele. Se ele estava disposto a me deixar ter todas as coisas que eu queria, que mal poderia haver nisso?

Mas, durante todo esse maldito tempo, ele esteve brincando comigo. Ia me deixar continuar pensando que era o duque legítimo, e depois? Permitir minha presença a seu lado como amante? Era isso que ele ia propor no lago, se não tivesse se distraído me beijando?

Chega de incertezas. Eryx precisa sumir, e agora tenho tudo de que preciso para enterrá-lo.

Na manhã seguinte, encontro Eryx no escritório. Ele segura um envelope entre as mãos, dobra um dos cantos com a ponta de um dedo.

Mantendo a expressão calma, digo:

– Falei com Kyros. Ele não tem nenhum interesse em divulgar seu segredo e ser tratado como um homem insano, mas me disse que não pode continuar trabalhando nesta casa. Como ele é meu amigo, vou hoje à cidade para ajudá-lo a encontrar um novo trabalho. Acho que isso é o melhor que podemos fazer.

Ele arregala os olhos.

– Ele vai deixar você, é isso mesmo? Pensei que fossem mais amigos que isso.

– Eu também pensei – respondo, forçando um tremor na voz. – Vou sentir saudade dele e do menino.

Eryx comprime os lábios.

– Lamento pela dor que causei a você. Nunca tive a intenção de te fazer escolher entre Kyros e nossa... o que temos.

Assinto e contorno a mesa para me aproximar da cadeira onde *eu* deveria estar sentada. Apoio o quadril na beirada da mesa e seguro a mão de Eryx.

Por que isso é tão fácil? Deveria ser fácil assim? E por que meu peito parece estar cheio de tijolos?

– As coisas são como são. Não há como mudar mais nada agora, mas devo ao menos isso a ele. Garantir que ele se instale em outro lugar. Ele e a criança. Escrever uma carta de referência não é o suficiente. Vou acompanhá-lo nas entrevistas na cidade.

– Você resolveu tudo muito depressa.

– Quando se é uma duquesa e irmã da rainha, as pessoas estão sempre prontas a ajudar.

Eryx concorda com um aceno de cabeça.

– Devo voltar tarde da noite. Não precisa me esperar acordado. – Eu me inclino e beijo seus lábios rapidamente antes de sair.

– Espere – Eryx protesta.

Meu corpo fica tenso, mas o rosto permanece relaxado quando olho para ele.

Eryx se levanta e me entrega o envelope que estava segurando. Ele não olha para mim quando ri, constrangido.

– Não sei como fazer isso. – E engole em seco, como se estivesse nervoso.

Meu coração palpita quando olho para o cabelo despenteado e a boca bonita, mas tenho que me controlar. *Lembre-se do que ele fez com você.* Para ele, tudo isso é uma piada. Eu sei demais, e tudo que ele diz ou faz é só para me manipular. Eryx nunca se importou comigo. Ele me acha bonita, é claro. Mas não me quer de um jeito diferente, é igual a todos os homens que me quiseram. Qualquer coisa contida nesta carta vai ser só mais uma prova disso. Quaisquer declarações de amor ou poesia serão inúteis.

– Entendo por que não pudemos conversar ontem, e não a condeno por isso. Você tem muito em que pensar, e está perdendo alguém de quem gosta muito. É claro que Kyros precisa do seu tempo agora. Não dormi esta noite, então escrevi todos os meus pensamentos, tudo que está em meu coração. Talvez possa ler a carta durante o trajeto. Pense nisso com calma. E depois vou concordar com qualquer coisa que você decidir.

Guardo a carta no bolso do vestido.

– Eu gostaria de conversar mais – ele continua –, mas sei que os acontecimentos recentes impedem isso agora. E... preciso te dar espaço. Para pensar no que realmente quer. Só peço que tenhamos mais uma conversa antes de você tomar alguma decisão.

– É claro – concordo, sinceramente perplexa com a atitude dele.

– Agora vá. E mande minhas recomendações a Kyros, se achar que é apropriado.

Assinto.

Eryx levanta a mão e desliza dois dedos por um dos meus cachos soltos.

– Boa viagem.

E ele me solta.

Kyros me espera ao lado da carruagem. Ele me ajuda a embarcar, depois se prepara para subir e sentar-se ao lado do condutor.

– Não. Por favor, venha comigo, Kyros.

Ele olha para mim e assente.

Partimos em seguida.

– Ele acreditou? – Kyros pergunta quando saímos da propriedade. Vejo a pasta no canto da carruagem, onde ele a acomodou.

– Sim.

– Então, por que parece... triste?

– Não estou triste. Estou furiosa. Ele diz que tem sentimentos por mim. E fez *isso* comigo. – Aponto para a propriedade que vai ficando para trás. Mas talvez, no fundo, eu esteja um pouco triste. Pelo que poderia ter sido. Eryx Demos me viu como ninguém mais viu. Juntos, poderíamos ter sido...

Não importa. Ele mentiu. Aproveitou-se de mim como nenhum outro homem jamais foi capaz de fazer. Porque viu minha versão verdadeira. Ele me viu inteira.

E pensou em me diminuir, tirando de mim tudo que fiz por merecer.

– Sinto muito – diz Kyros, e parece sincero.

Levanto a cabeça.

– Por quê?

Kyros pensa com cuidado no que vai dizer.

– Porque gosta dele de verdade.

– Não gosto – respondo por entre os dentes.

– Talvez não agora, depois que sua traição e sua forma monstruosa foram reveladas, mas antes de saber... nada a impedia de começar a gostar.

– Não foi por isso que convidei você para viajar dentro da carruagem comigo.

– Então por que estou aqui, Vossa Graça?

– Não use mais esse tratamento comigo. Por favor.

Ele suspira.

– Por que isso, Chrysantha?

– Você está aqui porque é meu amigo, e o quero aqui. – E, se mudar de ideia, preciso de uma voz da razão para me ajudar a não desviar do curso.

– Então estarei aqui – ele diz, com simplicidade.

Mas não consigo sufocar o sentimento de que não é ele que quero comigo agora.

CAPÍTULO 25

O PALÁCIO PARECE MAIS DEPRESSIVO QUE DE COSTUME. TENHO A IMPRESSÃO DE que as pedras pretas estão acinzentadas, de que as gárgulas estão encurvadas. Até os guardas parecem entediados.

Um mensageiro nos recebe na porta da frente e pergunta de que assunto viemos tratar.

– Sou Chrysantha Stathos Demos, Duquesa Viúva de Pholios e irmã da rainha. Por favor, diga a ela e ao Rei das Sombras que cheguei e quero falar com eles quando for menos inconveniente.

O pajem arregala os olhos, mas me pede para esperar na sala de recepção perto da porta enquanto ele vai levar a mensagem. Eu me sento no sofá estofado, e Kyros fica em pé ao meu lado. Estamos ali há menos de dez minutos quando o pajem retorna, o que é um alívio.

– A rainha me orientou a levá-la à sua sala de recepção privada. Ela a encontrará lá assim que puder. Por aqui, por favor.

Sei que Alessandra me convidou a vir na última carta que escreveu para mim, mas isso não significa que ela não tenha mudado de ideia. Ou que possa estar de mau humor hoje. Ou diversas outras razões para não me receber.

Estou nervosa e aflita. Estou prestes a delatar o homem que passei a...

O homem a quem me afeiçoei. Aquele por quem estava disposta a desistir de tudo o que mais quis. E dói, mesmo que essa seja a escolha certa.

Somos conduzidos pelos corredores do palácio, e passamos por belos móveis de madeira com rosas e espinhos entalhados nas laterais. Tapetes pretos forram o chão, e os estofados são vermelhos.

Esta é a casa de minha irmã. Houve um tempo em que a invejei. Invejei tudo isto. Mas agora é óbvio que eu nunca teria sido feliz neste castelo sombrio. Prefiro os dourados e o cor-de-rosa da minha propriedade. Uma casa no campo, longe de olhares curiosos.

Qualquer raiva que eu ainda pudesse sentir por minha irmã evapora com essa constatação. Senti inveja porque ela conquistou um rei, enquanto eu consegui fisgar um duque. Mas ela tem deveres e responsabilidades que a ocupam todos os dias. Como pude pensar que gostaria disso?

Porque não conhecia outra coisa. Não tive chance de decidir sozinha o que queria para mim. Estava focada demais em garantir minha liberdade. E, quando a conquistei, eu soube o que queria. Nunca mais ter que representar. Não ter pessoas esperando coisas de mim. Só ser eu.

Vou ter isso de novo.

Desde que Alessandra se disponha a me ouvir.

Finalmente somos levados a uma enorme sala de recepção. É linda. Um vaso com flores frescas enfeita um piano de cauda. Uma parede é coberta de vitrais que retratam uma floresta cheia de vida. A cena brilha suavemente, como se houvesse velas atrás do vidro. Eu me sento em um dos sofás, e o pajem se curva respeitosamente antes de sair e fechar a porta da sala.

Kyros e eu esperamos em silêncio por cinco minutos, então eu me levanto para explorar a sala, deslizando os dedos pelo lindo vitral. Quando fico entediada, cometo a ousadia de abrir as portas para as salas adjacentes. E me pergunto se Alessandra desconfiou de que eu faria isso. Se queria que eu visse todos os seus lindos bens. Não me importo, vou olhar assim mesmo.

Kyros respira fundo quando entro no quarto de minha irmã, mas o que encontro é surpreendente.

– O rei e a rainha dividem o quarto! – comento.

– Chrysantha, acho que você não deveria...

– Ele a ama de verdade. Veja todos esses perfumes caríssimos. Kyros, venha sentir esse cheiro.

– Não, obrigado – ele diz, e posso imaginar como revira os olhos.

O guarda-roupa dela é mais cheio que o meu. Ela tem costurado, porque nenhum desses modelos pode ser encontrado em uma modista. A penteadeira é coberta de cores para a face e para os lábios. Leio o rótulo de vários produtos, registrando aromas e cores que me agradam. Quando isso não me diverte mais, volto à sala de recepção, para alívio de Kyros, e passo mais um tempo sentada no belo sofá, agitada.

– Faz meia hora – Kyros diz depois de um momento.

– Chegamos de surpresa. Ela é uma rainha. Provavelmente é muito ocupada.

Balanço as pernas. Batuco com os dedos no estofado, e não consigo acreditar que estou aqui. E se Eryx souber? E se ele, Argus e Dyson me seguiram? Cada minuto que passa é uma chance de ser descoberta.

– Ele não sabe – Kyros sussurra, como se lesse meus pensamentos. – Vai ficar tudo bem.

– Ele pode perceber que sua correspondência sumiu. Ainda não sei como o sr. Tomaras conseguiu pegá-la.

– O trabalho dele consiste em ser bom nesse tipo de coisa. Vai ficar tudo bem, Chrysantha. Respira.

– Estou respirando!

A porta se abre.

E minha irmã, a rainha Alessandra Stathos Maheras, entra na sala.

Ela veste calça preta sob uma saia vermelha aberta, como se tivesse pensado em combinar com o ambiente. Um corset preto com fitas vermelhas se conecta à saia. O cabelo dela é da cor do meu, um tom profundo de ébano, mas o meu é mais encaracolado, e o dela é ondulado. Ela está de cabelo solto, enquanto o meu está preso.

– Chrysantha – minha irmã me cumprimenta.

– Alessandra.

Um serviçal entra atrás dela e serve o chá sobre a mesa, enquanto minha irmã se senta na minha frente.

– Fiquei surpresa ao saber que estava no palácio tão pouco tempo depois de receber minha carta, mas estou feliz. Tem sido... bom voltarmos a nos entender.

– Sim, é verdade. O que tem feito desde o casamento?

– Viajamos pelo litoral em lua de mel. Depois voltamos ao castelo e trabalhamos.

– Foi bom? O litoral.

O sorriso dela é contagioso.

– A água estava morna, a companhia era perfeita, e a comida, deliciosa. E você? Leu alguma coisa nova de que tenha gostado?

Conto a ela sobre o último romance que li, o clube do livro e minhas aquisições para a biblioteca. Ficamos tão entretidas com a conversa que pelo menos quinze minutos devem ter passado. Alessandra já encheu nossas xícaras duas vezes.

Quando Kyros tosse duas vezes atrás de mim, percebo que esqueci completamente o motivo para estar aqui. Nunca imaginei que Alessandra, entre todas as pessoas, pudesse fazer isso comigo.

– Isso está divertido – digo.

– Está, sim – ela concorda.

– Gostaria de marcar outro encontro desses, mas hoje estou aqui porque preciso de sua ajuda.

Ela se endireita no assento, como se precisasse ficar alerta. Comigo. Como se eu a estivesse usando. Ah, acho que fiz tudo errado. Mas não sabia de que outra maneira agir.

– Vá em frente – ela fala em tom frio. – Peça.

– Na última vez que te vi, contei a história sobre quem fui nos últimos sete anos e por quê. Consegui o que queria. Liberdade. O direito de controlar minha vida como viúva. Você tornou isso ainda melhor, sabe disso. Com seus novos decretos. Não tive que respeitar um período de luto por um homem de quem não gostava nem um pouco.

Ela encolhe os ombros.

– De que adianta ter poder se não o uso para tornar as coisas melhores no mundo? Ainda temos um longo caminho a percorrer, mas pretendo fazer o que for possível.

– E o rei a apoia?

Ela sorri.

– Sim.

– Que bom. – Estou feliz por ela, embora com um pouco de inveja. Tinha começado a pensar que poderia ter algo assim também. – Vim contar outra história. Sobre o que aconteceu quando um homem que dizia ser o novo Duque de Pholios entrou em cena. Acha que o rei pode se juntar a nós para ouvir isso? Ele vai querer saber, tenho certeza.

Alessandra batuca com os dedos na coxa enquanto me analisa.

– Tudo bem, vou buscá-lo. Esperem aqui.

Ela sai da sala.

Menos de dez minutos depois, minha irmã retorna com ninguém menos que Kallias Maheras, o Rei das Sombras. O rei é seguido por um enorme cachorro de pelo marrom e liso. Alguém deve passar horas escovando o animal todos os dias, porque é muito pelo. Ele fareja meus pés antes de o rei dizer:

– Demodocus, aqui.

O cachorro me deixa e vai se sentar ao lado do rei.

– Pode esperar lá fora, Kyros? – eu peço.

– É claro.

Ele sai, e minha irmã e o rei se sentam. Não sei o que Alessandra disse a ele, mas o monarca estende a mão protegida por uma luva. Eu a aceito, e ele se curva sobre minha mão.

– É bom te ver de novo, irmã.

Fico surpresa com as palavras, mas, se ele as disse, é porque Alessandra está começando a se importar comigo.

– Alessandra me disse que você chegou de surpresa e precisa de ajuda.

Pego a pasta do chão, ao meu lado, e a coloco sobre a mesa ao lado do serviço de chá.

Em seguida, conto aos dois sobre Eryx Demos. Quem ele é e o fato de ter sido banido. Não menciono seus poderes, ainda não. Revelo apenas que pegou o que não era dele e que tenho provas disso.

Kallias olha para a pasta, antes de me encarar de novo.

– Por que não leva esse assunto à polícia? Se tem todas as provas de que precisa, por que recorrer a mim?

Respiro fundo. É isso. Não tenho como voltar atrás. Se revelar o segredo que Eryx confiou a mim, a vida dele estará acabada.

Mas raiva e traição são sentimentos fortes demais para desistir agora. Então sigo em frente.

– Porque a polícia não pode removê-lo da propriedade à força. É que ele é filho de um demônio. – E relato todo o resto. Os poderes de Eryx e sua verdadeira linhagem. Sua força. Os guarda-costas. O ponto fraco que conheço. Quanto mais falo, mais o rosto de Kallias revela preocupação.

– Está dizendo a verdade? – ele pergunta, olhando para mim e para a esposa, igualmente surpresa.

– Juro que sim. Meu criado no corredor pode confirmar tudo. Ele também viu a fera.

Depois de um momento de pausa, Kallias pergunta:

– Ele machucou você?

Meu pescoço pulsa com a lembrança dos dentes, mas respondo com honestidade.

– Fisicamente, não.

– É violento com alguém?

Penso em revelar que foi Eryx quem matou o general e vários outros, mas, por alguma razão, decido guardar essa informação para mim.

– Ele é perigoso, certamente. Às vezes, o controle que tem sobre si mesmo é limitado, mas nunca o vi perder o controle e atacar alguém. – E a ocasião em que ele me salvou não conta. – Eu... só pensei que gostaria de saber. Você diz que as sombras são um direito divino ao governo, não é? Se outros têm poderes, isso não prejudica sua posição?

Kallias inclina a cabeça de lado.

– Então você veio porque se preocupa com a possibilidade de a existência desse homem tornar meu reinado vulnerável? Ele me ameaçou?

Penso na lista de nomes no porão.

Mas Eryx disse que não faria nada contra o último nome. O rei. Se é que estava dizendo a verdade. Não é como se não tivesse mentido para mim centenas de vezes antes.

– Estou fazendo isso porque ele pegou o que é meu. Se me livrar dele o beneficia também, fico feliz por isso.

Kallias olha para minha irmã, e não consigo ler a conversa silenciosa entre eles.

– Então vou cuidar dele – Kallias informa sem rodeios ao se levantar do sofá.

Alessandra segura a mão dele. Ele a encara.

– Vai ficar tudo bem. Enquanto você estiver aqui, ele não pode me ferir. Não quer que eu proteja sua irmã?

A pergunta é aterrorizante, porque percebo que, se ela disser que não, ele a ouvirá. Para ele, a vontade dela é mais importante que minha vida. Isso fica muito claro na maneira como ele está olhando para ela.

Alessandra faz uma pausa breve, olha para mim, depois para o marido, e assente.

– Estaremos aqui.

Kallias sai da sala, mas Demodocus permanece ao lado de minha irmã. Ela se inclina para afagar a cabeça dele.

Sinto a culpa inundar meu corpo. Quero consertar as coisas com minha irmã, mas agora pus o marido dela em risco.

– Sinto muito – digo.

– Não se preocupe. Ele disse a verdade. Enquanto eu estiver aqui, ele é imune à morte.

Mas Eryx não é. Não, acabei de assinar sua sentença de morte.

Minhas pernas começam a balançar de novo, e eu ajeito as saias. Alessandra hesita por um momento antes de se levantar do sofá e vir sentar-se ao meu lado. Ela não me toca, mas sua presença é um conforto de que eu não sabia que precisava.

– Me fale sobre ele. Esse Eryx – ela diz. – Esse homem te tratou mal?

– Nós discutimos. Muito. Ele é rancoroso. Cortou meu rendimento mensal só porque falei que ele é órfão. Ah, devia ter visto em que estado estava o ducado antes de eu ter liberdade para arrumá-lo.

Falar sobre as mudanças que fiz me ajuda a relaxar. Eu me sinto melhor até quando falo sobre Eryx. Lembro-me das coisas horríveis que ele fez e por que é certo me livrar dele.

Ele disse gostar de mim, falou sobre um futuro comigo... e mentiu para mim como nenhum outro.

Aperto a saia entre os dedos e ouço o farfalhar do papel. Ponho a mão no bolso, antes de me lembrar da carta que Eryx me entregou. Olho para Alessandra.

– É dele. Eryx me deu quando eu estava saindo.

– Já leu?

– Não tive tempo.

– Leia, então. Especialmente se acha que isso pode acalmá-la.

Não sei se devo ou não ler a carta, mas decido que ela só vai alimentar ainda mais minha fúria e fazer eu me sentir melhor sobre a decisão de mandar o Rei das Sombras atrás de Eryx.

> *Minha feroz Chrysantha,*
>
> *Tenho uma confissão a fazer. Duas, na verdade. A primeira é que menti sobre a mudança no testamento. A verdade é que você deveria ter herdado tudo. A propriedade que ama e que fez se tornar tão bonita, os criados que contratou e com quem construiu relacionamentos, o dinheiro que vai garantir seu futuro para sempre. Sou realmente neto de Hadrian Demos, mas minha mãe e eu fomos deserdados por causa da minha concepção.*
>
> *Vander só me contou que o duque tinha deixado uma esposa depois que tudo isso já estava em movimento. No começo, não me importei com sua existência. Você era uma dama mimada com um título de nobreza, e continuaria assim mesmo que eu fosse feito duque. Nunca tive um lar de verdade, cheio de segurança e paz. E, quando cheguei à propriedade, eu me apaixonei pela beleza do lugar - beleza que, mais tarde, soube que era*

resultado do seu trabalho, embora nunca tenha pensado em admitir isso no início.

Mas depois eu soube mais sobre você. Soube de sua família e do horrível casamento com meu avô. Você me contou que se sentia presa e indefesa em um mundo comandado por homens. Disse que conseguiu ter algum controle sobre si mesma ao se tornar a duquesa viúva.

E isso me leva à segunda confissão. Eu deveria ter tido coragem para fazer essa declaração pessoalmente no momento em que estávamos naquele barco no lago. Eu amo você, Chrysantha Stathos Demos. Amo seu temperamento feroz e sua boca cruel. Amo sua inteligência e seu amor pelos livros. Amo esse senso de humor ferino e sua amizade passional. Não tem uma parte sua que eu não ame, então como posso me colocar como um empecilho para o que você quer? Para o que merece e para o que precisa?

Deixo o ducado para você. Já escrevi para Vander e ordenei que oficialize tudo. Você vai ser a Duquesa de Pholios de verdade, e ninguém vai ter o poder de tirar isso de você. Porém talvez possa pedir ao seu cunhado para mudar esse nome? Sei o que Pholios passou a significar para você.

Meu maior desejo é que você me permita ficar na propriedade, seja na posição que for. Não quero me separar de você, mas, mais importante, quero que você seja feliz, por isso vou acatar sua vontade. Seja ela ter este monstro bem longe de você, ou tão perto quanto for possível para te proteger e amar pelo resto da minha vida.

Sinto muito por Kyros. Sinto ter que mencionar isso em uma carta porque estraguei sua amizade com ele. Que sua viagem seja boa e segura. Sou seu para sempre e espero ansioso por sua volta.

Com amor,

Eryx

Solto a carta no chão e não consigo enxergar mais nada, porque as lágrimas não permitem. Alguma coisa se espalha dentro de mim e substitui o horror e a culpa.

Amor, deve ser isso.

Cruzo os braços como se quisesse me abraçar e tento conter as lágrimas. Só depois de respirar profundamente, percebo que Alessandra pegou a carta.

Ela a lê rapidamente antes de olhar nos meus olhos.

– Não entendo... por que ele... ah, você o ama? – pergunta.

As lágrimas voltam, mas consigo balançar a cabeça para dizer que sim.

– Então o que está fazendo aqui? Vá encontrá-lo, antes que meu marido o mate. Eu vou com você até onde for possível, mas não vou expor Kallias ao perigo inutilizando suas habilidades.

Praticamente pulo do sofá e corro para a porta. Kyros, que ainda está no corredor, me acompanha. Não consigo falar, por isso Alessandra ordena:

– Traga a carruagem da duquesa. Depressa!

Com seus passos mais longos, Kyros passa por nós e desaparece.

Enquanto isso, um grito horrível ecoa muitas vezes em minha cabeça.

O que foi que eu fiz? O que foi que eu fiz? O que foi que eu fiz?

Por que não li o raio da carta a caminho daqui? Estava atordoada pela raiva. Dominada pela necessidade de ser livre.

Mas Eryx me oferece o que quero. Liberdade e ele.

E como quero. Mais que tudo que já quis em toda a minha vida. Se Kallias o matar...

Não suporto pensar nisso.

O castelo parece ter cinco vezes o tamanho real enquanto Alessandra e eu corremos por suas salas e seus corredores. Pulmões e pernas doem depois de um tempo, mas continuo correndo. O único conforto que tenho agora é minha irmã ao meu lado.

Quem teria pensado que tantas coisas poderiam mudar em um dia?

Criados tentam deter a rainha, perguntam qual é o problema e se podem ajudar. Alessandra ignora todos eles. Ela não hesita nem uma vez, embora esteja tão ofegante quanto eu.

Quando passamos pelas portas do castelo, Kyros já está lá com a carruagem, segurando a porta aberta. Minha irmã e eu nos jogamos dentro do veículo. Antes que Kyros feche a porta, ordeno:

– Para o ducado, Kyros, o mais depressa possível. É um caso de vida ou morte.

Ele transmite a mensagem ao condutor quando se senta ao lado do homem. E lá vamos nós.

Não consigo raciocinar. Mal consigo respirar, tamanha a tensão que me domina.

– Ele saiu apenas quinze minutos antes de nós – diz Alessandra.

– Talvez só precise disso para matá-lo.

Ela não discute.

– Por que está me ajudando? – pergunto.

– Eu poderia dizer que é porque você é minha irmã, mas acho que isso não foi importante para nenhuma de nós a maior parte de nossas vidas.

Fico em silêncio, porque não posso refutar isso.

– Já estive em sua posição uma vez – ela conta em voz baixa. – Houve uma ocasião em que deixei o palácio, e percebi que Kallias estava em perigo. Tive medo de que fosse tarde demais.

– Como o salvou?

– Matei o homem que o ameaçava. Ele me considerava fraca demais para matar alguém. Não sabia que eu cometeria todas as atrocidades para salvar o homem que amo. – Ela olha para mim. – Isso muda sua opinião sobre mim? Quando soube que matei meu primeiro amante, mudou de opinião sobre mim?

Tenho a nítida sensação de que ela se orgulha de quem é, mas não sabe o que eu penso.

Eu a encaro e confesso:

– Eu matei o duque.

Ela arregala os olhos.

– Ele me tocou. Me feriu. Perdi a cabeça. Sufoquei o homem com o travesseiro dele. Também tentei matar Eryx envenenando a comida dele. Ele não sabe. Não sei o que vai pensar sobre isso quando eu contar... *se* eu contar.

Ela sorri.

– Pensei em envenenar Kallias uma vez. Mas não levei o plano adiante. Que sorte nossos homens terem sobrevivido a nós.

E, embora ainda haja perigo a enfrentar, descubro que estou sorrindo para ela.

– Nós, irmãs Stathos, somos uma força a ser respeitada.

– Somos. Somos arrogantes como os deuses, decidimos quem vive ou morre.

– Se os deuses não nos quisessem matando homens, não deveriam permitir que eles nos machucassem tanto.

– Tem razão. Só temos uma vida. Temos que lutar para fazer dela o melhor possível. E, quando outras pessoas abusam dos poderes que têm, que opção nos resta senão resistir?

As palavras dela são tão verdadeiras que pulsam dentro de mim no ritmo do meu coração acelerado.

– Queria ter me aproximado de você quando a mamãe morreu. Eu devia ter escolhido você em vez do nosso pai. Juntas teríamos sido imbatíveis.

– Agora temos uma à outra. Acho que o passado aconteceu como tinha que ser, mas você precisava me chamar de leviana tantas vezes?

Consigo rir, apesar das lágrimas que lavam meu rosto.

– Eu tinha inveja de você. Porque queria sentir amor e paixão, mas acreditava que a única maneira de conseguir a união de que precisava era me mantendo pura. Deixei as leis dos homens me governarem. Pensei que esse fosse o único jeito de vencer. Mas me escolher foi mais libertador que qualquer outra coisa.

Alessandra cruza as pernas na carruagem espaçosa.

– E agora está escolhendo Eryx. O filho bastardo de um demônio que mentiu para você.

– Sim, estou – respondo com convicção.

Sim, estou.

Quando o ducado finalmente aparece ao longe, Alessandra bate no teto da carruagem. O condutor para os cavalos, e ela desce.

– Estarei aqui. Venha me encontrar quando tudo estiver feito. Estarei pronta para celebrar ou te confortar. Seja qual for sua necessidade.

– Obrigada – digo. – Kyros, fique com a rainha.

Os pés do homem mal tocaram o chão quando grito:

– Vamos!

Ouço o estalar do chicote, e a carruagem avança novamente. Quando chegamos ao limite do bosque, e a Propriedade Pholios aparece adiante, vejo a multidão. Todos os meus criados cercam as portas da frente, guardas do palácio os contêm. Outro grupo de guardas se aproxima de nós e ordena que a carruagem pare.

– Deixem-nos passar – grito para o homem que ousa nos parar.

– O rei ordenou que a propriedade seja evacuada. Ninguém tem permissão para entrar.

– Essa é minha casa. Vai me deixar passar imediatamente.

– Receio que não, Vossa Graça. Temos ordens a cumprir.

– Faça o retorno – digo ao condutor. – Vamos entrar pelos fundos, se for necessário.

– Essa carruagem não vai a lugar nenhum – o guarda anuncia. Outros homens cercam os cavalos.

Abro a porta e corro. Um grupo de guardas me persegue, mas sigo para o labirinto de cercas vivas. No começo tenho medo de que eles me alcancem, mas depois da primeira curva eles começam a ficar para trás, se perdem no meio dos arbustos, não conseguem deduzir que corredores escolhi, até que me distancio muito. Um guarda tenta se jogar por cima da cerca viva, mas cai no chão duro do outro lado. Seu progresso é muito lento.

Quando chego ao centro ainda por terminar, corro para a saída do outro lado. Conheço este caminho como a palma de minha mão. Saio do labirinto e não olho para trás. Corro para os fundos da casa, para a entrada de serviço.

Lá dentro, tudo está silencioso como um túmulo, pois os empregados foram forçados a sair. Tive medo de entrar e ouvir o barulho de vidro quebrando e móveis caindo.

Mas não ouço nada.

E a propriedade é enorme. Onde eles podem estar? É meio do dia. Talvez Eryx esteja no escritório?

É o primeiro lugar que verifico, mas a porta está trancada e não ouço vozes lá dentro. Minha chave-mestra ficou em meus aposentos, mas não tenho tempo para ir buscá-la. Duvido que eles estejam atrás da porta fechada. Talvez Eryx estivesse cochilando quando o rei o encontrou. Devo ir olhar o porão?

Não, eu o treinei para respeitar a etiqueta e o jeito certo de fazer todas as coisas. Sei exatamente onde os dois homens estão.

Na minha sala. É o rei. Eryx o teria recebido no melhor aposento da mansão. A sala que preparei apenas para receber visitantes. Provavelmente ele nem suspeitou que o motivo para o rei aparecer ali era minha delação.

Ouço as vozes muito antes de chegar ao meu destino.

– Afastem-se. Vocês dois. – Esse é Eryx. – Isso é entre mim e o rei.

Kallias avisa:

– Isso não tem que chegar ao nível físico, mas, se chegar, você perde. Não pode me matar.

– Eu também sou bem difícil de matar.

– Difícil e impossível são duas coisas diferentes.

– Já mandei *ficar afastado*, Argus. Saiam.

– Por favor, senhor. – Reconheço a voz de Dyson. – O duque é inofensivo. Não sei que delírios a duquesa pode ter compartilhado...

– Dyson, fique de boca fechada uma vez nessa sua vida amaldiçoada pelos demônios! – Eryx grita.

A pausa breve coincide com o momento em que chego à porta.

– Mostre-me seu verdadeiro rosto – diz Kallias. – Mostre quem você é de verdade. Eu senti alguma coisa diferente em você no baile, sabe? Jamais poderia ter imaginado que era isso.

Entro na sala, e os quatro homens olham para mim. Antes que eu consiga dizer uma só palavra, o inimaginável acontece, e acontece rápido como um piscar de olhos.

Em um momento, Eryx está normal com seu cabelo castanho e despenteado e os olhos escuros. E, no momento seguinte, ele muda.

Chifres brotam de sua testa, os caninos crescem, os olhos brilham intensamente com um tom claro de âmbar. A cauda se projeta por um buraco na calça, e ela é longa e fina, com exceção do triângulo de pele na ponta.

– Eryx, não! – eu grito quando ele se lança sobre o Rei das Sombras. Que não pode ser morto. E não deixo de notar que ele não se transformou até eu entrar na sala. Quando pensou que *eu* seria ameaçada. Garoto burro, tonto.

Kallias pinga sombras. Elas escorrem por sua pele e flutuam acima dele, ondulando em seu próprio ritmo.

O primeiro soco de Eryx passa direto por Kallias, como se o rei fosse feito literalmente de sombras. Ele encontra o nada e quase cai com a falta de resistência.

Em seguida, Kallias ataca. Acerta um soco na região lombar de Eryx, que ruge e recupera o equilíbrio.

Dyson e Argus correm para mim.

– Você precisa sair daqui – diz Argus.

– Não, vocês dois têm que sair.

Dyson e Argus me seguram pelos braços, um de cada lado, e me levantam.

– Ponham-me no chão imediatamente! – grito com eles.

Ao ouvir minha voz, Eryx volta os olhos de lobo para os dois amigos. Ele avança um passo na direção deles, para *atacá-los*, mas Kallias o acerta de novo, e dessa vez o derruba.

Argus e Dyson me soltam imediatamente, e todos nós percebemos que mexer comigo é a maneira mais certa de matar Eryx.

Quando ele se levanta mais depressa do que meus olhos podem acompanhar, eu digo:

– Pare, Kallias, cometi um engano. Por favor, pare. Mudei de ideia. Você precisa parar com isso.

– Tarde demais – o rei responde quando Eryx tenta acertar sua barriga. Seus dedos atravessam o centro do rei, movimentam as sombras, mas é só isso. De novo. Quando Kallias tenta atacá-lo mais uma vez, Eryx segura seu punho fechado.

Segura.

Porque ele não é incorpóreo. Não, Kallias precisa manter partes dele físicas para poder bater em Eryx, e Eryx é muito mais rápido.

Ossos são esmagados sob as mãos de Eryx, que aperta o pulso de Kallias com mais força. O rei se encolhe e transforma sua mão em sombras mais uma vez. Não demora muito para os ossos se recuperarem na posição correta. Suas sombras o curam tão depressa quanto as de Eryx.

Kallias sorri.

– Essa é a luta mais justa que já travei.

Mas Eryx não fala nada. Quando ele olha para Kallias, e encara aquelas sombras com as quais não pode fazer contato, vejo horrorizada Eryx sacar aquela adaga serrilhada que carrega o tempo todo e passar a lâmina na palma da mão, derramando sombras da ferida. Ele estende a mão aberta.

E *toca* o rei.

Sombra com sombra. Não importa se Kallias é incorpóreo. As sombras de Eryx são idênticas às do rei. Ele empurra Kallias e o derruba. Depois agarra seu pescoço.

Merda, merda, merda.

Kallias saca sua espada e desliza a lâmina pelo braço de Eryx, espalhando mais sombras. Eryx recua ao sentir a dor, mas continua empunhando a adaga.

– Eryx, pare! – grito. – Por favor, você precisa me ouvir. Estou bem. Olha. Vem aqui. Chega perto de mim. Eu estou bem!

Mas ele nem olha em minha direção. Todo o seu ser está concentrado no rei. No marido de minha irmã, que se colocou em perigo sem querer. Se Eryx encontrou um jeito de tocá-lo quando ele está incorpóreo, então ele *pode* morrer, mesmo com Alessandra a quase dois quilômetros de distância da mansão.

Faíscas voam quando espada e adaga se encontram e dançam. Eryx é mais rápido, mas está limitado aos locais que pode tocar em Kallias com as próprias sombras. Seus ferimentos. Deuses, deve ser doloroso.

Dyson e Argus estão ao meu lado, impotentes. Honestamente, o que eles poderiam pensar em fazer enquanto Eryx está desse jeito? Nada pode detê-lo. Nenhum mortal é páreo para ele. De onde eles tiraram a ideia de que poderiam impedir a fera de conseguir o que quer?

Eryx é atingido de um lado do corpo, e sombras brotam do corte. Ele então usa o mesmo lado para atropelar Kallias e o joga no chão mais uma vez. Eryx machuca a própria mão novamente para poder fazer contato com o rei.

Kallias rola para o lado, apesar de ter perdido o fôlego com o impacto.

– Faça ele parar, Chrysantha – o rei fala quando consegue levar ar aos pulmões outra vez. – Se ele parar, eu paro.

– Eu tentei! – berro de volta. – Ele perdeu a razão, não me ouve!

Kallias tem que bloquear vários ataques daquela adaga horrível. Mas Eryx é muito rápido, e o terceiro ataque acerta o pulso do rei, onde a mão é corpórea para segurar a espada.

Mais sombras se derramam na mistura.

Alguém vai morrer. Tenho certeza disso. Se for o marido de minha irmã, qualquer esperança de reconstruir o relacionamento com ela estará perdida para sempre.

Se for Eryx, não vou conseguir conviver com a culpa.

Mas eu? A culpa disso é minha, e meu sacrifício é o único que posso tolerar no momento.

No erro mais inconsequente de minha vida, talvez, eu avanço. E, quando os dois homens se afastam, me coloco entre eles.

Eryx está pronto para o próximo ataque. O golpe para a um fio de cabelo de me atingir, mas não fecho os olhos. Eu os mantenho cravados nos dele.

Ele paralisa; não conclui o golpe.

Em vez disso, rosna para mim.

E eu rosno de volta.

Ele tenta olhar por cima do meu ombro, localizar Kallias, e eu faço outro movimento ousado. Chego mais perto, colo o corpo ao dele e enlaço seu pescoço com os braços.

Beijo Eryx.

A fera fica absolutamente imóvel, e quase consigo ouvir seu cérebro funcionando. A ideia de matar para me proteger desaparece, e um novo desejo domina Eryx.

Ele solta a adaga e me pega no colo. O monstro continua ali, não recua. Agora me carrega para fora da sala.

Não me importo.

– Alessandra está no limite da propriedade com meu lacaio – informo por cima do ombro. – Vou encontrar vocês dois mais tarde.

Argus e Dyson tentam se colocar no caminho de Eryx, e ele mostra os caninos para os dois.

– Não – eu digo, e o oriento para a suíte da duquesa. Quando está subindo a escada, ele inspira profundamente, absorve meu cheiro. Meus braços se movem por seu peito e pelo rosto, tocando tudo o que posso tocar. É como se o quarto estivesse a uma eternidade de nós.

Eryx fecha o quarto da suíte da duquesa com um pé. Ele me deita na cama antes de me beijar com fervor. Seus dentes tocam meus lábios, mas não rompem a pele, e o contato é excitante. Suas roupas estão rasgadas onde o rei o cortou, por isso não tenho que me esforçar muito para removê-las. Eryx faz o que pretendia fazer na margem do lago, rasga meu vestido com sua força bruta.

Ele olha para mim, estuda meu corpo nu sob o dele. E estremece com o que vê.

Depois me possui.

Mais importante: eu o possuo.

Estamos ofegantes na cama quando terminamos.

Só então as mudanças desaparecem.

Chifres e cauda somem. Os caninos voltam ao normal. Restam apenas os olhos cor de âmbar quando ele se apoia sobre um cotovelo e olha para mim.

– Machuquei você?

Respondo com um sorriso.

– Eu machuquei *você*?

O sorriso dele é delicioso, mas em seguida, como se olhar para mim fosse doloroso, ele se senta. Eryx desliza os dedos pelo cabelo bagunçado, e vejo que os músculos de seus braços se contraem com o movimento.

– Você foi procurar o rei – ele constata em voz baixa. – Mentiu para mim.

– Não parecia preocupado com isso meia hora atrás.

Os ombros dele se curvam com a vergonha, como se ele se sentisse culpado por ter me devorado. Quase rio da ideia, mas esta é uma conversa séria.

– Menti para você sobre muitas coisas – confesso. – Eu matei seu avô.

Ele vira a cabeça em minha direção.

– Cansei dos abusos e da humilhação. Sufoquei o duque com o travesseiro depois de ele deixar um hematoma em mim.

Eryx não diz nada, e eu continuo.

– Também tentei te matar. O veneno no curry? Fui eu, não Sarkis.

Agora ele arregala os olhos.

– Pensei que você representasse um perigo para mim. Estava convencida de que era um impostor, não importava o que diziam outras fontes. Você havia roubado tudo de mim. – Eu me debruço sobre a beirada da cama para pegar a carta no bolso do vestido rasgado. – E, no fim, eu estava certa a respeito de tudo.

Os olhos dele recuperam a cor natural, mas o rosto ainda é uma máscara.

– Se serve de consolo – digo –, só li a carta depois de ter conversado com o rei sobre você. Foi quando percebi meu erro. – Olho para os lençóis amassados. – Descobri sobre você e Vander antes de ler a carta. Contratei um investigador particular. Por isso aceitei recomendar você ao rei e dar aquelas aulas de etiqueta, para ter como pagar pelo serviço do homem. Pensei que tivesse mentido sobre seus sentimentos por mim para me manipular. Para tentar me convencer a interromper a investigação e deixar você ficar. Sempre me achando a superior. Em vez disso, você desistiu de tudo por mim. E eu... – Uma lágrima desce por meu rosto. – Eu desisti de você. Contei seu segredo ao rei. Matei seu avô. Tentei te matar. Deuses, isso não tem conserto, tem?

Ele enxuga uma lágrima com o polegar.

– Matei inocentes. Matei pessoas nem tão inocentes. Vim para cá com uma história mentirosa. Estava decidido a tirar tudo de você.

– Mas, no fim, não tirou.

– Você não deixou o rei me matar. Voltou para cá.

– É claro que voltei, garoto idiota. Eu amo você.

– Sempre apontando a diferença de idade. – Ele rola para cima de mim e seus olhos mudam de cor novamente. – Vamos ver se isso é importante quando eu estiver dentro de você de novo.

Um tremor delicioso percorre meu corpo quando ouço a promessa.

– O que você disse naquela carta... quero ouvir as palavras.

– Quais? – ele pergunta, e se inclina para beijar meu pescoço, mas sabe muito bem a que palavras me refiro.

– As únicas que importam – respondo.

Ele levanta a cabeça e olha nos meus olhos de novo.

– Amo você. Lutei contra esse sentimento, mas ele é tão inevitável quanto o sol nascendo todo dia. Porque você é igual a mim em quase todos os aspectos e melhor que eu nos que restam.

Meu suspiro tem um som vibrante.

– Você diz palavras bonitas.

– Chega de falar – ele decide. E beija minha boca.

Provavelmente eu não deveria ter deixado o rei e a rainha de Naxos esperando enquanto consumava meu relacionamento com Eryx.

Três vezes.

Alguma coisa em saber que minha irmã está esperando na floresta, enquanto sou saciada por esse homem entusiasmado, torna tudo ainda mais excitante.

Sou uma pessoa realmente terrível, e sorrio ao pensar nisso.

No entanto, quando percebo que Eryx ainda está em perigo por causa do rei, eu me visto depressa. Eryx vai para o quarto vizinho pegar sua roupa confeccionada recentemente.

Assim que entramos juntos na sala, descubro que minha irmã e o rei já se acomodaram confortavelmente. Kyros está em pé atrás deles no sofá. Argus e Dyson estão encostados na parede, de braços cruzados. Vários guardas do rei permanecem alertas em torno da sala, e desconfio de que estão ali a pedido de minha irmã.

Quando Eryx e eu nos sentamos no sofá diante do rei e da rainha, há um intenso desconforto no ar.

– A propriedade é linda – diz Alessandra. – Gostei muito da caminhada até aqui.

– Obrigada – respondo.

Mais silêncio.

O rei inclina o tronco para a frente e me encara.

– Explique-se – diz.

Olho para minha irmã.

– Ela não contou...

– Contou. Mas quero ouvir de você.

Endireito as costas, e Eryx entrelaça os dedos nos meus, oferecendo conforto.

– Amo este homem. E já faz um tempo. Só estava cega demais para enxergar. Por favor, não o mate. Ele não tem pretensões políticas. Não quer ter nenhuma importância. Já desistiu de comandar o ducado, me devolveu o controle. Eryx só quer uma vida tranquila no campo, e eu também.

Eryx aperta minha mão.

– Aceito qualquer punição que julgar necessária, meu rei. Mas, por favor, permita que a duquesa retome o controle do...

Kallias estende a mão para interromper Eryx. Seu rosto não revela nada.

Alessandra se inclina e sussurra alguma coisa no ouvido do marido. Não ouço nada, mas Eryx deve ter ouvido, porque relaxa um pouco.

Kallias olha para ela com ardor, mas em seguida olha para nós de novo.

– Você forjou um testamento. Trouxe preocupação desnecessária à duquesa. E atacou seu rei.

Sinto o medo como um arrepio nas costas.

– Por favor, Kallias. Ele só estava tentando me proteger. Eu... consigo mantê-lo sob controle.

O rei olha para mim.

– Não me faça começar a falar sobre os seus crimes.

Engulo em seco.

Alessandra sorri, e não consigo descobrir de que lado ela está. Até ouvi-la dizer:

– Eu os perdoo.

Kallias luta contra um sorriso ao olhar para a esposa.

– Perdoa o homem que tentou matar seu marido?

– Ele não conseguiu. Ninguém na propriedade viu nada. Ninguém sabe de nada, exceto as pessoas que estão nesta sala. Além do mais, acho que gosto de minha irmã e quero passar mais tempo com ela. Não vai querer que eu faça isso na cela de uma prisão, vai?

Kallias passa a mão no queixo, e percebo que os dois estão brincando conosco, da mesma forma que brincam entre eles.

– Acho que sua irmã não ia querer te ver se matássemos o amante dela, e não posso permitir que minha rainha ponha os pés em uma prisão.

O que está acontecendo?

Alessandra se levanta antes de olhar para mim e para Eryx.

– Vocês têm uma semana. Depois desse tempo, espero que nos visitem no castelo.

Olho para ela confusa. Uma semana... para conviver com meu novo amante, antes de nos apresentarmos para a convivência em sociedade. Deuses, eles ouviram alguma coisa do que dissemos?

– Até lá, espero que Eryx tenha um controle mais firme sobre seus instintos protetores – ela continua.

Balanço a cabeça para concordar, porque o que mais posso fazer ou dizer?

Kallias estende a mão enluvada para Eryx, que a aperta.

– Não confunda meu gesto com tolerância. Se ultrapassar algum limite ou perder o controle, ela será responsabilizada. – E aponta para mim. – Já que ela afirma que pode controlar suas ações.

Eryx deixa escapar um rosnado baixo, e bato nele discretamente.

– É claro, Majestade – respondo por ele.

Kallias olha em volta.

– É um lindo salão, Chrysantha. Tenha um bom dia.

Os guardas o seguem para fora da sala, e Eryx e eu nos olhamos.

– Não sei qual dos deuses olha por vocês dois – diz Dyson –, mas pelas minhas contas, vocês deveriam estar mortos.

– Ainda estou meio propenso a dar um fim na dama – Argus opina com um tom venenoso.

– Argus – Eryx responde, e a palavra é um aviso.

– Ela delatou você! Trouxe o rei até aqui. Deveríamos ir embora...

Eu me levanto, solto a mão de Eryx e me aproximo dos dois homens.

– Eryx e eu estamos em paz com o passado. Vocês conseguem fazer a mesma coisa? Estou disposta a perdoar a participação de vocês dois nisso tudo. Será que são capazes de me perdoar também? Porque vou permitir que fiquem, mas estão demitidos da posição de valetes. Talvez possamos encontrar funções mais adequadas para os dois.

Argus e eu nos encaramos, mas o homem relaxa depois de um instante.

– Não vou ser lacaio. Não vai me vestir daquele jeito. – Ele olha para Kyros.

– Quais são suas habilidades?

– Matar.

– Vamos... pensar em alguma coisa.

Olho para Dyson, que já está sorrindo, o que significa que não terei problemas com ele.

Resta Kyros.

– Me desculpe – peço ao me aproximar dele.

– Você não me prometeu nada – ele responde.

– Eu sei, mas pensei que pudesse tentar. E tentei, mas alguma coisa impedia. – Olho para Eryx, que olha para mim e o lacaio como se compreendesse alguma coisa. – Eu tinha intenção de levar aquilo adiante. Até ler uma carta que Eryx escreveu para mim. Ele me devolveu o ducado. Legalizou a situação. Eu não queria mais que o rei o matasse.

– Ele ainda é perigoso – Kyros sussurra.

– Ele é. – E eu também sou, mas não posso dizer isso. – Mas não para mim. Nem para as pessoas de quem gostamos. Eryx já falou sobre contratar um tutor para Nico. Acho a ideia ótima, e adoraria ajudar a construir um futuro promissor para ele.

Vejo a indecisão nos olhos de Kyros. Apesar de amar a ideia de dar uma vida melhor ao filho, ele ainda não aceita a ideia de Nico viver sob o mesmo teto que Eryx.

– Pense nisso – eu digo. – Se decidir que prefere ir embora, é claro que vou ajudá-lo a encontrar uma nova colocação.

Kyros assente.

E agora só falta Eryx.

– Então, qual vai ser meu novo papel, duquesa? Ainda está contratando?

Eu me aproximo e cochicho no ouvido dele:

– Preciso de um novo amante.

Ouço a porta se fechando e compreendo que os outros três homens saíram da sala. Talvez não tenha falado tão baixo quanto pretendia.

– Não vou aceitar pagamento por isso. Pode contar com meus serviços de graça.

– Tem certeza? Eu pagaria uma mesada generosa de cinquenta necos por mês.

Eryx respira fundo.

– Só para constar, na época eu pensei que fosse uma quantia generosa. Não sabia quanto dinheiro os ricos estavam acostumados a ter à sua disposição até fingir que era um duque.

– Ainda tenho muitas coisas para te ensinar – respondo com uma nota sensual na voz.

– Eu deveria pagar pelas aulas.

– Para isso vai precisar de uma renda, querido.

– Tenho certeza de que vai encontrar alguma utilidade para mim.

– Quais são suas habilidades?

– Posso administrar as contas e lidar com aquele procurador horrível.

– Ele vai ser demitido.

– Uma decisão sábia, provavelmente. O homem não é muito honesto.

Estendo a mão, deslizo o dedo por seu lábio e vejo seus olhos se tingirem de âmbar. Vai ser muito divertido descobrir o que exatamente desperta essas mudanças.

– Seja meu – peço. – Isso é tudo que preciso de você.

Ele enrola uma mecha do meu cabelo em seu dedo.

– Já sou seu.

– Vou te ensinar a gastar dinheiro – digo, já imaginando todas as coisas divertidas com que posso enfeitá-lo.

– Que os deuses me ajudem.

AGRADECIMENTOS

Não acredito que finalmente estou escrevendo a página de agradecimentos deste livro. Houve um tempo em que pensei que as edições neste manuscrito seriam a minha morte. Eu estava de luto e sobrecarregada com tudo o que tinha que fazer na pós-graduação, no trabalho e na minha vida pessoal. Tudo desabou de uma vez, mas eu recebi muito amor e apoio.

Agradeço a Holly e Rachel, que entenderam do que eu precisava e ofereceram tudo que puderam para me ajudar a superar um momento difícil. Vocês são realmente a equipe dos sonhos, e tenho muita sorte de tê-las ao meu lado há OITO livros.

Agradeço à equipe da Macmillan, que trabalha tanto para tornar esses livros possíveis. Agradeço especialmente a Jean, Gaby, Leigh Ann, Morgan, Sam, Starr, Kristin, Jordan, Meg, à equipe de áudio, à equipe de edição de texto e a todos os outros que contribuíram para este romance.

Sou mais que abençoada por ter tantas editoras estrangeiras que colaboram para levar meus livros a novos mercados. Agradeço à minha equipe da Pushkin, especialmente a Rima, Sarah e todos os outros que trabalham de maneira incansável no Reino Unido.

Também tenho que fazer um agradecimento especial à minha equipe francesa. Dorothy e Miriam, vocês são minhas pessoas favoritas em toda a França. Adoro vocês duas. Obrigada por tornarem as coisas tão especiais para mim quando vou visitá-las.

Um agradecimento especial a Caitlyn McFarland, que leu os rascunhos deste livro e me ajudou a planejar as cenas. Obrigada por estarem presentes quando precisei de vocês. Obrigada a Mikki Helmer por me atender sempre que precisei passar uma noite escrevendo para cumprir prazos.

Obrigada à minha família pelo apoio. Antes mesmo de eu ganhar algum dinheiro com o que escrevo, vocês estavam lá me incentivando. Tenho sorte por ter vocês.

Por fim, obrigada aos meus fãs. Vocês tornam meu trabalho especial e precioso. Adoro falar com todos vocês na internet ou em eventos. Obrigada por me proporcionarem um lugar seguro para compartilhar minhas palavras.

UMA CENA EXCLUÍDA

No primeiro rascunho deste livro, Chrysantha decidiu não comparecer ao casamento da irmã. Em vez disso, ela aceitou acompanhar Eryx a eventos sociais em troca do dinheiro necessário para contratar o investigador particular. Na cena a seguir, Chrysantha e Eryx estão em um almoço na propriedade de um conde, e Eryx acabou de convidar um duque que está interessado em Chrysantha para visitar a propriedade.

Quando o almoço finalmente acaba, os nobres se afastam da mesa em pequenos grupos, enquanto os empregados preparam o equipamento para o evento principal. Uma coleção de armas, munição e uma estrutura que parece um estilingue são levados para a área ao ar livre, longe das tendas, onde há muitos assentos.

Puxo Eryx para um local onde ninguém pode nos ouvir.

– O que pensa que está fazendo?

– Eu falei o que viemos fazer aqui: procurar um marido para você. O duque está interessado, você estaria subindo de posição e...

– Não convide ninguém para ir à minha casa!

– Acho que se refere à *nossa* casa.

– Não importa. Pensei que você detestasse pessoas. Por que as convida a aparecer quando quiserem?

– Essas pessoas vão aparecer para ver você, não a mim.

– Eryx, *não*. Aceitei comparecer a esses eventos com você. Não disse que receberia visitantes aleatórios a qualquer hora do dia.

– E o que faço agora? Retiro o convite?

– Sim! Diga que é um garoto ansioso demais e se precipitou.

– Esses comentários constantes sobre minha idade estão se tornando bem irritantes. Meu aniversário está chegando. O que vai fazer quando tivermos a mesma idade?

– Ah, posso reclamar de muitas coisas em você.

Nós nos encaramos, mas, quando percebo que pode ter alguém olhando, controlo minha expressão e apago as linhas de contrariedade. Eryx faz a mesma coisa.

– Só não se esqueça – acrescento em tom agradável –, foi você quem começou com isso.

– Comecei com o quê?

Outros nobres se aproximam, e não consigo responder. Já que o almoço acabou e chegamos tarde, só agora os convidados têm permissão para interagir conosco.

Aparentemente, eu deveria estar admirando o comedimento de todos.

Porque, de repente, eles caem sobre nós como uma tempestade.

– Duquesa, está esplêndida hoje.

– Vossa Graça, por favor, permita que me apresente, sou...

– Gostaria de dar um passeio pelos jardins, Duquesa de Pholios?

– Pholios, já pensou em ir ao clube?

As vozes se sobrepõem uma a uma, até eu não conseguir mais distinguir a qual *Vossa Graça* elas se dirigem. Damas e alguns cavalheiros tentam disputar a atenção de Eryx enquanto eu sou assediada pelos homens, uma vez que minha preferência em relação a parceiros românticos tornou-se conhecida na primeira aparição que fiz em sociedade.

Felizmente, Lady Glaros vem nos salvar. A condessa me conduz a uma cadeira em um dos gazebos e leva Eryx para perto do marido dela, para que ele possa participar do evento de hoje.

Mesmo sentada, porém, sou assediada de outras maneiras.

Damas se aproximam para fazer perguntas sobre Eryx. O que ele gosta de fazer? Quais são seus talentos? De onde ele veio? O que procura em uma esposa? Ele está interessado em alguém? Eu poderia, por favor, apresentá-lo a elas? E assim por diante.

E, em vez de dizer a elas o que realmente penso sobre Eryx, eu o enalteço, exatamente como ele fez comigo.

– Ah, Eryx é um bom rapaz. Ele adora fazer longas caminhadas e ler. É muito fácil de agradar e tem uma paciência infinita. Não sei ao certo onde ele morava antes de se mudar para o ducado. Acredito que esteja procurando uma união por amor, alguém que o conquiste, um romance. Ele não está interessado em ninguém em particular e avalia todas as possibilidades. Vai ser um prazer apresentá-lo a quem quiser conhecê-lo.

Sinto-me diabólica enquanto recito todas essas mentiras, mas não poderia estar mais feliz. Eryx quer me atirar aos lobos? Pois eu vou mandar os cordeiros atrás dele. Se meu dia vai ser interrompido por visitantes interessados, o dele também vai.

– O duque tem habilidades com uma arma? – pergunta a jovem Lady Kormos, filha de um visconde.

Como a única vez que o vi manejar uma arma foi quando apontou aquele revólver para mim, não posso responder com certeza. Mas respondo:

– Ele serviu no exército, nas linhas de frente, então imagino que sim.

– Um herói de guerra – Lady Kormos diz, em tom sonhador. – Ah, acha que ele tem cicatrizes? Adoro um homem com uma bela cicatriz.

– Se tiver, deve ser em algum lugar que não podemos ver – sugere Evadne.

– Ah, se o esporte se tornar muito intenso, talvez ele tire o paletó!

Tento não demonstrar repulsa. Essas mulheres estão suspirando com a ideia de Eryx usando menos roupas? Deve ser culpa minha, eu o fiz parecer um respeitável herói de guerra. Mal sabem elas que ele tem menos características agradáveis que um urso-pardo irritado.

O Conde de Glaros se posiciona no centro do gramado dos fundos e fala alto, tentando ser ouvido em meio às conversas animadas.

– Estimados convidados, estou muito animado para o principal evento desta tarde. Como seria tedioso e difícil sairmos todos andando pelo bosque atrás da presa, organizei um jeito de praticarmos nosso esporte enquanto as damas apreciam a vista em segurança.

Ele puxa um disco marrom de uma pilha a seu lado.

– Atenção ao pombo de argila e ao arremessador. – Glaros aponta para o mecanismo diante dele. Ele coloca o disco no braço da máquina, puxa uma alavanca para esticar o elástico e pisa em um pedal no chão. O disco sai voando.

Em um movimento rápido demais para meus olhos acompanharem, o conde saca a arma que leva pendurada no ombro, aponta o rifle e atira. O pombo de argila se estilhaça em uma centena de pedacinhos que caem no chão como chuva.

Alguns cavalheiros e damas se assustam com o barulho repentino do disparo e a explosão seguinte. A maioria tenta disfarçar o constrangimento.

Mas fico surpresa ao ver um pequeno grupo de homens que não reagiu. Devem ser os que estão acostumados com o som.

Aplausos contidos brotam das mãos enluvadas das damas, mas os homens aplaudem com entusiasmo, demonstrando apreço. Lady Glaros assobia para a pontaria perfeita do marido. Considero a demonstração impressionante e revigorante, embora não esperasse que o tiro fosse tão estrondoso. Meu pai nunca foi adepto desse esporte.

– Quem é o próximo? – Glaros pergunta, e os homens se enfileiram para participar.

Logo fica evidente que muitos ali não têm o mesmo olhar que Glaros para um alvo em movimento. Vários atiram a esmo, e os pombos de argila só se espatifam quando caem no chão. Simos consegue atingir o alvo, no entanto, e as damas à minha volta aplaudem com mais entusiasmo que antes.

– Com o rei casado, Simos é o solteiro mais interessante de Naxos – diz a condessa, inclinando-se para mim com uma atitude conspiradora. – Mas desconfio de que Pholios vai superá-lo. Você poderia ter encontrado opções bem piores. – Ela acena com a cabeça na direção de Simos.

– Não tenho interesse em me casar de novo.

– Nem se fosse um homem bonito e habilidoso no quarto?

O choque é tão grande que quase não consigo responder. Ninguém jamais falou comigo dessa maneira além do falecido Pholios. Mas descubro que gosto da conversa, agora que é uma mulher conspirando comigo.

– Como pode ter tanta certeza?

– Simos teve alguns envolvimentos bem públicos, mas nada sério. As amantes ficaram tristes com a separação.

Mais um tiro é disparado, e tenho que repetir a primeira parte da próxima frase.

– Não quero um marido, mas não me incomodaria de ter outro amante.

A declaração sai mais alta do que eu pretendia no silêncio que segue o disparo, e várias cabeças de penteados elaborados se viram em minha direção.

A inocente Lady Kormos arregala os olhos.

– Então os boatos eram verdadeiros? Você teve um... homem *pago*?

– Sandros – confirmo, com certa nostalgia. – Mas agora acabou, com a chegada de Eryx. Já não tenho os mesmos recursos de antes.

– Não faça essa cara escandalizada – diz a Condessa Glaros à jovem. – As mulheres têm as mesmas necessidades que os homens.

– Eu não sabia que a presença do duque tinha alterado tanto sua vida – diz Evadne. – Ah, precisamos encontrar um novo amante para você, então.

– Sim – a condessa concorda, entusiasmada. – Ah, tenho certeza de que inúmeros cavalheiros a aceitariam sem o incentivo do dinheiro. Você é uma beleza rara.

Tento não fazer careta ao ouvir o comentário. Isso era o que meu pai costumava dizer. Era minha única característica que ele valorizava. A única coisa que ele podia negociar em troca de todo o dinheiro de que precisava.

– Vamos elaborar uma lista para você – a condessa continua. – Quais são seus requisitos?

Antes que eu possa responder, Evadne se manifesta.

– É claro que tem que ser alto, bonito e habilidoso com as mãos. Bons dentes – ela acrescenta. – Sim, bons dentes são indispensáveis.

A condessa responde com um sorriso.

– Fiz a pergunta à duquesa, mas parece que já pensou muito sobre isso, Lady Petrakis.

A jovem fica vermelha.

– Não, ela tem razão – interfiro, tentando poupar a moça. – Ele precisa ter bons dentes, e gosto de homens altos. – Por alguma estranha razão, meus olhos buscam Eryx nesse momento, e me lembro do quanto ele é mais alto que eu.

– Deve ser uma relação de amor, não é? – pergunta Lady Kormos. – Não vai querer um homem que não espera nada de você. Deve ser um troféu para ele. Esqueça esse Sandros. Ele não é digno de você, é evidente.

Muitas cabeças assentem em sinal de concordância, e sinto meu coração aquecido por essas damas à minha volta.

A conversa é interrompida quando alguém diz:

– Silêncio, é a vez de Pholios!

Duas dezenas de cabeças se voltam na direção do duque, que se aproxima da torre de pombos com um rifle em uma das mãos. Ele olha as balas na arma antes de fechar o compartimento e engatilhar o rifle.

Vejo seu peito expandir dentro da roupa justa quando ele respira fundo. Quando solta o ar, ele pisa no pedal para liberar o pombo de argila. Antes mesmo de o disco chegar ao ponto mais alto, Eryx aperta o gatilho. O tiro acerta o alvo, e fragmentos de argila caem no chão. Os aplausos para ele são mais efusivos que todos os anteriores, inclusive para Simos.

– Devia ser um assassino com esse tipo de mira rápida, Pholios – Glaros comenta antes de dar um tapa em suas costas.

Eryx disfarça um sorriso dolorido com outro mais relaxado e natural.

– Talvez fosse. Você me desmascarou. Minha identidade secreta não deveria ter sido revelada em público.

Homens e mulheres riem da piada, mas olho para ele com uma expressão intrigada. Como se fosse possível ouvir mais que as palavras ditas se prestasse atenção. Tudo em Eryx é um mistério, e tenho muita dificuldade para decidir quanto dele precisa permanecer assim.

– Por que não tornamos as coisas um pouco mais interessantes, cavalheiros? – diz o conde. – O que acham de uma competição entre amigos? Eliminação simples. Atirar até ser eliminado. O vencedor fica com tudo.

Alguns homens, conscientes de suas limitações, recusam a proposta com educação, enquanto outros fazem suas apostas e entram na competição do conde.

– Bem, não vamos deixar toda a diversão só para os cavalheiros – anuncia a condessa. – Aposto dez necos no meu marido. – As damas começam a fazer suas previsões. Várias apostam em Simos e Eryx. Algumas em outros cavalheiros, sentindo a necessidade de apoiar irmãos ou admiradores.

– Então, Vossa Graça? Não vai apostar nada? – a condessa me pergunta.

Na verdade, não tenho a menor vontade de arriscar parte da minha pensão, mas, como Eryx me pagou um valor generoso pelas aulas que teve, talvez eu possa participar.

– Dez necos em Pholios.

– Ótimo – responde a condessa, anotando o valor enquanto olho para o homem, confusa. Eu pretendia apostar no conde. Tinha toda intenção de demonstrar boa vontade com nossos anfitriões. Mas acabei dizendo o nome de Eryx. Como se sempre tivesse sido essa a minha intenção. Eu mudaria a aposta, se não houvesse o risco de me constranger com a correção.

Então que seja.

Os homens se revezam para atirar, e, cada vez que um deles erra o alvo, é eliminado da disputa. Depois de duas rodadas, Lorde Livas perde. Na terceira rodada, Lorde Soter acerta de raspão o disco de argila e consegue avançar para a etapa seguinte. Depois de quatro rodadas, porém, metade dos homens foi eliminada. Na quinta, restam apenas seis. A disputa continua, e a condessa se envolve cada vez mais no esporte com o marido subindo de posição.

É adorável de ver.

Na décima rodada, restam apenas três homens: Pholios, o conde e Simos, que não esteve na guerra, mas sempre cultivou o hobby de atirar, mas não com o objetivo de matar criaturas (como informa Lady Castellanos).

Nunca imaginei que segurar uma arma fosse tão cansativo, mas o conde tem a testa coberta de gotas de suor, e Simos afrouxa a gravata. No entanto, seguindo a mais pura moda incivilizada, Eryx remove a gravata, tira o casaco e arregaça as mangas. As damas perto de mim se abanam com mais vigor. E eu me sinto grata por ninguém se mostrar abertamente escandalizada com o gesto.

Simos é o primeiro. Ele limpa a testa antes de pisar no pedal e soltar o pombo. E erra o tiro, finalmente.

– Muito bom, Vossa Graça – o conde elogia, batendo nas costas do homem. – Foi uma excelente evolução.

– Obrigado, vou ter que treinar mais para a revanche.

– Esse é o espírito.

O conde é o próximo e dispara um tiro perfeito.

Eryx também acerta o alvo.

Eles se alternam, e cada um fica cada vez mais cansado e mais determinado a ser o vencedor. A competição não se torna hostil, mas é evidente que ambos estão cansados e ansiosos pelo fim. Chego a pensar que um deles vai desistir, mas os dois são orgulhosos demais para isso, ou o treinamento formal no exército proíbe esse tipo de atitude.

O chão está coberto de fragmentos de argila, e sinto pena do criado que vai ter que recolher tudo aquilo, mas isso não é nada comparado ao meu desejo de ver Eryx vencer. Tem muito dinheiro em jogo. Eu gostaria de acrescentar esse valor à minha modesta renda. Mesmo que para isso tenha que ouvir Eryx se vangloriar mais tarde.

Com o passar do tempo, contudo, começo a notar uma leve mudança nele.

No início, não penso que é algo físico. É só uma coisa que sinto. Uma quietude estranha entre as rodadas. Os movimentos quase rápidos demais.

E então, quando vejo que seus olhos se tornaram mais brilhantes e mais claros, compreendo que algo muito ruim está prestes a acontecer.

Depois do último tiro perfeito, Eryx olha para o conde com aqueles olhos de lobo, sem piscar. Seus músculos se contraem, como se estivessem se preparando para o ataque. Argus e Dyson notaram a mudança, mas estão longe demais para ajudar, e eu não consigo nem imaginar como eles poderiam interferir sem provocar uma cena.

Não sei o que me põe em ação, mas salto da cadeira e me coloco entre o conde e Eryx.

– Acho que devemos declarar um empate – sugiro, sem desviar os olhos da ameaça. Eryx olha para mim, e agora sei que não estava imaginando seus olhos. Não há como não notar a mudança ao ar livre, sob o sol brilhante. Não há truque de luz ou sombras para escondê-lo. Suas pupilas estão dilatadas, e as narinas se abrem ligeiramente.

– Além do mais, acho que as damas se cansaram de assistir à disputa – continuo. – Creio que seja nossa vez.

Pego o rifle das mãos de Eryx, mesmo sem ter certeza de que é a arma mais perigosa que ele tem à disposição. Ele parece surpreso quando puxo o rifle de suas mãos, mas não reage imediatamente.

– Muito bem, quem vai me ensinar a atirar? – pergunto.

Muitos levantam a mão, esperançosos, mas praticamente me jogo nos braços de Eryx e sussurro:

– O que quer que esteja acontecendo com você, precisa se controlar!

Em seguida, sem saber por que faço isso, sopro um jato de ar em seu ouvido, como se quisesse esfriar sua cabeça.

Ele pisca lentamente, mas vejo aliviada seus olhos voltarem ao normal quando encontram os meus.

– É claro, duquesa. Será um prazer. – Ele para atrás de mim, envolve meus braços com os dele e segura minhas mãos para mostrar onde devo posicioná-las.

– Obrigado – sussurra em meu ouvido, e abaixo o queixo no mais sutil dos acenos de cabeça.

Os músculos de Eryx estão contraídos e sua respiração é ofegante, mas ele permanece ereto e corrige minha postura, cada linha de seu corpo rígido pressionada o meu de um jeito totalmente impróprio para uma interação em público. Mas essa é uma aula de tiro, certamente o deslize será tolerado por todos.

– Prepare-se para o coice – ele fala em voz alta.

– Coice? – repito.

Sinto seu sorriso atrás de minha cabeça. Eryx pisa no pedal, o pombo de argila sai voando, e, quando sinto a leve pressão em minha mão, aperto o gatilho.

O pombo de argila se estilhaça, mas não consigo comemorar, porque me distraio com a dor repentina no ombro.

Coice, realmente.

Várias damas se levantam, todas ansiosas pela própria aula de tiro, embora eu desconfie de que a ansiedade tenha menos a ver com atirar do que com a ideia de Eryx ou Simos atrás delas, corrigindo sua postura.

Volto ao meu assento e assisto ao espetáculo, pensando em algo que vai ficando cada vez mais claro para mim.

Tem alguma coisa muito estranha em Eryx Demos.

Algo que não é inteiramente humano, talvez.

Leia também:

O FENÔMENO DO TIKTOK QUE É A MISTURA
PERFEITA DE AVENTURA E ROMANCE
A Filha do Rei Pirata
TRICIA LEVENSELLER
Planeta minotauro

TRICIA LEVENSELLER
A Filha da Rainha Sereia
O FENÔMENO DO TIKTOK QUE É A MISTURA
PERFEITA DE AVENTURA E ROMANCE
Planeta minotauro

Acreditamos nos livros

Este livro foi composto em Century Old Style Std e impresso pela Lis Gráfica para a Editora Planeta do Brasil em setembro de 2025.